GABRIELE RIEDLE

IN DSCHUNGELN. IN WÜSTEN. IM KRIEG.

Extradruck der Anderen Bibliothek
№ 447

GABRIELE RIEDLE

IN DSCHUNGELN. IN WÜSTEN. IM KRIEG.

EINE ART ABENTEUERROMAN

Als bloßer Beobachter der Geschicke und Abenteuer anderer Menschen kommt es mir vor, als spielten sie ihre Rollen in einem unserer Theater. Täglich höre ich neueste Nachrichten und landläufige Gerüchte über Kriege, Seuchen, Feuer, Überschwemmungen, Diebstähle, Morde, Massaker, Meteore, Kometen, Geister, Wunder, Erscheinungen, über belagerte und eroberte Städte in Frankreich, Deutschland, der Türkei, Persien, Polen, von Ausbeutungen und Kriegsvorbereitungen, Schlachten und Gefallenen, über Zweikämpfe, Schiffsuntergänge, Piraterie und Seeschlachten, von Friedensschlüssen, Bündnissen, Kriegslisten und neuen Mobilmachungen, wie sie diese stürmischen Zeiten erzeugen. Ein großes Durcheinander von Schwüren, Wünschen, Klagen, Edikten, Petitionen, Prozessen, Gesetzen, Proklamationen und Beschwerden kommt uns täglich zu Gehör. (...) Was aber jene anderen Fehler angeht – die Barbarismen, das Dorisierende und Extemporierende, meine Tautologien, Nachäffereien, diese Rhapsodie der von allen möglichen Abfallhaufen zusammengeklaubten Lumpen, die tolle Mischung der Ausscheidungen fremder Schriftsteller mit Tand und Ziererei ohne Kunst, Geist, Originalität, Urteil, und Bildung, grob, ungehobelt, roh, aberwitzig, absurd, anmaßend, unverschämt, zusammengeschustert, unverdaut, eingebildet, skurril, nutzlos, langweilig und trocken –, so gestehe ich das alles ein, und kein Leser kann schlimmer von mir denken, als ich selbst es tue.

ROBERT BURTON, ANATOMIE DER MELANCHOLIE,
OXFORD, 1621

Wo gehn wir denn hin?
Immer nach Hause.

NOVALIS, HEINRICH VON OFTERDINGEN, BERLIN, 1802

EINS

I.

SO WEIT SIND WIR ALSO

Weit sind wir gekommen, so dachte ich ein ums andere Mal, weit sind wir gekommen, in Dschungeln, in Wüsten, im Krieg, und immer wieder sind wir einander über den Weg gelaufen, in Absteigen und in Nobelherbergen, in Flüchtlingslagern und in den marmorglatten Hotelfoyers diktatorischer Regime, und manchmal hatten wir Glück und es gab nach deutschem Reinheitsgebot gebrautes Bier.

Wir hatten Aufträge zum Schreiben oder zum Fotografieren, aus Hamburg, aus Manhattan sowie von sieben anderen wichtigen Orten der westlichen Welt, oder vielleicht waren es sogar acht, und wir schritten, wie man so sagt, stets mutig voran, während unsere Schönheit langsam schwand und unsere Gelenke allmählich immer vernehmlicher knirschten, wobei Tim H****, einer der schönsten der Männer, an den ich noch immer jeden Tag denke, das Knirschen seiner Gelenke sowie das Schwinden seiner eigenen und unser aller Schönheit nicht mehr erlebte, denn in der Blüte seiner Jahre, wie man ebenfalls zu sagen pflegt, hatte er eines Tages dagelegen in seinem Blut, der Fotoapparat neben ihm auf dem Asphalt. Er lag in seinem Blut in Libyen, mitten auf einem offenen Platz im Zentrum der von Rebellen eroberten Küstenstadt Misrata, als diese schon zwei Monate unter Belagerung der Truppen des Oberst Gaddafi stand, so weit war

Tim schließlich gekommen, und dann reiste sein inzwischen ausgebluteter Körper nur noch ein einziges Mal, ein Fischerboot brachte ihn mitten in der Nacht hinaus aus Misrata über das Meer nach Malta, und von dort flog ihn ein britischer Militärtransporter zurück in irgendeine Heimat in Europa, aus der Tim, zuletzt zumindest zeitweise wohnhaft in Brooklyn, New York, schon Jahre zuvor weggelaufen war, er war geflohen nach Afrika, Amerika, Asien, Australien, nun jedoch wollte Tims seit dessen Flucht halb beleidigte, halb immer wieder beeindruckte Verwandtschaft ihn endlich repatriieren und anschließend reintegrieren, und zwar zwei Meter tief in der heimischen Erde, der Erde Englands übrigens, und natürlich werde ich von Tim noch mehr erzählen, berichten, rhapsodieren, delirieren, tremolieren, je nachdem.

Tim in seinem Blut hat uns natürlich erschreckt, aber eine Sekunde später machten wir uns wieder auf den Weg.

Der Abenteuerroman, den wir unser Leben nennen durften, sollte ja noch lange nicht zu Ende sein, schon weil jede Reise das Spießbürgerliche und Kleinstädtische in unserer Brust in etwas Weltbürgerliches und Göttlichstädtisches verwandelt, wenn ich einmal eine Kalenderweisheit von Jean Paul zitieren darf, schließlich waren wir die Urgroß-Bastarde der deutschen Romantik, auch wenn wir nicht wussten, wer oder was Jean Paul und wer oder was die deutsche Romantik war, aber immerhin wussten wir, dass wir weitermussten, mit knirschenden Gelenken oder ohne, und auch wenn unsere Schönheit schwand, aber wen interessierte das schon außer uns selbst, schon zwei, drei Jahrzehnte waren wir immer wieder unterwegs, wenn nicht den Sternen folgend, dann doch irgendeiner Sehnsucht, einem Weh, einem Drang, weil anderenfalls irgendetwas nicht auszuhalten gewesen wäre, worüber wenigstens uns selbst Rechenschaft abzulegen sich jedoch niemand von uns bequemte, jedenfalls sind wir fremd eingezogen und fremd zogen wir wieder aus, und fast überall heulten Hunde vor ihrer Herren Haus, aber natürlich folgten wir auch den Gesetzen des Marktes, der zumindest im Moment noch dringend nach dem verlangte, was wir günstig in die Häuser liefern konnten: Ferne, Fremdheit, Erschütterungen, die Dramen, die sich jenseits des Horizonts abspielten, irgendwo draußen in der Welt, und wir dachten: umso besser, wenn der Markt es so will, dann können wir noch eine Weile weiter auf unseren Fußsohlen aus Wind, wobei diese Formulierung natürlich nicht von mir ist, vielmehr fand sie Paul Verlaine für seinen Freund Arthur Rimbaud, der im Namen des Kaffee- und des Pelzhandels sowie der Alchemie des Wortes auf seinem trunkenen Schiff bis nach Aden und dann sogar bis nach Somalia gekommen war, aber dann war auch er tot lange vor der Zeit, und zwar wegen eines schmerzenden Knies, wir jedoch konnten noch immer weiter und weiter, auch wenn wir wussten, dass wir irgendwann enden würden, ungünstigenfalles in unserem Blut und günstigenfalles auf dem Arbeitsamt, falls die Auflagen früher oder später schwanden, und schließlich humpelte ich mit *meinen* schmerzenden Knien noch einmal durch Tripolis, bis wohin auch die Milizen aus dem nicht allzu weit entfernten Misrata es inzwischen geschafft hatten, und dann schleppte ich mich auch noch einmal durch Kabul.

Tim hingegen war damals nur bis Misrata gekommen, kurz bevor sich sowohl die Gaddafi-Getreuen als auch die Rebellen mit ihren Granatwerfern am frühen Morgen auf den Dächern um den Hauptplatz postiert hatten, um wen auch immer sie töten konnten zu töten, und am späten Vormittag töteten sie dann eben auch Tim, in Kabul wiederum muss er einige Male Station gemacht haben auf dem Weg in den Krieg oben in den Bergen, eine weitere Schleife auf seiner langen Reise ins Nichts, längst lag, was von Tim übrig geblieben war, jedoch in der Erde Englands, aber ich war noch immer unterwegs mit meinen schmerzenden Knien. Ich humpelte durch Tripolis und später humpelte ich auch durch Kabul, und inzwischen war mein Körper mir selbst fast so fremd, wie er den Afghaninnen gewesen sein mochte, die, als ich ihre Wege kreuzte, mitten auf der Straße stehen blieben, weil sie wissen wollten, was wohl los war mit dieser Ausländerin und mit ihrem merkwürdigen Gang, ja, was war los mit mir? und was war mit den Afghaninnen und mit der ganzen Stadt Kabul?, das hätte auch ich gerne gewusst, wir hatten ja alle bessere Tage gesehen, als der Zeiger der Ewigkeit das einundzwanzigste Jahrhundert erreicht hatte, um noch einmal Jean Paul zu bemühen, natürlich mit dreihundert Jahren Zugabe, wobei die guten Tage der

Afghaninnen ebenfalls schon sehr, sehr lange her waren, falls es solche überhaupt jemals gegeben hatte, womöglich höchstens im vorigen Leben, und jetzt, dachte ich, während die Afghaninnen mich unverhohlen musterten, blieb ihnen nichts anderes übrig, als, ebenso wie Tim in seinem ewigen englischen Nichts, auf das nächste Leben zu warten, ob sie und Tim an ein solches geglaubt haben mochten oder nicht, und dann humpelte ich weiter durch Straßen, die diese Bezeichnung auch nicht mehr verdienten, weil sie zu Schluchten verkommen waren, zu Schluchten zwischen vor den Hausfassaden zusätzlich aufgestellten Sprengwänden aus Beton, zum Schutz vor Bomben, Granaten und durch die Lüfte fliegenden Gliedern, so weit war es gekommen mit Kabul, so weit war es gekommen mit uns, und dann hörte ich von ferne ---

II.
ICH SASS

Ich saß. Ich saß und saß und saß, und erst erholte sich der Atem, dann erholten sich die Knie, die Leber regenerierte sich und auch das Denken, und irgendwann war ich fast wie neugeboren, so kam es mir jedenfalls vor, und bevor ich meine Verirrungen fortsetzte, nachdem Tim ja sozusagen schon zerschellt war, but actually, he had been shelled, that's what had happened to him, saß ich weiter und saß und saß, auch wenn das meine Erzählung jetzt erst einmal nicht viel weiter bringt, aber so viel Zeit muss sein, und bevor wir die Einheit des Ortes und womöglich auch der Zeit endgültig hinter uns lassen, bedarf es jetzt, wie vor jeder neuen Reise, noch eines letzten Blicks auf die Karte, genauer gesagt auf die 171. Auflage des Diercke-Weltatlas von 1973 mit braunem Leineneinband und goldener Prägung, in dem die Stadt, in der ich saß, noch immer *Berlin (West)* hieß, und dieselbe Stadt, die gleiche Stadt, die andere Stadt gleich rechts daneben hieß für alle Ewigkeit, oder wenigstens, solange ich diesen Atlas benutzte, *Berlin (Ost)*.

Der Diercke-Weltatlas war das Kartenwerk aus meiner Schulzeit, ein neueres besaß ich nicht, die Grundlage meines Wissens über die geographischen Gegebenheiten und die Zusammenhänge der physischen Welt, braun, grün, blau, Höhen, Tiefen, Wasser, Ackerbau, Tundra, Sümpfe, Wald, Erdgasleitungen in Form von Linien, die aussahen wie Stacheldraht. Steinkohle, Nickel, Jade, Gold, Eisen- und Stahlwerke, Buntmetallhüten, Maschinenbau, für alles gab es farbige Symbole, die Fischkonserven in Neufundland, die Textil-, die Chemie- und die Holzindustrie im Ferganabecken südöstlich von Taschkent, es hatten, so dachte ich damals, die Sowjetrepubliken Usbekistan, Kirgisien und Tadschikistan, die hier zusammentrafen, offenbar auch so einiges zu bieten, und natürlich war die UdSSR intakt, jetzt und für alle Zeiten, egal, was weitere Auflagen des Diercke-Weltatlas eines Tages einmal behaupten würden, während etwa die Rub al-Khali, das Leere Viertel, die größte Sandwüste der Welt auf der Arabischen Halbinsel zwischen Saudi-Arabien und dem Jemen, sogar so leer war, dass sie auf den Karten noch nicht einmal existierte, obwohl dort eine Familie ihre Heimat hatte, deren berühmtester Sohn Osama hieß, was nichts anderes bedeutete als Löwe, auch wenn in dieser Wüste ebenso wenige Löwen zu finden waren wie Straßen und Gesetze, Islamisten dafür umso mehr.

Ansonsten gab es in der Ausgabe von 1973 Reichtum und Vielfalt fast auf jeder Seite, Sprachen wurden gesprochen, Schafe wurden gezüchtet, es regnete wenig oder viel, und dort, wo die Menschen wohnten, war auf den Karten alles rot, und neben Indoeuropäern waren allerlei interessante Völkerschaften verzeichnet, unter anderem lediglich imaginierte Ethnien wie Hottentotten, Buschmänner, Sudan-N-Wort sowie Bantu-N-Wort, oder hieß es vielleicht sogar Sudan-N-Wörter und Bantu-N-Wörter, schließlich handelte es sich jeweils um den

Plural, wobei auf den Karten natürlich ein ganz anderer, inzwischen völlig unaussprechlicher Plural stand, denn 1973 hatte sich das Ende des Kolonialismus noch nicht bis nach Braunschweig und bis zum Diercke-Atlas herumgesprochen, und auch Rassismus war damals nichts als ein Wort, aber inzwischen vermied, wer Wert auf den Erhalt seiner Reputation legte, tunlichst, die Braunschweiger Bezeichnungen von 1973 auch nur zu zitieren.

Doch auch wenn der Diercke-Atlas sich bemüht hatte, sogar Völkerschaften zu verorten, die es nie gegeben hatte außer in gewissen Phantasien, so fehlten auf den Karten Komödien, Dramen oder gar der Tod, ebenso wie die Überwältigungen, mit denen die Natur die Menschen gleichzeitig strafte und verführte, denn dafür, von alldem zu berichten, war man bei Diercke in Braunschweig nicht zuständig, zuständig waren viel mehr *wir* und natürlich auch soundso viele andere, die dieses erforschten und jenes und dann mit Geschichten und mit Berichten durchaus nicht geizten, aber jedes Mal, wenn der Chefredakteur oder sein Stellvertreter auf Erden anrief, um mich loszuschicken, zu den Überwältigungen und den Dramen in fernen Jademinen oder in abgelegenen Sümpfen, zog ich sogleich diesen Atlas von 1973 zu Rate mit seiner abgelaufenen Weltordnung und einer Sowjetunion, die noch intakt war, vielleicht war sie sogar nie so intakt wie auf diesem hübschen bunten Papier, und intakt waren auch die Ergebnisse eines Krieges mit unfassbar vielen Toten und den anschließenden Verhandlungen von Mitspielern aus verschiedensten

Teilen der Welt, namentlich der Sowjetunion, der Vereinigten Staaten, Großbritanniens und Frankreichs, die, nachdem das Deutsche Reich kläglich dabei gescheitert war, die Karten nach eigenem Geschmack neu zu schreiben, dafür gesorgt hatten, dass alles so wurde, wie 1973 in meinem Atlas dargestellt. Unter anderem erschien deshalb mitten in dem sozialistischen Ozean, der sich Ostblock nannte, der Ort, an dem ich seit langer Zeit lebte und immer wieder saß und saß und saß, diese eine Insel namens *Berlin (West)* als Schaufenster des Kapitalismus, die glücklich war und hochsubventioniert, auch wenn von diesem Glück und dem investierten Geld auf den Karten nichts zu sehen war, obwohl der Diercke-Atlas an der entsprechenden Stelle problemlos Hundertmarkscheine in Form von kleinen blauen Rechtecken hätte verteilen können.

In einem anderen Atlas, der mir im Januar 1990 aus der Erbmasse der untergehenden DDR zugefallen war, gab es zwar *Berlin, Hauptstadt der DDR* – der Ort, wo ich lebte, schien jedoch einfach nicht zu existieren, und an den Stellen, an denen er hätte dargestellt werden sollen, war auf den verschiedenen Karten nur ein weißer Fleck zu sehen, der ebenso leer war wie das Leere Viertel auf der Arabischen Halbinsel, nur dass auf diesem weißen Fleck das Kürzel *WB* verzeichnet war für die *Selbständige politische Einheit Westberlin*, die identisch, aber nicht zu verwechseln war mit *Berlin (West)*. Ersteres war sozialistischer Realismus, Letzteres eine Frage der Selbstbehauptung der sogenannten Freien Welt, und unbemerkt von den sozialistischen Realisten gab es dort, wo der weiße Fleck war, auf historisch und geographisch unsicherem Terrain eine Goethestraße in einem Stadtteil namens Charlottenburg, mit Hundehaufen, Ampeln, Bäckereien, Apotheken und einem Postgebäude, von dem aus, wer wusste wann, einmal die Rohrpost unter den Häusern und unter den Füßen der Bewohner durch die Stadt gesaust war, wobei ich nicht sagen konnte, auf welchen Karten das nun wieder verzeichnet respektive verschwiegen worden war, und kaum zweihundert Meter weiter querte die, im Gegensatz zur recht langen Goethestraße, sehr kurze Herderstraße, die schon dem Namen nach offenbar zu wilden Natursöhnen führte und in die fernsten Fernen in Zeit und Raum, und es wohnten dort höchstwahrscheinlich lauter Übersetzer, die seit zweihundert Jahren Tag und Nacht über die Urpoesie der Völker sowie über deren Gleichwertigkeit & Mannigfaltigkeit nachdachten, und gewiss grübelten sie auch immer wieder über die Mächte der Geschichte. Überdies gab es natürlich auch noch den Hegelplatz, nicht in Berlin-Charlottenburg, sondern drüben in *Berlin, Hauptstadt der DDR*, wo eine Bronzebüste von Hegel als jugendlicher romantischer Held mit ungekämmtem Haar und nacktem Schlüsselbein auf einem Sockel aus Muschelkalk stand und wo sich die vornehmsten Gebäude der Humboldt-Universität befanden, während der Hegelplatz in Hegels und meiner Heimatstadt Stuttgart seit 1911 die Adresse des Linden-Museums für Völkerkunde war, ehemals Handelsgeographisches Museum der Kolonialgesellschaft zur Förderung deutscher Interessen im Ausland, und an diesen Hegelplätzen ging es nicht wie in der Herderstraße nur um die Mächte der Geschichte im Allgemeinen, sondern um nichts weniger als um den Fortschritt der Vernunft und um das Walten des *Weltgoischts*, wie Hegel, beziehungsweise *Hägel*, in breitester schwäbischer Diktion zu sagen pflegte, weshalb man ihn leider fast nirgendwo richtig verstand, und dennoch setzte sich der Weltgeist als eine Art metaphysischer Entwicklungshelfer gnadenlos immer weiter durch und durch und durch und durch.

Physisch recht fern von Charlottenburg war wiederum auch die Karl-May-Straße, denn diese befand sich in Radebeul, also in einem Ort mitten im Ozean des Sozialismus, wobei die Karl-May-Straße auf den Karten dieses Atlas aus der Erbmasse der DDR natürlich Karl-Marx-Straße hieß, aber wen interessierten schon solche Kleinigkeiten, denn sowohl die Karl-May- als auch die Karl-Marx-Straße führte bis in die Schluchten des Balkans und ins wilde Kurdistan, und es wohnten dort neben einigen versprengten Titoisten, die nicht zu verwechseln waren mit Touristen, sowie zahlreichen weiblichen Peschmerga unter anderem die Herren Kara Ben Nemsi sowie Winnetou 1, und die Geschichte des Letzteren begann bekanntlich damit, dass ihrem Verfasser, immer wenn er an *den Indianer* dachte, *der Türke* einfiel, womit dann auch in Radebeul Zeit und Raum die interessantesten Konstellationen eingingen, und da schon im allerersten Satz der Einleitung zu Winnetou 1 der Türke der kranke und der Indianer der sterbende Mann war, hätten Karl May oder von mir aus Karl Marx sich hinsichtlich der Mächte der Geschichte auch mit den Leuten aus der Herderstraße bestens verstanden.

Ich selbst wohnte Jahr um Jahr in der Charlottenburger Goethestraße unter dem Dach und mit Blick auf die Post, den Küchenschrank voll mit Fischkonserven aus Neufundland und mit kleinen afghanischen Pistazien, im Wohnzimmer ein akkurat in Himmelsrichtung aufgestellter west-östlicher Divan, der so durchgesessen war, dass die Sprungfedern schon den Boden berührten. Überdies kann ich erwähnen, dass die Indianer in der Verfilmung von Winnetou 1 von 1963 tatsächlich wie die damaligen türkischen Gastarbeiter sprachen und dass das kleine Mädchen, das ich zu dieser Zeit war, genau solche Zöpfe hatte wie Winnetous Schwester Nscho-tschi, die die Haare in Kinnhöhe rechts und links zusammengebunden, aber nicht geflochten hatte, und manchmal nannte mich meine Mutter deshalb Tschutschi. Später, als ich begonnen hatte, dieses zu beobachten und jenes, wollte ich allerdings lieber so eine flotte 60er-Jahre-Frisur wie die Spionin Emma Peel mit kühner Außenwelle am schulterlangen Haar, eine Art weibliche Version des Es-ist-erreicht-Bartes von Kaiser Wilhelm, dem Zweiten, von dem ebenso wie von Kaiser Wilhelm, dem Ersten, später noch die Rede sein wird, wobei Emma Peel natürlich nicht nur ein paar Fitzel nach oben zwirbelte, sie wickelte ihre Haarspitzen vielmehr in ganz großem Stil.

Die Goethestraße war dank der Zufälle, die, neben Geld, Gold, gepflegtem Auftreten oder welchen sogenannten *Assets* auch immer, den Erfolg auf dem Wohnungsmarkt bestimmten, meine physische Adresse, auf der Insel, auf dem weißen Fleck, in der Selbständigen politischen Einheit Westberlin, im Schaufenster des Kapitalismus, in der Hauptstadt eines Landes, das, wiederum dank der Mächte der Geschichte, plötzlich überall den Ton angab. Indessen gab es längst andere Ozeane und andere Inseln, die allerdings meist weniger glücklich und womöglich überhaupt nicht subventioniert waren, sondern vielmehr ihrerseits den Rest der Welt subventionierten, mit Tropenholz etwa oder mit schmutzigem Gold, zum Beispiel aus Papua-Neuguinea, wovon ich später vielleicht auch noch erzählen werde, je nachdem, wie sich die Wörter fügen, wenn der Chefredakteur oder sein Stellvertreter auf Erden nicht über sie wacht, jedenfalls war kaum, dass der Ozean des Sozialismus wundersamerweise verschwunden war, bekanntlich auch schon ein neuer entdeckt worden, nämlich der der Globalisierung, und wer wusste, was wir noch alles finden würden, wo die Freie Welt sich nun so sehr behauptete, dass sie inzwischen so gut wie überall war, wodurch wiederum die Anderen, wer immer die nun wieder sein mochten, beträchtlich viel verloren hatten, die Freiheit zum Beispiel und allerlei materielle Güter ohnehin. Und obwohl der Weltgoischt vom Hegelplatz nun angeblich an sein Ziel gekommen und das Ende der Geschichte sowie der Sieg der Vernunft längst verkündet worden waren, änderten sich die Dinge unaufhörlich, sodass sich sämtliche Fernrohre immer wieder als Kaleidoskope entpuppten.

Und die Buntmetallhütten, die Apotheken, die Fischkonserven, die Schafe, die Sprachen, die Verkehrsampeln, die Indianer, die jetzt natürlich Native Americans hießen, die Türken, die immer noch die Türken waren, die Löwen, die sich als Islamisten entpuppten, die Feuchtgebiete, die jetzt manchmal so taten, als wären sie Trockenzonen, während die Trockenzonen so taten, als wären sie Sümpfe, und am Ende auch die Überwältigungen sowie die Komödien und die Dramen fielen in diesen Kaleidoskopen ständig durcheinander wie Steinchen aus farbigem Glas, ob das den sozialistischen und allen anderen Realisten, inklusive des Chefredakteurs, der stets nach Klarheit verlangte und nach Perspektive, passte oder nicht.

Ich wiederum saß und saß und saß eine ganze Weile mit geschlossenen Augen auf meinem west-östlichen Divan in dem Gebäude gegenüber der ehemaligen Post. Die Rohrpost war lange schon stillgelegt, also lauschte ich auf meine Leber und auf meine Knie sowie auf die Geräusche aus der Goethe-, der Herder- sowie der Karl-May- beziehungsweise der Karl-Marx-Straße in Radebeul und natürlich auf die vom Hegelplatz in Stuttgart und vom Hegelplatz drüben in Berlin-Mitte, wo sie wahrscheinlich noch immer den ganzen Tag in ihren Schlafröcken herumsaßen, während sie an den Weltgeist zu Pferde dachten, der bekanntlich niemand anderer war als Napoleon. Dann schlug ich die Augen wieder auf, und schon waren Menschen, Güter, Länder und Grenzen wieder neu verteilt, und es waren neue Landkarten gezeichnet, neue historische Horizonte eröffnet, neues Gold gefunden, und manche Karten warnten vor gefährlichen Gebieten, *hic sunt leones!, hic sunt dragones,* denn die Löwen und die Drachen waren jetzt ---

Die Hottentotten und die Bantu-N-Wort waren inzwischen jedoch endgültig aus dem Spiel, was sich sogar bis zum Diercke-Weltatlas in Braunschweig herumgesprochen haben durfte, und wer weiß, was jetzt auf den Karten stand und welche Völker nun offiziell welche Gebiete bewohnten. Indessen blieb Tim verschwunden im englischen Nichts, noch immer, für immer, wie man so sagte, aber für immer war schließlich auch einmal die Sowjetunion auf den Karten von 1973, also warum sollte ich hier im Schaufenster des Westens auf dem ehemaligen weißen Fleck nicht auf irgendetwas hoffen jenseits der geographischen Gegebenheiten und der Zusammenhänge der physischen Welt.

III.

ES BLÜHTEN DIE BÄUME IN

Es blühten die Bäume in Europa, in Nordamerika, im Osten Asiens, in Brandenburg blühten Äpfel, Birnen und Pflaumen, Dogwood in Virginia, der Götterbaum am Gelben Fluss, ganz Japan saß unter blühenden Kirschen, nur in Hamburg und in Manhattan, da blühte wahrscheinlich wie immer nichts, und wie konnte, dachte ich immer wieder, wie konnte ein Mensch dort in Hamburg oder in Manhattan nur längere Zeit bleiben, selbst in Libyen blühten die Mimosen, ausgerechnet die, sie blühten, bedeckt von Staub und Sand, in den grauen Städten zwischen Meer und Wüste, geschützt vor kalten nächtlichen Winden durch Trümmer aus Beton, und wahrscheinlich zitterten die Mimosen hin und wieder unter den Einschlägen von Geschossen und unter allerlei Schreien und Flüchen, als ich, als ich ---

Als ich in Berlin im Radio hörte, was Tim widerfahren war.

Es war ein Morgen voller Licht Ende April, und eine Stimme sagte etwas von der Stadt Misrata und von einem englischen Fotografen, dessen Nachnamen ich zunächst nicht erkannte, weil die Stimme ihn auf merkwürdige Weise ausgesprochen hatte. Es fiel dann auch noch das Wort Tod, oder vielleicht war es auch das Wort

Opfer, und noch bevor mir klar wurde, von wem und wovon genau die Rede war, folgte auch schon das Wetter. Morgen wieder 22 Grad und Sonne, ein äußerst angenehmer Tag, an dem wir allerdings nicht mehr wussten, wie weiter und warum, während die Radiostimme einfach nicht aufhörte zu sprechen, auch nachdem der Wetterbericht längst vorbei war, immer wieder hörte ich dieselben Worte, die ich jedoch niemals richtig verstand, die Radiostimme sprach und sprach, und am liebsten wollte ich ---

IV.

SOUNDSO VIELE ERDUMDREHUNGEN SPÄTER

Bald, oder soundso viele Erdumdrehungen später, oder nachdem dies geschehen war oder jenes, oder vielleicht war auch einfach gar nichts geschehen und die Erde hatte still gestanden, wir hatten es nur nicht bemerkt, egal, jedenfalls mahnte auch der Chefredakteur wieder zum Aufbruch, der Chefredakteur in Hamburg, der Chefredakteur in Manhattan sowie der Chefredakteur an sieben oder acht weiteren Orten der westlichen Welt, obwohl wir ohnehin schon wieder in der Tür standen, und der Chefredakteur rief, dass die Kirschblüten Kirschblüten und die Toten tot waren und wir endlich weitermussten, so schnell wie möglich sollten wir wieder los.

Trotz allem müssen wir weiter!, rief Hamburg und rief auch Manhattan, als wären wir alle Pilger auf endloser gemeinsamer Fahrt, und tatsächlich waren wir schon bei der soundsovielten Runde, von Hamburg oder von Manhattan über Helsinki nach Hanoi, und irgendwann kamen wir auch über Kabul und über Misrata, aber dann reisten wir hinunter nach Aden, wo wir mit unseren Fußsohlen aus Wind stets im völlig heruntergekommenen betongrauen Hotel *Rambo* logierten, der arabischen Version von *Rimbaud*, und über Johannesburg und Lagos erreichten wir dann wieder Hamburg oder auch Manhattan, und dann so ähnlich wieder von vorne, Hauptsache, wir zogen weiter unsere Schleifen und standen niemals längere Zeit still, und falls wir zum Beispiel gerade in Tibet waren, umkreisten wir sogar den Mittelpunkt der Welt, immerhin.

Der Mittelpunkt der Welt war für Tibeter ebenso wie für Tibeterinnen der heilige Berg Kailash, ein gigantischer schneebedeckter Diamant, dessen Spitze kein Sterblicher erklimmen darf, denn es wohnen dort oben die Götter, und wenn die Tibeter den Berg deshalb *umrunden* statt ihn zu *besteigen*, werfen sie sich nieder, den Körper lang auf dem Boden, die Stirn im Staub nach jedem einzelnen Schritt, und nach einhundertacht Runden erreichen sie den Zustand der Erleuchtung, denn einhundertacht ist eine heilige Zahl, und auch wir hegten selbstverständlich keinerlei Zweifel an der Heiligkeit des Berges Kailash sowie der Zahl Einhundertacht und auch nicht am Eintritt der Erleuchtung nach so vielen mühseligen Runden. Allerdings glaubten wir, woran die Tibeterinnen und Tibeter glaubten, natürlich nur dann, wenn wir uns gerade in Tibet aufhielten, denn wie hätten wir glauben können, woran sie glaubten, wenn wir in Hamburg waren oder in Manhattan? Schon von Berufs wegen glaubten wir heute an dieses, aber bereits am nächsten Tag an jenes, denn entgegen den Behauptungen wackerer Kulturpessimistinnen und Kulturpessimisten, die nicht müde werden, die Entzauberung und Profanisierung der Welt zu beklagen, gibt es nun keineswegs zu wenige Götter, sondern deren viel zu viele, hinter jeder Grenze warteten neue auf uns und an der nächsten ließen wir sie wieder sterben, denn wir konnten sie unmöglich alle mitnehmen in unserem leichten Gepäck, über diese Grenze und über die nächste, und womöglich würden sie zu Hause in unseren Städten und auch in unseren Seelen Unheil anrichten wie heimlich mitgebrachte junge Krokodile oder andere exotische Tiere, aber während die Tiere am Ende die städtischen Abwassersysteme bevölkerten und dort heranwuchsen zu Monstern, würden sich die mitgebrachten Götter breit machen im Dickicht unserer Gedanken und unseres Geistes.

Aber when in Rome do as the Romans do, und was willst du in Tibet, wenn du nicht glaubst, dass der Kailash das Zentrum der Welt ist?, und so ging ich dort schließlich eine sehr kurze Strecke neben einer jungen tibetischen Pilgerin, die seit Wochen unterwegs war, und nach jedem Schritt warf sie sich nieder auf Steine und Eis, zum tausendsten, zum zehntausendsten, zum hunderttausendsten Mal, und mit geradezu römischer Entschlossenheit warf auch ich mich nieder aufs Geröll, nach dem ersten gemeinsamen Schritt, nach dem zweiten und sogar noch nach dem dritten, doch dann blieb mir die Luft weg, die vermaledeite Höhe!, während die Tibeterin neben mir rief, dass wir nun wohl Freundinnen würden, wenn nicht in diesem, dann sicher im nächsten Leben, ja, antwortete ich, Freundinnen, das werden wir ganz bestimmt, aber da schritt schon wieder jede für sich alleine und beide gingen wir unserer Wege, und was mich betraf, so sprengte mir nach weiteren zwei Tagen auf meiner Wanderung um den heiligen Berg die Höhe beinahe den Kopf, und am liebsten wäre ich hinuntergerannt, durch Schnee und Eis, nach Rom oder in die Hölle oder ins nächste Leben, jedenfalls weiß ich nicht, wie ich am Ende dann doch wieder auf so etwas Ähnlichem wie einer Straße gelandet bin, und erst viel später fand ich mich schließlich inmitten von Geldwechslern, Gepäckträgerinnen, Prostituierten, Lastwagenfahrern in einer bläulichen Dieselwolke auf der Brücke der Freundschaft, in diesem Fall über dem Abgrund zwischen dem chinesischen Herrschaftsgebiet und dem damaligen Königreich Nepal. Es gab dort tatsächlich ein Eisentor mit einigen verbogenen Stäben, als lägen auf der jeweils anderen Seite nicht die felsigen Abhänge des Himalaya und die unwirtlichen und von schiefen Häusern bewachsenen Ränder der beiden unterschiedlichen Reiche, sondern der Betriebshof der städtischen Müllabfuhr in Münster, und kaum hatten Uniformierte das Tor geöffnet und hinter mir wieder geschlossen, da waren der Kailash, seine Herausforderungen, sämtliche seiner Bedeutungen sowie die dort residierenden Götter, der kurze Atem und auch die Tibeterin wieder verschwunden, nicht aber die Zahl Einhundertacht, die nicht nur in Tibet, sondern in der göttlichen Mathematik fast des gesamten asiatischen Kontinents von zentraler Bedeutung ist.

Der Mittelpunkt der Welt jedoch war, kaum dass ich Tibet verlassen hatte, ebenfalls schon wieder irgendwo anders.

Nicht dass sich der Berg Kailash etwa inzwischen bewegt hatte oder er gar weggeflogen war, wie auch schon behauptet worden ist, aber außerhalb von Tibet gibt es, was den Anspruch betrifft, das Zentrum der Welt zu sein, überall Konkurrenz, Rom, Mekka, Jerusalem, für Liebende die jeweiligen Geliebten, für Materialisten wahlweise die Wallstreet oder die Stadt Çorum in der Türkei, wo der geographische Mittelpunkt der Erdoberfläche und geometrische Schwerpunkt aller Landflächen des Planeten liegt, und für halb Hamburg sowie für halb Manhattan war das Zentrum der Welt ohnehin das eigene Ego, das zu umkreisen sich leider immer viel zu wenige fanden, worunter man in Hamburg und in Manhattan in diesen Tagen oft sehr litt.

In Nepal wiederum umrundete ich sogleich den großen Stupa von Bodnath am Stadtrand von Kathmandu, eine riesige weiße, etwas plattgedrückte Kuppel, ich hatte die Schuhe ausgezogen und eine Butterlampe entzündet und zog dann, immer verfolgt von den Blicken der vier überdimensionalen Augenpaare des Buddha an der goldenen Spitze des Stupa, barfuß meine Runden, aus welchen Gründen auch immer im Uhrzeigersinn und auf gar keinen Fall diesem entgegen. Im Übrigen war es überaus angenehm, immer im Kreis zu gehen, so wie es stets angenehm ist, freiwillig Dinge tun zu können, die ganz offensichtlich keinerlei Ziel und Zweck haben, wahlweise aus eigener Machtvollkommenheit, sprich: weil der Mensch es kann, oder weil, umgekehrt, er sich höheren Mächten unterwirft, die von allen irdischen Dingen die

Zweckdienlichkeit womöglich am meisten verachten und denen die absurdesten Opfer wahrscheinlich stets die liebsten sind. Abgesehen davon, dachte ich damals, glaubte offensichtlich weder am Kailash noch am Stupa von Bodnath irgendjemand an den linearen Fortschritt, und so hörte auch ich dort augenblicklich auf, an diesen zu glauben, und ich weiß gar nicht, wie viele Runden ich schließlich dort drehte, in der Überzeugung, das Richtige zu tun, und ich ging weiter und immer weiter, ohne den Ort des Geschehens jemals zu verlassen, und zum Abschluss entzündete ich noch einmal eine Butterlampe, so wie alle anderen dort auch.

Schließlich war Rom überall, und so war Rom selbstverständlich auch in Kathmandu ebenso wie am Kailash, in Kabul, in Kairo oder in Kalkutta, und Schauplatz unserer Scharaden war die ganze Welt, und auch wenn wir nirgendwo dazugehörten, warfen wir uns ständig irgendwo nieder und gingen umher mit nackten Füßen, und in unseren Kleiderschränken hatten wir einsatzbereite Verkleidungen für alle Gelegenheiten und für die unterschiedlichsten Gegenden der Erde, Mäntel, Kopftücher, Turbane, lange Hemden, weite Hosen sowie Bänder für unsere unordentlichen Mähnen, und die Männer hörten, sofern sie nicht gerade blond waren, bevor der Chefredakteur sie wieder losschickte, womöglich rechtzeitig auf, sich zu rasieren, und wenig später waren sie irgendwo Bärtige unter Bärtigen und wir Frauen waren Madonnen unter Madonnen.

Bis jemand heulte. Bis jemand tot war.

Aber bis dahin taten wir so wie irgendwelche anderen, auf deren Territorien wir uns gerade befanden, niemals wurden wir jedoch selbst zu Römern, und wir wurden auch keine Katholiken, Buddhisten, Hindus, Muslime, orthodoxe Juden, und noch nicht einmal Chefredakteure wollten wir werden, Chefredakteure?, nein, das schon gar nicht, dann wurden wir ja noch lieber ---

Ansonsten wurde der Stupa am Stadtrand von Kathmandu beim nächsten Erdbeben schwer beschädigt, die goldene Spitze stürzte in sich zusammen, und die vier Augenpaare des Buddha, die gerade noch in alle Himmelsrichtungen geschaut und dich und mich, sämtliche grauen Katzen, das Kathmandutal und natürlich auch Hamburg und Manhattan jederzeit im Blick gehabt hatten, sogar wenn in Manhattan Stromausfall war und in Hamburg Sonnenfinsternis, verwandelten sich innerhalb weniger Sekunden zu Geröll, und während die einen herbeieilten und Schaufeln in die Hand nahmen und die anderen aus der Ferne Hilfsgelder überwiesen, wackelten die Eingeweihten fröhlich mit den Köpfen und frohlockten etwas von Werden und Vergehen und suchten sich kurzerhand andere Objekte, die sie umrunden konnten, so wie auch wir unsere Kreise längst wieder anderswo zogen.

Aber was genau war schließlich das Zentrum oder wenigstens das Ziel *unserer* Reise? Tims ewiges englisches Nichts etwa? Das Arbeitsamt, noch nicht einmal in Hamburg oder Manhattan, sondern wahrscheinlich in Hannover oder in Milwaukee?

Wie traurig das alles war, dachte ich plötzlich, wie traurig.

Und es ist deshalb kein Wunder, dachte ich, dass der Spruch mit Rom und den Römern auf die Anatomy of Melancholy des anglikanischen Geistlichen Robert Burton von 1621 zurückgeht, eine, wie er selbst schrieb, Rhapsodie der von allen möglichen Abfallhaufen zusammengeklaubten Lumpen, zusammengeschustert, skurril, nutzlos, und vielleicht ist dieser Text und unser ganzes Leben nichts anderes als genau das.

V.

DER CHEFREDAKTEUR HINGEGEN

Der Chefredakteur hingegen meinte, als er rief, dass wir weitermussten, immer weiter, mit *wir* natürlich nur *uns* und keineswegs sich selbst. Allerdings stellte sich heraus, dass tatsächlich auch dieser Chefredakteur, sowohl der in Hamburg als auch der in Manhattan, am nächsten oder spätestens am übernächsten Tag weitermusste, und zwar raus aus der Chefetage und rein ins vorläufige Karrierenichts, wobei er noch im Abgang behauptete, er freute sich auf neue Herausforderungen, um nicht zu sagen: Abenteuer, und zwar hinter irgendeinem neuen Schreibtisch, nachdem er nun soeben ausgewechselt worden war, weil nicht nur seine Schönheit, sondern inzwischen auch die Auflage schwand und schwand, und nach *diesem* Chefredakteur kam der nächste samt einem neuen Stellvertreter auf Erden, und während wir schon wieder auf dem Weg waren, weiter, immer weiter, rief auch der Neue uns hinterher, wir sollten einfach immer nur sagen, was ist, und natürlich sollten wir dabei an die Leser denken.

Aber ja doch, riefen wir, ging klar, machten wir ja sowieso, nicht wahr, liebe Leserinnen und Leser, wir denken an Sie, an wen denn sonst, und stets gestalteten wir alles zur besten Unterhaltung und auf die gefälligste Art und Weise, schließlich waren wir alle Hemingway und wir wussten nicht nur, wem die Stunde schlug, sondern auch, dass schon der Spanische Bürgerkrieg ohne den entsprechenden Film mit Gary Cooper und Ingrid Bergman nur das halbe Vergnügen gewesen wäre, Hemingway im Trenchcoat und mit Baskenmütze bei den Guerilla in den Bergen bei Segovia war damals nur der Anfang, denn von dort aus ging es mehr oder weniger direkt zu den Paramount Studios nach Hollywood, und spätestens damit hat das alles begonnen, das große Entertainment namens Krieg mit seinen Drehbüchern der Überwältigungen und der Dramen, und Robert Capas in Spanien tödlich getroffener republikanischer Soldat in seinem weißen Hemd war 1937 der Erste, der neben einer Zeitschriftenwerbung für Pomade gefallen ist, auf der Seite rechts streckte einer ein Gewehr von sich, auf der Seite links holte ein anderer mit einem Tennisschläger aus, broiling sun and a soaking shower can leave your hair lifeless, das stand über dem Mann links, und rechts sah man, was sonst noch so passieren kann unter der brennenden spanischen Sonne mit deinem Haar und deinem Leben, selbst wenn du monatelang weder Tennis spielst noch duschst. Robert Capa wiederum hat später übrigens ebenfalls immer wieder Ingrid Bergman geküsst, nicht im Film, aber wo eigentlich sonst?, bevor er auf eine Mine getreten ist im Krieg in Indochina, und noch viel später widmete man Capa, anders als Tim, der nicht von einer Mine, sondern von einer Mörsergranate getötet worden war, eine Straße, allerdings nicht in Hollywood, in Hamburg oder in Manhattan, sondern in einem Gewerbegebiet am Stadtrand von Leipzig, oder besser gesagt: mitten im Leipziger Nichts.

Mit einem Wort: Wir alle hatten uns längst eingestellt auf Hollywood und auf Pomaden aller Art sowie auf irgendein kommendes Nichts, aber was war noch mal genau das, was ist und was wir deshalb hätten sagen sollen?

Ich für meinen Teil hätte gerne gesagt, was ist, und gern wäre ich irgendeine Art Realistin geworden, von mir aus auch eine sozialistische, und immer wieder stand ich im Hauptquartier des Chefredakteurs, legte den Kopf in den Nacken und bewunderte den Schriftzug, den der Chefredakteur aller Chefredakteure als Menetekel an eine Art Felswand hatte schreiben lassen in der elf, zwölf, dreizehn Stockwerke hohen Halle, die sich vor jedem auftat, der das Hauptquartier betrat, und die mich ein wenig an die Halle des Bergkönigs nach der Komposition von Edvard Grieg erinnerte. Sagen, was ist, das stand dort in riesigen, der Handschrift des Chefredakteurs nachempfundenen Lettern aus Messing, wer wäre also nicht beeindruckt gewesen von dieser festen Burg aus Glas und Beton, in der offenbar jeder wusste, beziehungsweise in Kürze herausfinden würde, was *ist*, und wo alles, was *nicht* ist, niedergeschossen werden würde, wahrscheinlich mit dem Sturmgeschütz der Demokratie, während sonst niemand in Hamburg, New York oder sagen wir: in Papua-Neuguinea auch nur die geringste Ahnung hatte, warum überhaupt etwas war und nicht vielmehr nichts.

Der Chefredakteur aber war der Chefredakteur und nicht vielmehr niemand, und er wusste deshalb stets genau, was war und was nicht, nicht aber, wie er verhindern konnte, dass die Auflage weiter schwand und schwand und er seinen Schreibtisch hoch über der Halle des Bergkönigs alsbald wieder würde räumen müssen, und deshalb tat er dieses und er tat jenes, lunchte mit xy, dinierte mit yx und zog an tausend Fäden, wovon er uns jedoch nichts verriet, aber in seinen Editorials, die er zärtlich Edis nannte, wandte auch er sich immer wieder an die Leserschaft, denn nur die konnte ihn letztlich retten. Die Edis begannen, natürlich nur in Hamburg, nicht aber in Manhattan, mit den Worten: *Liebe Leserin, lieber Leser*, denn in Manhattan gibt es nun einmal keine einzige Leserin, sondern nur einen geschlechtsneutralen *dear reader*, der letztlich sogar ein liebes Lesebuch sein könnte: Liebes Lesebuch, bitte lies die Geschichte auf Seite 94. In Hamburg jedoch gab es kein Lesebuch, sondern exakt zwei äußerst wichtige Personen, nämlich die eine Leserin und den einen Leser, und es war dem Chefredakteur ein Herzensanliegen, diese beiden stets im Singular anzusprechen, denn der Singular klang so viel persönlicher als die Ansprache irgendwelcher unidentifizierbarer Massen, schließlich war der Chefredakteur nicht beziehungsweise *nicht mehr* Lenin, auch wenn er in zarter Jugend und mit noch vollem Haar einer Arbeitsgruppe an der Gesamthochschule Kassel angehört hatte, die diskutierte, wie sich in der damals bekanntlich vorrevolutionären sogenannten BRD Lenins Auffassung der

Funktion der Massenmedien im Sozialismus schnellstmöglich auf breiter Front durchsetzen ließe, was dann ja aber leider doch nicht gelang. Durchgesetzt hatte sich lediglich der Chefredakteur selbst und mit ihm seine bald doch noch entdeckte Liebe zum Individuum sowie zum Einzelstück, namentlich im Bereich Designerstuhl sowie dazu passendem Schreibtisch, und nachdem der Chefredakteur dort selbst in seinem *Edi* die von uns womöglich zusammengeschusterten, skurrilen, nutzlosen Abenteuer anscheinend jedem Einzelnen auf das Gefälligste schmackhaft gemacht hatte – liebe Leserin, lieber Leser, Geschichten wie die auf den Seiten 94 und 132 haben Sie noch nie irgendwo gelesen –, endete er mit dem Superlativ öffentlicher Anhänglichkeit, nämlich mit *Herzlichst Ihr xy*.

Ansonsten wusste der Chefredakteur, dass der Nachname von Jean Paul natürlich nicht xy, sondern Belmondo war, und dass die Toten nicht nur tot waren, sondern auch keine Karos trugen, außer natürlich sie waren der Reporter Jefferson Tuff-Tuff in der Verfilmung von Winnetou 1, der tatsächlich aus Oxford kam wie Tim und der Karos trug, wie noch nie ein Reporter sie getragen hatte, während er einen ganzen Film lang verzweifelt versuchte, Fotos von Indianern zu machen. Zum heiligen Berg Kailash fiel dem Chefredakteur in den luftigen Höhen über der Halle des Bergkönigs jedoch gar nichts ein, was ihm aber niemand verdenken konnte, denn wer oder was war schon dieser Kailash in Hamburg oder in Manhattan?

VI.
HELDENTUM WOHIN MAN

Ich war, seit mich der Chefredakteur zum ersten Mal losgeschickt hatte, natürlich vielen Helden begegnet und durchaus auch einer Reihe von Heldinnen, Helden- beziehungsweise Heldinnentum gab es, wohin man blickte, auch wenn die Zeiten für Heldentum angeblich längst vorbei waren, und schon damals, als ich nach einem Umweg über London und Islamabad schließlich im Mustafa Hotel in Kabul gelandet war, schien es mir, als sei ich die einzige Schneiderinnenseele unter all denen, die sich aufgemacht hatten, um zu sagen und um zu fotografieren, was ist, und die Aufträge hatten aus Hamburg, aus Manhattan oder von wo auch immer, und dennoch steckte auch ich wie alle anderen schon morgens um sieben Uhr in meinen Stiefeln, bereit, wozu?, nun wir waren eben bereit.

Es war Januar, ein neues Jahr hatte soeben begonnen, und als der Chefredakteur auch bei mir angerufen hatte in der schwefelgelben Stunde des anbrechenden Tages, hatten sich auf den Dächern der Goethestraße einige Krähen versammelt, die sich dann plötzlich vor meinem Fenster in die Tiefe stürzten, auch wenn es dort unten für sie wohl kaum etwas zu holen gab, außer vielleicht das bisschen Glitzer, das noch an den achtlos auf den Gehsteig geworfenen Weihnachtsbäumen hing, in Kabul indessen, rief der Chefredakteur, in Kabul und in ganz Afghanistan breche nun nicht nur ein neuer Tag und ein neues Jahr, sondern ein ganz neues Zeitalter an. Zum ersten Mal seit einer halben Ewigkeit stiegen, so sagte der Chefredakteur, dort sogar Drachen auf, das habe er jedenfalls gehört, dabei hatten die Taliban das Drachensteigenlassen verboten, ebenso wie alle anderen Äußerungen von Leben, aber mit den Taliban und ihren einäugigen Mullahs sei es nun dank des Einsatzes der vereinigten Kräfte der Freiheit und des Fortschritts bekanntlich vorbei, und mit dem Mittelalter, ach was, mit der Steinzeit in Afghanistan gleich mit.

Und ich dachte: wunderbar, der Chefredakteur möchte also, dass ich über Drachen schreibe und über den Anbruch einer neuen Zeit, was mich nicht weiter überraschte, schließlich war ich kurz zuvor noch beim Feuilleton gewesen, und sowohl mit Windobjekten als auch mit dem Ausgang des Mittelalters kannte ich mich aus, weniger allerdings mit der Steinzeit, aber am Ende fiel das wahrscheinlich nicht weiter auf. Und so versteckte ich meine Ohrringe und meine feuilletonistischen Halsketten vor den Taliban und vor den Krähen, und schon saß ich mit meinen eilig zusammengesuchten Kopftüchern im Flugzeug der Pakistan Airlines von London nach Islamabad, where we will be landing in seven hours and fortyfive minutes, god willing, inshallah, und da diese Fluglinie zwar einerseits gottgefällig, andererseits aber auch die letzte der Welt war, in der sie das Rauchen noch gestatteten, rauchte ich von London bis Islamabad praktisch ohne eine Pause durch, während alle anderen Fluggäste immer wieder auf ihren Sitzen hin und her rutschten und sich auf den Gängen um die eigene Achse drehten, denn auf den Bordbildschirmen wurde Mekka, das Zentrum der physischen und der geistigen Welt, das den Sterblichen, selbst wenn sie in zehntausend Metern Höhe durch die Lüfte flogen, noch Halt und Orientierung gab, mal hinten rechts angezeigt, dann wieder vorne links, mal schräg unter der *einen* Tragfläche, aber dann plötzlich unter der *anderen*, unsichere Verhältnisse ausgerechnet im Himmel über Saudi-Arabien und anschließend auch im Himmel über Pakistan, und im Himmel über Afghanistan flogen nun schließlich sogar Drachen, aber am Ende hatte es dem Allmächtigen tatsächlich gefallen, dass wir in Islamabad landeten, dem Namen nach also dem Wohnsitz des Islam.

Wohnte hier, dachte ich, dann womöglich auch Osama bin Laden, der Löwe aus dem Leeren Viertel?, aber der wohnte natürlich nicht in Islamabad, zumindest irgendwann später wohnte er vielmehr ausgerechnet in Abbottabad etwas weiter nördlich in einem idyllischen Hochtal auf zwölfhundert Metern Höhe in den Ausläufern des Karakorum, wo es ein wenig aussah wie im Kleinwalsertal und wo es deshalb auch ein leicht orientalisiertes alpines Hotel namens Al-Pine gab. Wie der Name Abbottabad schon sagte, war die Stadt offenbar irgendwann der Wohnsitz eines Bischofs gewesen oder von mir aus auch der irgendeines englischen Majors und Statthalters, der nur dem Namen nach ein Bischof war, aber am Ende wohnte dort eben auch bin Laden, wahrscheinlich, weil Abbottabad so hübsch lag und zudem als die sauberste Stadt Pakistans galt, wobei die Amerikaner dort eines Tages trotzdem noch einmal aufräumten, allerdings auf ihre ganz spezielle Weise. In Islamabad hingegen hatte neben dem Islam auch das World Food Programme einen Sitz, und dem gefiel es wiederum, mich ein paar Tage später gegen einen Unkostenbeitrag von nur zweitausend Dollar in einer Frachtmaschine nach Afghanistan zu schaffen, zu einer Luftwaffenbasis irgendwo am Fuß des Hindukusch, denn der Flughafen in Kabul war zerstört, so wie auch halb Kabul zerstört war, und vom Fuß des Hindukusch in die Stadt waren es dann zwei weitere endlose Stunden mit etwas, das man in Afghanistan Auto nannte, weil es eine zerborstene Windschutzscheibe hatte, einen Motor und vier Räder, und während der Fahrer die merkwürdigsten Kurven fuhr und die gesamte Fahrt über leise vor sich hinbetete, vermied ich es vorsichtshalber zu atmen, aus Respekt vor den ausgebrannten Fahrzeugen am Straßenrand, den entgegenkommenden Panzern und der Herrlichkeit der schneebedeckten Berge, es hatte mir leider niemand gesagt, ob es überhaupt statthaft war, unterwegs zu atmen, und ob es vielleicht besser war, so zu tun, als sei ich gar nicht da, und was sonst noch so angeraten war im Krisengebiet. Der Chefredakteur hatte nur gesagt: Du fährst nach Afghanistan, und schon war ich unterwegs, Kara Bint Nemsi, Tochter der Deutschen, im Land der Paschtunen bei ihrem ersten Einsatz für Gerechtigkeit & Wahrheit, und so schnappte ich nur hin und wieder nach Luft, und auch zu rauchen traute ich mich nicht, bis es schon fast Abend war und ich endlich vor dem vergitterten Aufgang zum Mustafa Hotel im Zentrum von Kabul stand, wo vier paschtunische Riesen samt Bärten und nachgebauten Kalaschnikows aus den traditionsbewussten Waffenschmieden in den Stammesgebieten am Khyber Pass Wache standen und ebenfalls rauchten, aber vorsichtshalber rauchte ich vorerst lieber für mich allein.

Das Mustafa Hotel lag im ersten Stock eines heruntergekommenen modernistischen Gebäudes aus den 1970er-Jahren, als Kabul, abgesehen von all den Häusern aus Lehm an den Hängen der Berge, für eine kurze Zeit nicht nur modern, sondern, wenn auch noch nicht wirklich kommunistisch, dann immerhin schon mehr oder weniger sowjetisch war, was bekanntlich hieß, dass die Gesellschaft kurz vor ihrem Idealzustand angekommen sein musste, und in den Straßen der Stadt waren bereits erste Ingenieurinnen, Maschinistinnen und Fabrikarbeiterinnen in Miniröcken gesichtet worden, bevor es dem Weltgeist dann allerdings beliebt hatte, die allgemein akzeptierte Reihenfolge der Epochen einfach einmal durcheinanderzubringen for a change, und auf die Moderne kurzerhand das Mittelalter respektive, wie der Chefredakteur gesagt hatte, sogar gleich die Steinzeit folgen zu lassen, weshalb es nun auch mit dem Ende der Geschichte schon wieder vorbei war, ein Ende, das erst neulich begonnen hatte und dann doch nur sehr kurz gewesen war, und die Zukunft, die ebenfalls kurz sein mochte oder auch sehr lang, war nun nicht mehr unbedingt die Fortsetzung der Gegenwart, aber was war sie denn eigentlich dann? Dies wiederum stellte unter anderem ein geschichtsphilosophisches Problem dar, vor allem aber machte es die Leute schier wahnsinnig, wenn ständig alles durcheinanderging, sie nicht einmal mehr eingebettet waren in ein historisches Kontinuum und niemand mehr wusste, welche Kräfte gerade wohin zerrten, der Allmächtige, der Weltgeist, die Taliban, und was immer als Nächstes noch kommen konnte, irgendetwas in der Art hatte ich vielleicht gedacht, als ich am Mustafa Hotel eingetroffen war, wahrscheinlicher ist allerdings, dass ich gar nichts dachte, als ich dort Quartier nahm, ich war nur froh, dass ich endlich angekommen war.

Der Besitzer des Hotels war ein soeben erst aus der Emigration zurückgekehrter afghanischer Autohändler aus New Jersey, und das Gebäude war von oben bis unten vergittert, Gitter waren vor Türen, Fenstern, Balkonen und fast vor der gesamten Fassade, und umstandslos bezog ich eine Art Zelle, ebenfalls mit Gittern sowie schweren Stoffvorhängen statt Wänden, denn angeblich hatte das Hotel zwischenzeitlich erst dem KGB und dann den Taliban als Gefängnis gedient. All diejenigen, die den in ihren Kampfanzügen und mit ihren Panzerfahrzeugen herbeigeeilten Kräften der Freiheit und des Fortschritts nachgereist waren, so wie die Raubmöwen den Fischkuttern hinterherfliegen, um den Beifang zu erbeuten, konnten jedoch froh sein, dass es in Kabul überhaupt eine Unterkunft gab, und jeden Morgen und jeden Abend hatten die zwei, zweieinhalb Dutzend Männer sowie eine einzige weitere Frau ihre Auftritte im Aufenthaltsraum des Mustafa Hotel in ihren Stiefeln.

Sie traten einer nach dem anderen durch das geöffnete Gitter der Tür, nickten den auch hier wachenden paschtunischen Riesen mit ihren Bärten und ihren Kalaschnikows lässig zu, und zum Frühstück und zum Abendessen hinter Gittern schritten sie wie immer mutig voran, kein Knirschen der Knochen zu vernehmen, noch hatten wir allesamt geschmeidige Glieder und geölte Knie. Außer natürlich Peter Arnett, der im Mustafa Hotel die Rolle der Legende spielte.

Peter Arnett!, dachte ich, als ich ihn zum ersten Mal in den Aufenthaltsraum kommen sah, wobei ich ihn natürlich sofort grüßte wie einen langjährigen Vertrauten, Peter Arnett, der, wie jeder wusste, seit vierzig Jahren unterwegs war und den ich, so wie die ganze Welt, aus dem Fernsehen kannte. Der Himmel über Bagdad ist erleuchtet, ich erinnerte mich genau, there is anti-aircraft gunfire going into the sky, und der bisher schönste und sauberste Krieg aller Zeiten zeichnete Leuchtspuren und schickte gelbe und rote Blitze in den grünlichen Bildschirmhimmel zwischen Mitte und Ende der Nacht, Avantgardistischeres hatte man selbst bei der Documenta in Kassel bisher kaum gesehen, und auch die Philosophen in den Cafés von Saint-Germain-des-Prés waren begeistert, sie wussten, dass nun die Echtzeit begonnen hatte, die sogar noch großartiger sein würde als die Moderne und der Kommunismus zusammen, und die Falschzeit, die wir bisher für die echte gehalten hatten, war endgültig am Ende, während eine Milliarde Fernsehzuschauer in allen Zeitzonen der Erde wochenlang Peter Arnetts Stimme lauschte, live from the battlefield, und zum ersten Mal überhaupt waren auf dem Schlachtfeld alle dabei, wobei ein besonders aufmerksames Publikum natürlich stets die irakischen Zensoren waren, die dem Berichterstatter niemals von der Seite wichen und bestimmten, was er sendete und was nicht und was die Welt zu sehen bekam und was nicht, there's another attack coming in, rief Peter Arnett dann im Fernsehen, tremendous lightning, it looks like the Fourth of July, auch wenn damals natürlich weder amerikanischer Nationalfeiertag noch Juli, sondern ebenfalls Januar war, aber Feuerwerke sind ja zu jeder Jahreszeit schön, besonders, wenn man einen so herrlichen Rundblick hat wie vom Dach des Hotel Raschid, das so etwas wie die wesentlich größere und wesentlich elegantere Ausgabe des Mustafa gewesen war, jedenfalls war der Hotelturm des Raschid in Bagdad mindestens vier Mal so hoch wie das Mustafa in Kabul mit seinen gerade einmal drei Etagen, überhaupt war seit den glorreichen Tagen des Golfkriegs alles ein wenig geschrumpft, nur die Zuversicht, die blieb immer dieselbe, und deshalb stieg Peter Arnett auch im Mustafa Hotel jeden Morgen und jeden Abend auf das Dach, und auch jetzt hatte er wieder eine sehr lange Antenne, allerdings war sie nicht im Entferntesten so lang wie einst die auf dem Hotel Raschid, und eigentlich hätte es gar keine sichtbare Antenne mehr gebraucht, so fortgeschritten war inzwischen die Technik, aber wie sah das denn aus, Arnett ohne Antenne auf einem Hoteldach?, man hätte ihn ja kaum mehr erkannt, im Übrigen gab es in Kabul auch kein Feuerwerk, keine Flugabwehrraketen und keinen Nachthimmel in Documentagrün, die Kampfzonen lagen irgendwo draußen in den Bergen, wohin Tim später einem Platoon der Kräfte der Freiheit und des Fortschritts folgte, in Kabul jedoch hörten wir nachts in unseren mit Stoffvorhängen verschönten Gefängniszellen allenfalls Schüsse aus den Kalaschnikows vom Khyber Pass sowie das Husten der Kollegen, schließlich war in Afghanistan gerade noch Stein- und nicht etwa schon Echtzeit, Echtzeit war erst wieder viel später, in diesem Fall jedoch nicht für Millionen von Zuschauern, sondern nur für einige wenige, nämlich genau in dem Moment, als die Amerikaner schließlich im sauberen und beinahe alpenländischen Abbottabad im allerdings recht unordentlichen Haus von Osama bin Laden wieder einmal saubere Arbeit leisteten, während im Keller des *Weißen Hauses* elftausendvierhundertsiebzehn Kilometer Luftlinie und zehn Zeitzonen von Abbottabad entfernt einige Herrschaften in Hemdsärmeln sowie Präsident Obama in Freizeitkleidung offenbar auf einen Bildschirm schauten, und *wie* sie schauten – wenn auch nicht, *was* sie *sahen* –, durfte auch der Rest der Welt betrachten, allerdings nur auf einem dann schnell berühmt gewordenen Foto, auf dem Obama finsterer nicht hätte blicken können und Hillary Clinton sich die Hand vor den Mund hielt, offenbar vor Schreck, und dieses Foto war dann schon *echt* genug, mehr gab es von der neuesten Frontlinie im War on Terror nicht zu sehen, und es gab auch keinen Kommentar von Peter Arnett, obwohl der lange zuvor immerhin einmal mit Osama bin Laden, der nicht nur dem Namen nach ein Löwe war, in einer Höhle irgendwo im Hindukusch gesessen und ihn gefragt hatte, was man eben so fragt: Mister Bin Laden, Sie haben den USA den Heiligen Krieg erklärt, können Sie mir sagen, warum?, und schließlich fragte er ihn auch noch nach seinen future plans, denn nach den future plans zu fragen war üblich am Ende jedes Interviews mit einem Star, und tatsächlich avancierte Bin Laden dann schnell vom Höhlenmenschen zum größten Regisseur aller Zeiten und lieferte, sogar im Wortsinne, den *Blockbuster* aller Blockbuster am strahlend blauen Morgenhimmel eines Septembertags in Lower Manhattan, doch als dann Bin Ladens letzte Stunde kam und er im Keller in Washington D.C. auf dem Bildschirm erschien, da saß wiederum Peter Arnett wohl schon auf dem Altenteil, and hopefully he was having a good time, zum Beispiel mit seinem Schwiegersohn John Yoo, der im US-Justizministerium für George W. Bush die juristische Grundlage der Anwendung von Folter durch die CIA im Krieg gegen den Terror ausgearbeitet hatte, schließlich musste man nicht immer nur *berichten*, man konnte auch selbst einmal *aktiv* werden, aber höchstwahrscheinlich *saß* Peter Arnett gar nicht auf dem Altenteil, sondern er *stand*, auf einem Dach mit Rundblick im schönen Kalifornien oder in seiner Heimat in Neuseeland, von wo aus er jedoch ganz bestimmt irgendjemandem irgendetwas berichtete, so wie er auch vom Dach des Mustafa Hotel in Kabul irgendetwas berichtet haben musste, weshalb er jeden Morgen und jeden Abend als Letzter im Aufenthaltsraum erschien, wobei ihm die Paschtunen beim Eintreten in zuvorkommendster Weise das Türgitter aufhielten, während ich meist schon länger mit anderen Hotelinsassen an einem der Tische saß und versuchte, mir nicht anmerken zu lassen, dass ich noch immer nicht richtig wusste, wie und warum ich ausgerechnet in Kabul gelandet war und was genau ich hier sollte, weshalb ich mich möglichst nonchalant in alle Richtungen unterhielt, über dieses und über jenes, ganz so als säße ich nicht in einem ehemaligen Gefängnis in Kabul, sondern in einer Bar in Berlin oder New York, und gleichzeitig dachte ich an alles Mögliche, nur nicht daran, dass ich über Peter Arnett jemals auch nur einen einzigen Satz schreiben würde, schon gar nicht einen, der noch länger sein würde als die längste seiner Antennen.

Ansonsten war Arnett tatsächlich: nett. Als ich ihm erzählte, dass mir unterwegs mein Schlafsack abhandengekommen war, weshalb ich nachts in meiner Zelle fror, bot er mir sofort an, den seinen mit mir zu teilen, und ebenfalls ohne dass ich ihn hätte bitten müssen, berichtete er mir ausführlich von seinen unzähligen number one stories und stellte fest, dass wir ja wohl beide wussten, dass es Geschichten gibt, für die man sein Leben riskieren muss, nicht wahr?, worauf ich nur sagte: ach so?, und er erklärte mir auch gerne noch einmal jeden einzelnen seiner vierundvierzig Kriege, den Vietnamkrieg, mit dem für *ihn* einst alles begonnen hatte, den Krieg im Nachthimmel über Bagdad und den Krieg hier in Afghanistan ohnehin, schließlich, so sagte er, hatte er Bin Laden getroffen und ihn nach seinen Zukunftsplänen gefragt, but I think you know, don't you?, woraufhin ich nickte, aber ohnehin sprach er ohne Unterbrechung weiter, anderen Leuten Kriege zu erklären war Arnetts Beruf, und zwar mit so klaren Worten, dass man ihn auch im Mittleren Westen der Vereinigten Staaten verstand, weshalb er immer wieder bereitwillig rief: let me break this down for you, und dann brach er auch für mich irgendetwas auf irgendetwas anderes herunter, denn was beim Publikum in West Virginia funktionierte, funktionierte ja vielleicht auch beim Publikum aus Westberlin, das im Gegensatz zum Publikum aus West Virginia sogar leibhaftig anwesend war, nämlich in Gestalt von mir, und schon aus Höflichkeit und aus einer Art von historischem Respekt lächelte ich Peter Arnett so oft wie möglich und wann immer ich daran dachte freundlich zu.

Die übrigen Insassen des Mustafa Hotel hingegen.

Die übrigen Insassen des Mustafa Hotel hingegen nahmen, immer wenn Arnett, the ultimate war horse sowie, anders als Tim, notorischer Weltrekordhalter im Überleben, mutmaßlich zu einer längeren Ausführung ansetzte, einer nach dem anderen ihre Teegläser, ihre Fladenbrote und ihre Teller und setzten sich unter einem Vorwand an einen anderen Tisch. Sie wussten, so dachte ich jedenfalls, während Arnett mangels weiteren Publikums also einzig und allein auf *mich* einredete, schließlich selbst bestens über alles Bescheid, und anders als ich, hatten die übrigen Insassen ebenfalls schon alles gesehen, außer natürlich den Krieg in Vietnam, den Arnett, wie er sagte, so hautnah erlebt hatte, wie man einen Krieg nur erleben kann, ohne am Ende zu sterben, das aber war lange her und für die Insassen des Mustafa, so dachte ich, inzwischen ohne Belang, eine halbe Ewigkeit war seither vergangen und es war damals weder Steinzeit noch Echtzeit, vielmehr war die Moderne gerade einmal so modern, dass in der Goethestraße noch die Rohrpost abging, und sicherlich hatte Peter Arnett auch noch volles Haar, inzwischen hatte man den Vietnamkrieg aber wahrscheinlich selbst in West Virginia vergessen, außer Peter Arnett erinnerten sich an den Kampf gegen den vietnamesischen Kommunismus respektive gegen den amerikanischen Imperialismus wohl höchstens noch ein paar emeritierte Straßenkämpfer in der ehemaligen Selbständigen politischen Einheit Westberlin, die nur wenige Schritte entfernt vom Postamt in der Goethestraße vor dem Amerika-Haus in der Hardenbergstraße heroische Schlachten für die vietnamesischen Reisbauern geschlagen hatten, ein Kampf auf achttausendsechshundert Kilometer Entfernung, und zumindest für die Straßenkämpfer in Westberlin endete er mit einem glatten Sieg, inzwischen aber war vom Vietnamkrieg nicht viel mehr übrig als Peter Arnett, wie er nun vor mir saß im Mustafa Hotel in Kabul. Und natürlich gab es auch noch Marlon Brando respektive Colonel Kurtz, der tauchte ebenfalls alle paar Jahre wieder auf, samt Kampfhubschraubern, die den Walkürenritt spielten, und Soldaten, die unter Mörserbeschuss im Südchinesischen Meer surften, und die dazugehörige filmische Apokalypse wurde jedes Mal länger, noch sehr viel länger als der längste meiner Sätze, und im Kino liebten auch wir den Geruch von Napalm am Morgen, er roch nach Sieg, ansonsten war, so dachte ich, während Peter Arnett erneut irgendetwas für mich herunterbrach, Napalm inzwischen aus der Mode, ebenso wie der Kampf gegen den Kommunismus, was war das überhaupt noch mal, Kommunismus? Kommunismus, das waren jetzt nur noch ein paar blinkende Lichterketten mit Hammer und Sichel in den Straßen von Hanoi, wo, als auch ich einige Zeit später und mehr als ein halbes Jahrhundert nach Peter Arnett schließlich irgendwann dort landete, die Grundstückspreise längst höher waren als in London, und während Arnett einst aus der Hölle berichtet hatte, berichtete ich dann aus dem Paradies, dem Paradies nicht etwa für Arbeiter & Bauern, sondern für internationale Investoren, und in den Textil- und in den Chipfabriken in den Reisfeldern roch es am Morgen nicht nach Napalm, sondern Tag und Nacht roch es nach globalem Profit, was ich in meinen Bericht natürlich nicht einflechten konnte, denn gegen die Erwähnung solcher Art von Gerüchen hatte der Chefredakteur eine Allergie. In Afghanistan hingegen roch es, seit die Ingenieurinnen und die Maschinistinnen in Miniröcken verschwunden waren, noch nicht einmal mehr nach Sozialismus, sondern nach Opium *und* nach Religion, dabei hätte, zumindest für das Volk, bekanntlich schon eines von beiden genügt, und beides zusammen roch ebenfalls nach Sieg, in diesem Fall nicht nur über den Kommunismus, sondern vor allem über den Verstand.

Ansonsten hatte es, seit Arnetts erstem Krieg in Vietnam, längst Kriege an den überraschendsten Orten gegeben und in Ländern, die noch auf keiner Karte verzeichnet waren, weil sie erst seit vorgestern existierten, und während ich es mir gerade noch in einem Fauteuil im Feuilleton bequem gemacht und ich dort die Welt, zum Leidwesen gewisser Kräfte in Karl-Marx-Stadt und Umgebung, immer nur verschieden *interpretiert* hatte, waren Arnett und auch sämtliche anderen Insassen des Mustafa Hotel stets dort, wo ein paar Leute dachten, es käme vielmehr darauf an, die Welt zu *verändern*, musste ja nicht unbedingt zum Guten sein, reichte auch, wenn einige dabei reich wurden und möglichst viele anschließend tot waren, während wiederum die Herrschaften Beobachter, die ich nun meinerseits im Mustafa Hotel beobachtete, davon überzeugt waren, dass sich wiederum allein durch ihre wahrheitsgemäßen Berichte sogleich alles zum Guten verändern würde, und falls es das dann eventuell doch nicht tat, dann lag es jedenfalls nicht an ihnen.

So waren die späteren Insassen des Mustafa Hotel schon jahrelang von einem Schauplatz zum nächsten gezogen, auf Anweisung des allgemeinen Chefredakteurs und im Jetstream der Geschichte, einer aus Hamburg war allerdings zurückgeblieben, denn er hatte es sich in den Bergen oben im Nordosten auf dem Dach des Panzers eines Warlords bequem gemacht, zu einer Spazierfahrt durch die sternenklare afghanische Nacht, was gewisse andere Kräfte wiederum als eine Aufforderung zum Beschuss interpretierten, und so gab es in Hamburg wenig später eine Trauerfeier, aber nur eine kleine, denn wer im Dienste der Öffentlichkeit und der Wahrheit unterwegs war, so fand der Chefredakteur, fuhr nachts nicht auf Panzern spazieren, dergleichen sah einfach nicht gut aus, und bei einer Vergnügungstour vom Panzer geschossen zu werden war als Todesursache wirklich nicht schön.

Alle anderen waren jedoch bisher immer wieder davongekommen, und als sie einer nach dem anderen im Aufenthaltsraum des Mustafa Hotel erschienen, stellten sie sich, während alles von den Tellern aufschaute, wie Tenöre bei ihrer Auftrittsarie einen Moment in Positur und riefen, wie schön es war, nun hier zu sein und lauter alte Gefährten zu treffen, great to see you again, it's been quite a while since last time, oder sie zögerten einen Moment, kniffen die Augen zusammen, gingen dann auf jemanden zu und sagten: haben wir uns nicht in Ramallah getroffen und hat es dich nicht damals auch am Bein erwischt?, wobei sich dann schnell herausstellte, dass die letzte Begegnung doch nicht in Ramallah, sondern in Grosny und die in Rede stehende Verletzung nicht am

Bein, sondern am Arm war, aber egal, und eines Abends saßen plötzlich alle an den Tischen, krempelten die Hosen hoch oder lüfteten ihre Pullover und ihre Hemden, und dann zeigten sie einander ihre Wunden, als wären sie Teil einer Installation von Joseph Beuys, der seine eigenen Wunden hatte aus einem Krieg, der noch weiter zurücklag als der Krieg in Vietnam und in dem Beuys, anders als die Insassen des Mustafa Hotel, nicht nur Beobachter war, vielmehr flog er Kampfeinsätze über der Krim, und die Insassen des Mustafa Hotel gedachten auch nicht wie Beuys des Leidens und der Sterblichkeit, vielmehr feierten sie ihren eigenen Mut, und auch die paschtunischen Wächter bewunderten, nachdem sie ihre Posten verlassen hatten, die entblößten Narben der ausländischen Helden und auch die einer jungen Heldin, der einzigen im Mustafa Hotel.

Sie hatte ihren linken Stiefel ausgezogen und zeigte einen weit herausstehenden Knöchel, in dem sieben Nägel steckten, oder vielleicht waren es acht, seit sie, so erzählte sie, in Tschetschenien einer Horde schwer bewaffneter und sturzbetrunkener russischer Rekruten entkommen, eine Böschung hinuntergestürzt und, nachdem sie sich mehrere Brüche zugezogen hatte, zunächst nur notdürftig versorgt worden war. All das berichtete sie in englischer Sprache, aber mit starkem russischem Akzent, als die Paschtunen sie mit ihren wenigen englischen Vokabeln jedoch fragten, woher sie komme, sagte sie mit fester Stimme und sonorem weiblichem Bass: I come from nowhere, nach dem Song von Frank Zappa, wobei sie das R wiederum rollte wie Zarah Leander in einem Durchhaltefilm während des Zweiten Weltkriegs, und während die Blicke der Paschtunen verrieten, dass sie noch überlegten, wo dieses Nowhere wohl genau lag, stellte sich heraus, dass unsere Heldin sich trotz allem zuletzt einige Zeit in Bangkok aufgehalten hatte, und von dort hatte sie Musikkassetten und Pornohefte nach Afghanistan mitgebracht.

Warum? darum!, die Wahrheit über Musik und Sex war anscheinend auch den Paschtunen zumutbar, und tatsächlich waren diese offensichtlich dankbar für die interessanten neuen Perspektiven, jedenfalls stellten sie schließlich ihre nachgebauten Kalaschnikows neben dem Türgitter ab und boten in alle Richtungen schwarze afghanische Zigaretten an, mit Harz aus der heimischen Cannabispflanze oder ohne, und auch ich rauchte nun nicht mehr nur für mich allein. Inzwischen hatte die nächtliche Ausgangssperre begonnen und deshalb saßen auch die Paschtunen für die nächsten Stunden, in denen noch nicht einmal Flugabwehrfeuer die Stadt erleuchtete und alle Schüsse ins Dunkel zielten, hinter den Gittern des Mustafa Hotel fest, und außer mit Peter Arnett, der entweder noch auf dem Dach stand oder schon einsam in seinem Schlafsack lag, den er nun doch mit niemandem großzügig teilen konnte, tranken die paschtunischen Riesen zusammen mit allen anderen Insassen Cocktails aus Wodka vom Schwarzmarkt versetzt mit Spülwasser und Petersilie, und endlich wagten sie sogar ein Tänzchen zur Musik auf den Kassetten der russischen Heldin, aus

Bangkok oder aus dem Nirgendwo, just try it for a while, the people from nowhere always smile, das wiederum wusste schon Frank Zappa, und auch ich tanzte, rauchte und trank gerne mit.

Und du, wo bist du gewesen in den letzten Jahren?

In den Schluchten des Balkan. Im wilden Kurdistan. Im Lande des Mahdi. Dort, sagte ich, bin ich gewesen.

And now?

What am I doing here, während in Berlin die Krähen in großen Schwärmen auf den Dächern schlafen?

VII.

DENN ES WARTETEN DORT DRAUSSEN

Am nächsten Morgen steckten dann alle wieder in ihren Stiefeln und alle waren wieder bereit, denn es warteten dort draußen in der Steinzeit oder im Mittelalter oder in der Postmoderne oder einfach auf irgendeinem weißen Fleck im Kontinuum der Geschichte lauter neue number one stories, für die es sich lohnte, das Leben zu riskieren, wobei ich als einzige Schneiderinnenseele im gesamten Mustafa Hotel der Meinung war, dass das Leben zu riskieren sich für rein gar nichts lohnte, außer eventuell für die Liebe, dies allerdings wäre ein ganz anderer Roman. Und wofür genau war Tim noch mal gestorben?

Die übrigen Insassen des Mustafa Hotel bewiesen jedenfalls täglich ab halb acht morgens aufs Neue ihren Helden- und Heldinnenmut, seit kurz nach sieben hatten sie auch an diesem Morgen vor ihren Fladenbroten gesessen, vor rohen Zwiebeln und vor über Nacht zu Klumpen gefrorenem Joghurt, nach Art des Hauses serviert in einem Eimer aus Emaille, nur Peter Arnett war noch nicht da, wahrscheinlich stand er noch auf dem Dach und funkte hinaus in die Welt, die Übrigen sprangen jedoch einer nach dem anderen auf, denn für irgendetwas wurde es nun Zeit, it's time, I need to go, das riefen sie wie in einer Art asynchronem Chor, und in der nächsten Sekunde waren sie verschwunden, während ich noch einen Moment zurückblieb und nicht wusste, ob ich den

Helden folgen und ebenfalls wieder hinausgehen sollte, Kara bint Nemsi, Tochter der Deutschen, in der Stadt der Paschtunen. Jedenfalls hatte ich, obwohl auch ich schon wieder in meinen Stiefeln steckte, nicht die geringste Neigung, ebenfalls am hiesigen Heldentum teilzunehmen, abgesehen davon, so dachte mein feuilletonistischer Geist, nachdem ich nun allein vor den Fladenbrotresten und dem Joghurteimer zurückgeblieben war, hatte man am Hegelplatz, zumindest an dem in Berlin, doch schon vor zweihundert Jahren festgestellt, dass Helden allenfalls in Bronze und ohne Hemd auf Muschelkalksockel oder als ebenso donnernde wie knödelnde Tenöre auf Opernbühnen gehörten, ansonsten passten sie aber nicht in die bürgerlichen Zeiten, und in den Rechtsstaat passten sie schon gar nicht, wobei hier in Kabul natürlich weder Rechtsstaat noch Bürgertum waren, sondern Steinzeit und Afghanistan, aber wer hatte damals am Hegelplatz schon an Afghanistan und an die Steinzeit gedacht, überdies hatte man inzwischen sowohl in Berlin als auch in Stuttgart sogar das *postheroische* Zeitalter ausgerufen, weil angeblich überhaupt niemand mehr Lust hatte, sich für irgendetwas zu opfern, und zu solchen Totalverweigerinnen gehörte auch ich.

Nur dass dann doch wieder überall Helden sowie Heldinnen auftauchten, nicht nur hier im Mustafa Hotel beim Frühstück, sondern natürlich auch in sämtlichen Drehbüchern Hollywoods und an jeder Straßenecke in Hamburg und in Manhattan, bekanntlich, so dachte ich, war jeder kleine und mittlere Angestellte inzwischen ein Held und jeder Freiberufler ohnehin, je schlechter die Bezahlung, desto größer das verkündete Heldentum, auch der allgemeine Chefredakteur pries bei jeder Gelegenheit die sogenannten Helden des Alltags, schon weil er dachte, dass, wenn er ihre eher bescheidenen Existenzen symbolisch überhöhte und ins hollywoodartige Märchenland versetzte, diese aus Dankbarkeit ihrerseits seine Auflage erhöhten, was wiederum dem Designermöbeldasein des Chefredakteurs zu märchenhaftem Erfolg verhelfen würde. Ansonsten, so dachte ich, setzte der allgemeine Chefredakteur natürlich auch auf das Heldentum derer, die er in die Welt schickte, und darauf, dass sie alles riskierten für eine gute Geschichte, was immer eine gute Geschichte genau sein mochte, denn ihr Auftrag war die Lieferung von Welt und von Wahrheit an die lieben schlecht bezahlten Heldinnen und Helden zu Hause am Bildschirm beziehungsweise auf dem Sofa, und des Chefredakteurs ganz persönlicher Lieblingsheld, so hatte er immer wieder gesagt, war ein graumelierter und selbstverständlich preisgekrönter Beau aus Manhattan, der nicht nur stets von überall her die spektakulärsten Bilder lieferte, sondern vor nicht allzu langer Zeit auch selbst im Zentrum eines ebenfalls preisgekrönten Dokumentarfilms gestanden hatte.

Wo war der Beau übrigens, da sich jetzt alles im Mustafa Hotel versammelt hatte?, nicht da, nun ja, er wird schon irgendwo gewesen sein, wo es darauf ankam, die Welt nicht nur zu interpretieren, sondern sie auch zu verändern, und früher oder später würde er uns schon alle wissen lassen, wo in diesem Moment noch Wichtigeres geschah als in Afghanistan. In dem Dokumentarfilm war jedenfalls auch der Chefredakteur aufgetreten, er hatte in seiner Chefredaktion hoch über der Halle des Bergkönigs gesessen und nach Bildern von Leichenbergen gefragt, und ja, auch damit konnte der Beau dienen, und anschließend hatte Letzterer immer wieder mit Tremolo in der Stimme verkündet, dass er Zeuge gewesen sei, I have been a witness, and these pictures are my testimony, und das, was er gesehen hatte, durfte nun niemals vergessen werden und wiederholen durfte es sich schon gar nicht, überdies war er davon überzeugt, dass beispielsweise der Vietnamkrieg einzig dadurch beendet worden war, dass seinesgleichen jede Menge Bilder und Berichte geliefert hatte. Aha, hatte ich gedacht, so waren es also Peter Arnett und ein paar andere, die damals den Frieden gebracht hatten, das war natürlich toll, nur merkwürdig, dass Arnett das nicht selbst für mich heruntergebrochen hatte, wahrscheinlich aus übergroßer Bescheidenheit, und nach Beau'scher Überzeugung war auch klar, dass sich durch seine Fotos von Leichenbergen, je entsetzlicher, desto effektiver, die sogenannten Verantwortlichen mir nichts, dir nichts zum Handeln gezwungen fühlten, was natürlich jede einzelne abgebildete Leiche wert war. Nicht dass der Beau der Erste war, der dachte, er hätte die Macht zur Veränderung der Welt, schließlich gab es längst genug dramatische Beschreibungen sowie drastische Darstellungen der Desastres della Guerra auf Radierungen, Gemälden und Fotografien, dennoch waren sowohl der Chefredakteur ebenso wie später auch die Zuschauerinnen und Zuschauer dieses Dokumentarfilms über den Beau anscheinend mächtig von seinem Tremolo beeindruckt, nicht aber gewisse Kräfte an den Abzügen der Geschichte.

Diese machten weiterhin einfach, was immer sie wollten, und manche von ihnen schickten ihrerseits Helden und Märtyrer in alle Welt, einige von ihnen hatten an einem schönen Septembertag in Flugzeugen am hellblauen Morgenhimmel über Lower Manhattan gesessen, andere hatten sich Gürtel mit Sprengstoff um den Leib gebunden, zur Ehre Gottes und für eine strahlende Zukunft im Paradies, und wer wusste, wer sich an diesem Januarmorgen in Afghanistan in irgendeiner Weise opfern würde und wofür, während in Berlin die Krähen noch schliefen, in Kabul jedoch schon überall paschtunische Riesen, die keine Lust mehr hatten, den ganzen Tag mit Kalaschnikows umherzulaufen, Drachen in die Lüfte steigen ließen. Hic sunt dragones!, dachte ich, und das am Himmel über Kabul.

Indessen, so dachte ich, suchten an diesem Morgen die einen Helden, nämlich die der Aufklärung & der Wahrheit, die anderen, nämlich die der Gottesfurcht & der Aussicht auf das Paradies, in den Ecken und Winkeln dieser zerstörten Stadt. Die einen, um über die anderen zu berichten, die anderen, um die einen von der Rechtmäßigkeit ihrer Kämpfe zu überzeugen oder um sie hilfsweise zu entführen beziehungsweise zu töten, und was, dachte ich plötzlich, hatte ich eigentlich mit alldem zu tun, als nun auch Peter Arnett kurz im Aufenthaltsraum des Mustafa Hotel auftauchte, und sogleich rief auch er, dass es Zeit sei, it's time, I need to go, und dann war er ebenfalls weg, und abgesehen von mir war außer den paschtunischen Wächtern, die neben den Türgittern standen und rauchten, nun niemand mehr im Hotel.

Es gab übrigens auch einen Insassen des Mustafa, der die Suche nach geeigneten Helden, über die er hätte berichten können, schnell wieder aufgegeben hatte. Auf einen Hinweis der Wächter des Mustafa wollte er sich, wie er verkündet hatte, vielmehr an diesem wie an den folgenden Morgen nirgendwo anders hinbegeben als in den städtischen Zoo. Während die Drachen am Himmel von Kabul jeden Tag zahlreicher wurden, lebte auf dem weißen Fleck, der Afghanistan gerade eben noch war und der von niemandem betreten werden durfte, der nicht den rechten Glauben hatte, jedoch nur noch ein einziger alter, blinder, struppiger und völlig abgemagerter Löwe, hic est leo solus, und er hatte alles überstanden, sowjetische Moderne, Mittelalter, Steinzeit, die Angriffe der unterschiedlichsten Warlords auf die Stadt, den monatelangen Raketenbeschuss durch den eigenen Ministerpräsidenten, den sie den Schlächter von Kabul genannt hatten und dessen Attacken so und so viele Menschen das Leben und den Löwen das Augenlicht gekostet hatten, und über all das hatte der Berichterstatter dem Chefredakteur telefonisch schon einmal einen kurzen Bericht erstattet, worauf der Chefredakteur, wie der Berichterstatter wiederum im Aufenthaltsraum des Mustafa Hotel berichtet hatte, vor Begeisterung kaum habe an sich halten können, eine wunderbare Tiergeschichte aus Afghanistan, habe der Chefredakteur aus der Ferne gerufen, Tiergeschichten seien, so habe er ergänzt, sogar noch besser als Geschichten über Helden, der blinde Löwe als Zeitzeuge im Land der einäugigen Mullahs, so etwas wollten die liebe Leserin und der liebe Leser jetzt doch auch endlich einmal lesen, und falls Sie, liebe Leserinnen und Leser, dem Chefredakteur recht geben und auch Sie die Geschichte des blinden Löwen im Zoo von Kabul dringend interessiert, schon weil er Sie an Clarence, den schielenden Löwen aus Daktari, erinnert, der auch Ihnen möglicherweise die Kindheit gerettet hat, dann muss ich Sie enttäuschen, denn für Löwen sowie deren Augenleiden und die erneute Rettung Ihrer Kindheit fühle ich mich genauso wenig zuständig wie für Heldentum respektive Opferbereitschaft jedweder Art.

VIII.

KURZ NACHDEM SÄMTLICHE HELDEN

Kurz nachdem sämtliche Helden und auch die einsame Heldin aus Russland, aus Bangkok oder von einem Ort namens Nowhere das Mustafa Hotel verlassen hatten, um sich an ihr Tagewerk zu machen als Heldin beziehungsweise als Helden zumindest der Arbeit, der Arbeit im Dienste von Abenteuer & Aufklärung, hatte mein plötzliches morgendliches Zweifeln & Zögern jedoch schon wieder ein Ende und auch ich sagte mir, dass es wieder Zeit war, denn ich musste ebenfalls endlich wieder hinaus wie an den Morgen zuvor, sonst hätte ich schließlich in der ewigen Goethestraße gegenüber dem ewigen stillgelegten Postamt bleiben können, und wer wollte schon den ganzen Tag in einem noch so ehemaligen Gefängnis namens Mustafa Hotel in Kabul sitzen, wenn in der Stadt nach fünfzehn oder fünftausend dumpfen Steinzeitjahren plötzlich alles aus den Behausungen kam und so tat, als sei im Januar Frühling.

Eselskarren, die zum Spaß Schlangenlinien fuhren, Bärtige, Hand in Hand und mit glutvollen Blicken, Konzerte der neuesten indischen Hupen, gerade erst eingebaut in die ältesten russischen Autos, blaue Frauen, noch immer mit Gittern aus Stickerei vor den Gesichtern, aber an den Füßen trugen sie sowjetische Pumps in schmutzigem Weiß, die sie soeben aus den Verstecken geholt hatten, und Wais Faizi, Besitzer des Mustafa Hotel und ehemals emigrierter Autohändler aus New Jersey, der wenig später unter mysteriösen Umständen zu Tode kommen sollte, hatte aus irgendeinem Ziegenstall den Chevrolet Camaro Convertible seines Großvaters geborgen, ein Geschenk des afghanischen Königs Zahir Shah aus Tagen, die noch länger zurücklagen als die sowjetische Moderne und die Steinzeit, die darauf folgte. Der Camaro war von 1971, gletscherblau mit weißen Ledersitzen, und der ehemalige Autohändler aus New Jersey kurvte, sooft er konnte, trotz Eiseskälte mit offenem Verdeck im Eselskarrentempo durch die löchrigen Straßen, in denen Menschen, Tiere und Fahrzeuge einander nun voranschoben in komplizierten und unvorhersehbaren Strömen, Strudeln und Wirbeln, ab und zu jedoch kam alles abrupt zum Stillstand, denn die Leute blieben stehen und starrten einander an, als hätten sie noch nie gesehen, was sie jetzt sahen, und tatsächlich war es genau *so*, alles, was sie jetzt sahen, war vollkommen ungewohnt und fremd, denn was hatten sie schon zu Gesicht bekommen in den letzten Jahren, außer ihre eigenen Wände und hin und wieder eine Steinigung im stillgelegten Fußballstadion.

Und nun plötzlich das, alles neu, die ganze Stadt auf den Beinen, Bewegung in alle Richtungen, egal, wohin das alles nun führte, Hauptsache, es ging erst einmal los, und auch ich hatte ja gerade begonnen, mich durch die Ungewissheiten von Zeit und Raum schieben zu lassen, denn außer der Goethestraße und den Hegelplätzen in Stuttgart und in Berlin hatte auch ich wenig gesehen, und in diesem Frühling im Januar war auch für mich alles neu, und *so, genau so,* hat das alles angefangen, so stolperte ich plötzlich in die Welt, und dann stolperte und stolperte und stolperte ich einfach immer weiter, in neue Tage und in neue Zeitalter, what am I doing here und was habe ich hier verloren, well, wer wollte es sich noch mit Perlenketten und feinsten Schühchen im Fauteuil im Feuilleton bequem machen und die Welt immer nur interpretieren, wenn weit draußen alles im Fluss und nicht schon fertig sowie zu allseitiger Bequemlichkeit, Zufriedenheit und abschließender Interpretierbarkeit war, und statt weiterhin vor meinem Fenster den Krähen beim Sturzflug auf das Lametta von abgewrackten Weihnachtsbäumen zuzuschauen, klaubte ich fortan lieber die Lumpen auf, die der Weltgeist trotz seiner ordnungsliebenden schwäbischen Abstammung ständig überall hinterließ, und meinetwegen war ich auch für irgendetwas Zeugin, Hauptsache, keine Selbstaufopferungen und keine number one story in meiner unmittelbaren Nähe, und so band ich eines meiner Kopftücher um und schlüpfte vorschriftsgemäß in etwas, das eher Sack war als Mantel, und dann ging auch ich wieder hinaus in meinen Stiefeln in die Stadt Kabul, die ebenso wenig wie ich wusste, wie ihr plötzlich geschah, und die jedwedes Heldentum auf Abstand zu mir halten und meiner armen Schneiderinnenseele gnädig sein mochte, so hoffte ich an diesem wie an allen folgenden Morgen.

IX.
WO SICH TIM SCHLIESSLICH

Dann wurde es tatsächlich Frühling, dann Sommer, dann Herbst, dann Winter, dann Frühling und so immer weiter oder vielleicht auch nicht, so dachte ich viel später, wann?, irgendwann, was spielt das schon für eine Rolle, wenn längst alles durcheinanderging, nicht nur die Abfolge der Erdzeitalter und der Epochen, sondern auch die der Jahreszeiten und der Ereignisse, Weltgoischt!, dachte ich, was soll des ganze Durchanandr, mir Schwäbinna on Schwoba senn doch fir Ordnung, aber leider war man am Hegelplatz so taub wie Beethoven in seinen späten Jahren, jedenfalls war es, so dachte ich, gleich außerhalb der Stadt Kabul in den Kampfzonen oben in den Bergen des Hindukusch, wo sich Tim schließlich lange Zeit aufhielt, egal, ob gerade Moderne war oder Steinzeit, Sommer oder Winter, und auch wenn zu manchen Zeiten Schnee lag und zu anderen wieder nicht, die Felsmassive hatten immer dieselbe erhabene und einschüchternde Wucht, die paar Gräser in den Hochtälern waren die meiste Zeit staubig und braun und in den Dörfern an den Hängen, deren Lehmhäuser sich nur aus nächster Nähe von den Strukturen der Felsen unterscheiden ließen, in die sie hineingebaut waren, sahen die Gesichter der alten Männer mit ihren Falten und Furchen fast aus wie das Gebirge selbst, und seit mindestens dreitausend Jahren hatten sie sich nicht verändert.

Aber irgendwann waren da plötzlich auch die internationalen Kräfte der Freiheit und des Fortschritts samt ihren avantgardistischen Fahrzeugen und Waffen, den archaischen Sandsäcken um ihre Gefechtsstände und natürlich den hünenhaften Männern, beziehungsweise eigentlich den viel zu groß gewordenen pickeligen jungen Burschen, die mit ihren erdfarbenen Kampfanzügen, die sie wie aufgepumpt wirken ließen, ihren überdimensionierten erdfarbenen Helmen und ihren mauerdicken erdfarbenen Schutzwesten aussahen wie von einem Gott der Zukunft gerade erst aus Schlamm und Lehm erschaffen und die bei all ihrer außerirdischen Größe stets bepackt waren wie die einheimischen Esel, nur dass sie kein Feuerholz trugen, sondern Rucksäcke mit Granaten – nichts dergleichen hatte man in den letzten dreitausend Jahren in dieser Gegend je gesehen und all das war jetzt neu, aber auch nur für einen Moment, denn bald gehörten die Herrschaften des bewaffneten Arms des Fortschritts & der moralischen Überlegenheit dort im Hindukusch, wo unter anderem Hamburg verteidigt wurde und natürlich auch Manhattan, mehr oder weniger dazu wie die Dörfler und die Ziegen, mit denen sie nun in bis dahin unvorstellbarer Nachbarschaft zusammenlebten. Und was die Dörfler betraf, so mussten sich die Außerirdischen mit ihnen einigen, über den Ersatz für tödlich getroffene Esel und Ziegen sowie über die Preisgabe des Verbleibs ihrer zu allem entschlossenen Söhne im Tausch gegen Nahrungsmittel und Geld, und es blieb den Dörflern und den Außerirdischen nichts anderes übrig, als es miteinander auszuhalten, wenn auch unter unaufhörlichem allseitigem Fluchen, die einen aus Mündern mit nur einem Zahn, die anderen aus scheckheftgepflegten Gebissen, dabei konnten die einen die Flüche der anderen gottlob nicht verstehen, und oftmals gingen diese ohnehin unter im Donner der an- und abfliegenden Helikopter und im Lärm von Beschuss aus dieser Richtung oder aus jener samt dem gewaltigen Echo in den Falten der Berge.

Aber bereits nach kurzer Zeit war klar, dass trotz der Anwesenheit der zuständigen Kräfte dort in den Bergen von Freiheit & Fortschritt egal welcher Art leider nicht die Rede sein konnte, und anders als zuvor in Kabul, wo immerhin plötzlich alles aus den Häusern gekommen war, und trotz ständiger hollywoodreifer Action samt ratternden Schusswechseln, spektakulären Explosionen und Helikoptern im Tiefflug, nur dieses Mal ohne Walkürenritt, bewegte sich im Hindukusch ebenso wenig wie in den letzten dreitausend Jahren, vielmehr sah es so aus, als würde dort nun ewig alles so weitergehen, im Sommer, im Frühling, im Winter, im Herbst, unter unzähligen weiteren Verwünschungen und wütenden Flüchen.

Der Kampf für oder gegen die Steinzeit war ungefähr genauso aussichtsreich wie der Kampf für oder gegen den Frühling oder für oder gegen den Wind, und mal hatten die einen die Oberhand, dann wieder die anderen, und die Toten wurden umgehend ersetzt durch immer wieder neue Kämpfer, aus West Virginia oder aus Kalifornien die einen, aus dem übernächsten Hochtal des Hindukusch die anderen, und irgendwann gehörte wohl auch Tim dort oben dazu, nur dass er kein Kämpfer war, so dachte ich, sondern letztlich ein Tourist, der nicht hier war, um irgendein Land zu verteidigen, sondern er war Zuschauer in einem Krieg, der nicht seiner war, er schleppte keine Granaten durch die Gegend, sondern lediglich ein paar Kameras, und weder schoss er noch fluchte er wahrscheinlich besonders oft, ich selbst hörte später aus seinem Mund jedenfalls nur selten ein unegales Wort, allenfalls ab und zu ein kurzes Fuck, zu mehr ließ sich seine englische Zurückhaltung jedoch nicht herab.

Ansonsten weiß ich nicht, wie viel Zeit genau Tim dort oben verbracht hat, ich habe ihn ja damals noch nicht gekannt, und auch später erzählte er nicht viel, in Hamburg und in Manhattan hieß es jedoch, dass Tim jetzt immer wieder für Wochen und Monate als eine Art zeitgenössischer Schlachtenmaler bei irgendeinem Trupp von vielleicht einem oder eineinhalb Dutzend Leuten auf einem abgelegenen, aber aus irgendeinem Grund offenbar strategisch wichtigen Außenposten im Hindukusch *eingebettet* sei, wie man neuerdings sagte, dabei gab es dort oben natürlich erstens keine Betten, sondern nur Pritschen in eilig zusammengezimmerten und mit Sandsäcken gesicherten windschiefen Camps, und zweitens gab es auch keine Schlachten, vielmehr ständige Feuergefechte mit den Feinden hinter den nächsten Felsen. Aber auch wenn dieser Krieg asymmetrisch und unordentlich war, rechneten sowohl der Chefredakteur, so ließ dieser jedenfalls verlauten, ebenso wie der zuständige Verteidigungsminister, der jetzt gewissermaßen auch Tims Dienstherr war, trotzdem mit einigen wenn schon nicht symmetrischen oder sonst irgendwie ordentlich aufgebauten Bildern, dann wenigstens mit anderweitig eindrucksvollen Darstellungen, die der Welt was auch immer zeigten und was auch immer bewiesen, zum Beispiel die dringende Notwendigkeit des Einsatzes der Kräfte von Freiheit & Fortschritt, deren Heldentum allen zum Vorbild gereichte, und das würde dann nicht zuletzt auch massenhaft junge Burschen in die heimischen Rekrutierungsbüros stürmen lassen, um sich ebenfalls für einen Abenteuerausflug in den Hindukusch zu verpflichten, abgesehen davon, dass das, wovon Tim Zeuge geworden war, gemäß der Grundregel des Beaus aus Manhattan niemals vergessen werden und sich auch nicht wiederholen durfte, was natürlich ohnehin gut war.

Worauf wiederum Tim hoffte, als er sich einbetten ließ auf seiner Pritsche neben den anderen Burschen dieses kleinen Haufens von Außerirdischen auf ihrem verlorenen Posten im Hindukusch, was er dachte, als er morgens aufwachte und seine Knochen zwangsläufig schmerzen mussten lange vor der Zeit, ob er sich dann wusch oder nicht, ob er sich die Zähne putzte oder nicht, ob für dergleichen Zeit war oder nicht, was dort oben noch wichtig war und was nicht, das alles weiß ich nicht, schließlich war ich nicht dabei und ich habe auch keine Lust, so zu tun, als ob. Was ich aber weiß, ist, dass entgegen des Beau'schen Gesetzes der Weltgeist trotz Tims wiederholter A&Z, also trotz sowohl seiner Anwesenheit als auch seiner Zeugenschaft, noch nicht einmal die geringsten Anstalten machte, wenigstens diesen einen einsamen Krieg in den Bergen zu beenden. Mochten die verschiedenen Kräfte dort oben anstellen, was sie wollten, offenbar alles nutzlos, alles umsonst, der Gefechtslärm, das Dröhnen der Helikopter, das Echo in den Bergen, die toten Männer, die toten Ziegen, die knirschenden Knochen, Weinen, Schreien, Fluchen, die endlosen Diskussionen zwischen den brüllenden Außerirdischen aus West Virginia oder aus Texas und den Dorfältesten mit ihren hennaroten Bärten, ihren unsichtbaren Frauen und ihren Söhnen, die hinter den Felsen saßen und sich bereitmachten zum nächsten Gefecht, und dann griffen die einen an und dann wieder die anderen, und noch bevor die Tage richtig begonnen hatten, hing das Häuflein der um diese Uhrzeit noch keineswegs hünenhaften jungen Burschen, die eben erst hochgeschreckt waren von ihren Pritschen, offenbar immer wieder in bunt gemusterten Unterhosen, Plastikschlappen und farbigen T-Shirts in den Kampfständen hinter den Sandsäcken, gerade dass sie es noch geschafft hatten, ihre Helme aufzusetzen und die Schutzwesten mit den aufgesetzten Taschen voller Munition über die T-Shirts zu ziehen, und ganz sicher, ohne sich vorher die Zähne geputzt zu haben, dafür aber mit dem dumpfen Geschmack der Nacht in den Mündern, feuerten sie dann in die Landschaft. Aber eigentlich feuerten sie natürlich auf living targets, sprich: auf die Abkömmlinge und die Verwandtschaft ihrer Nachbarn, nur dass das wahrscheinlich niemand so sagte, oder vielleicht sagten sie es doch genau so, these fucking Taliban, yes, fuck them, und tatsächlich half es den Burschen für den Moment, wenn sie selbst irgendjemanden trafen statt von irgendjemandem getroffen zu werden, denn dann konnten sie den Beginn dieses Tages womöglich überleben. Das war jedoch schon alles, mehr konnten sie nicht erreichen, und vielleicht waren sie trotzdem schon am selben Nachmittag tot.

Und während die Burschen schossen, muss irgendwo hinter den Sandsäcken auch Tim, wie soll ich sagen?, nun einfach: seiner Arbeit nachgegangen sein. Denn von den Burschen in den Unterhosen gab es Fotos, die *er* gemacht hatte, und es gab auch Fotos, die offenbar in ruhigeren Stunden wiederum von einem der Burschen aufgenommen worden sein mussten und die ihn selbst zeigten, wie er ebenfalls schon ins erdfarben Soldatische überging, mit seinem Helm und seiner Schutzweste, seinen staubigen Hosen und seinem ebenfalls staubigen Gesicht. Anverwandlung, so dachte ich, aus praktischen Gründen, aber auch aus einem Übermaß an Intimität mit denen, die ihn beschützten und die ihn gleichzeitig gefährdeten, schließlich war jeder Angriff auf *sie* auch ein Angriff auf *ihn*, und schon damals hätte er jederzeit plötzlich daliegen können in seinem Blut, anders als die, die sonst im Hindukusch verwundet wurden oder starben, wäre er allerdings wohl nicht gleich wieder ersetzt worden. Indessen gefährdete *seine* Anwesenheit wiederum alle anderen, weil er ihnen immer wieder im Weg stand und sie in *ihrer* Arbeit zwangsläufig behinderte, ob er wollte oder nicht, und er der Einzige war, den sie beschützen mussten, und auch der Einzige, der nicht selbst schoss, wobei ich mir die alberne Metapher vom Fotografen, der zwar nicht mit der Waffe, dafür aber mit der Kamera schießt, hier ausdrücklich spare, auch wenn sie später doch noch vorkommen wird, aber lediglich als Zitat, dort oben gefährdeten sie sich also ständig gegenseitig, und vielleicht war es das, was sie miteinander verband auf Leben und Tod.

Jedenfalls mochten der Chefredakteur und der zuständige Verteidigungsminister hoffen, worauf sie wollten, am Ende lieferte Tim weder Bilder von Helden noch vom Spektakel der Schrecken des Krieges.

Es war Herbst im Hindukusch, es war Sommer, Frühling, Winter und so immer weiter, die Reihenfolge war egal, und jedes Mal, wenn Tim, aus London anreisend oder aus Lagos, aus Hamburg oder aus Manhattan, ein weiteres Mal auf dem Außenposten ankam, um dort wieder ein paar Wochen zu verbringen, war alles wie zuvor. Bergmassive, Dorfbewohner, Feinde hinter den Felsen und Burschen, die im Morgengrauen in Unterhosen hinter Sandsäcken an ihren Waffen hingen, nur dass womöglich wieder der eine oder andere von ihnen ausgetauscht worden war, wegen Verwundung oder Tod, und selbst die Flüche sowohl der Dorfbewohner als auch der Burschen waren immer dieselben, denn merkwürdigerweise steht dem Menschen an Flüchen zu jeder Zeit immer nur eine begrenzte Anzahl zur Verfügung, wenngleich die Anlässe zum Fluchen doch von unendlicher Vielfalt sind.

So verteidigten die internationalen Kräfte der Freiheit und des Fortschritts in Gestalt der jungen Burschen aus West Virginia und aus Kalifornien Tag um Tag und Jahr um Jahr dort oben sowohl Hamburg als auch Manhattan, auch wenn sie das eventuell schon lange vergessen hatten, und trotzdem kämpften sie, sie kämpften einfach immer weiter.

Aber wenn sie nicht mehr fluchten und auch nicht mehr feuerten, der Adrenalinspiegel in ihrem Blut gesunken war und der Gefechtsstaub sich gelegt hatte, dann fotografierte Tim die, mit denen er in diesem Moment, nun ja: lebte, und mit denen er diesen Krieg verbrachte auf Gedeih und Verderb, wie sie Gitarre spielten und sich balgten wie die jungen Hunde und aus zwei Körpern ein einziger mit zwei Köpfen wurde, als hätte sich, so dachte ich, als ich die Fotos sah, der Gott der Zukunft, der wahrscheinlich auch sie gerade erst aus Schlamm und Lehm erschaffen hatte, ebenfalls einmal einen Spaß gemacht, und schließlich fotografierte Tim die Burschen, denen er sich anverwandelt hatte und von denen er, obwohl er älter war als sie, inzwischen wahrscheinlich selbst kaum mehr zu unterscheiden war, auch in ihrem Schlaf.

Mit bloßem Oberkörper und rasierten Schädeln, die millimeterkurzen Haare lediglich Schatten auf der Haut, lagen sie auf nackten Matratzen, die Pritschen aus rohem Sperrholz, die Beine angezogen wie Embryos im Mutterleib, und die Gesichter waren glatt und kindlich wie die aller jungen Burschen in den vergangenen und in den kommenden dreitausend Jahren. Und so ruhten sie, im Winter, im Herbst, im Sommer, im Frühling, auch wenn sie am nächsten Tag wieder gegen die Steinzeit kämpften und gegen den Wind, für *irgendetwas* oder vielleicht auch für *nichts*, sie ruhten irgendwo an den Hängen des Hindukusch auf ihren Pritschen, für ein paar Stunden oder für eine halbe Ewigkeit ohne Vergangenheit und ohne Zukunft, in ihrem Sperrholzparadies der Vergeblichkeit.

Tim hingegen.

Tim hingegen hatte den Staub aus dem Hindukusch und den Stillstand der Welt bald wieder abgeschüttelt, und schon war er wieder auf dem Weg, zu neuen Anverwandlungen und zu alten Kämpfen oder umgekehrt, und schließlich erreichte er an einem hellen Morgen, der schon früh ---

X.
DIE HERREN TALIBAN WIEDERUM

Die Herren Taliban, notorische Fürsten der Finsternis sowie der Steinzeit, deren Ruf in der Welt bekanntlich nicht schlechter hätte sein können, waren, wie ich in Kabul eines Morgens feststellen konnte, in Wirklichkeit herrliche Gestalten, zumindest einige von ihnen zählten ebenfalls zu den schönsten der Männer und es existierten von ihnen die wunderbarsten Portraits, offenbar, so dachte ich, kannten sowohl sie selbst als auch diejenigen, die diese Bildnisse angefertigt hatten, die Geheimnisse und die Gesetze der Schönheit mindestens genauso gut wie die Alten Meister in ihren Werkstätten in Delft und in Florenz oder wie die berühmten Künstler und Fotografen des soeben vergangenen zwanzigsten Jahrhunderts in ihren Studios in Hamburg und in ihren legendären Factories in Manhattan, und wer etwa anderes behaupten wollte, war selbstverständlich nichts als ein unbelehrbarer Eurozentrist.

Jedenfalls stand ich an jenem Morgen in meinen Stiefeln und mit meinem Kopftuch vor einem Könner der afghanischen Portraitkunst, anders als die historische Kollegenschaft in Delft und in Florenz oder die zeitgenössische in Hamburg und in Manhattan verfügte er allerdings keineswegs über großzügige und repräsentative Räumlichkeiten, sondern nur über ein kleines Hinterzimmer, dessen Stirnwand eine Fototapete zierte, die ein Voralpenpanorama mit saftig-grünen Matten sowie schneebedeckten Bergen im Hintergrund darstellte, und der Meister beschäftigte auch keine Heerscharen von Schülern, Gehilfen, Handlangern und Assistenten, deren Bilder irgendwann ebenfalls unter seinem Namen zirkulierten, entweder im Rahmen kultureller An*eignung* des Lehrers oder in Form preissteigernder An*maßung* des Schülers, vielmehr ging dem Kollegen in Kabul nur ein ungelenker und entweder stummer oder nur äußerst schüchterner Halbwüchsiger von ungefähr vierzehn Jahren zur Hand. Der wusste anscheinend nicht, ob es ihm erlaubt war, mich anzustarren, oder ob er in die Hölle kommen würde, allein weil er mich ansah, weshalb er sich sofort in einer Ecke versteckte, als ich, gemeinsam mit meinem Übersetzer, durch die Eingangstür des Fotostudios *Shah Zadeh, Sohn des Königs*, trat, an einer Kreuzung verschiedener Straßen voller Menschen, Ochsenkarren und unaufhörlich hupender Autos unweit des Mustafa Hotel, weshalb hier auch der gletscherblaue Camaro Convertible von 1971 samt dem ehemaligen Autohändler aus New Jersey regelmäßig durchs Bild fuhr. Mein Besuch im Fotostudio war nötig geworden, weil ich zur Verschönerung einiger amtlicher Genehmigungen und Papiere Passbilder brauchte.

Der Besitzer des Studios, ein Mann fortgeschrittenen Alters in traditioneller Kleidung, aber mit für afghanische Verhältnisse geradezu verwegen kurzem grauem Bart, war mutmaßlich der *Sohn des Königs* in eigener Person, wobei es natürlich keine Rolle spielte, *welcher* König sein Vater war und über welches Reich dieser herrschte, der Sohn jedenfalls herrschte über das den Afghanen und erst recht den Afghaninnen bis gerade eben ganz und gar verbotene Reich der Bilder, und er konnte selbstverständlich sehr viel mehr als simple Passfotos herstellen, obwohl er auch darin beträchtliche Erfahrung hatte. Der Übersetzer, der mich begleitete, war wiederum ein dünner Junge von ungefähr zwanzig Jahren in zu großen Jeans namens Amanullah Khan, der in Kabul ebenso neu war wie ich, denn auch er war eben erst hier eingetroffen, nachdem er fast sein gesamtes bisheriges Leben in einem Flüchtlingslager in Pakistan verbracht hatte. Voller Stolz hatte er mir erklärt, dass er den Namen eines ganz bestimmten afghanischen Königs trug, denn während die Söhne in Berlin massenhaft Finn hießen, als wären sie skandinavisches Knäckebrot, bekamen afghanische Söhne vorzugsweise Namen von Herrschern, Heiligen oder Helden, und König Amanullah sei sowohl Herrscher als auch Held gewesen, ein Heiliger jedoch wahrscheinlich weniger, jedenfalls habe er einst am Anfang einer ebenfalls ganz neuen Zeit gestanden, auch wenn sich daran nicht allzu viele erinnerten, er sei nämlich erstens eine Art afghanischer Atatürk sowie großer Freund der Deutschen und ihrer hervorragenden Waffen gewesen, und zweitens hatte er in den 1920er-Jahren die Briten zum Teufel geschickt, was ihm, dem Jungen, nach dem Willen seiner Eltern ein Ansporn sein sollte, denn aus Afghanistan gab es ständig irgendjemanden zu verjagen.

Allerdings wollte der Junge selbst so schnell wie

möglich wieder aus Kabul weg, nach Deutschland, wohin denn sonst?, und irgendwann, so sagte er, werde aus ihm ganz sicher so etwas wie ein deutscher Ingenieur, was laut Amanullah fast das Höchste war, was ein junger Mann im Leben erreichen konnte, und tatsächlich hatte ja auch der *König* Amanullah Khan als Krönung seiner Sammlung von Titeln die Ehrendoktorwürde der damaligen Technischen Hochschule und jetzigen Technischen Universität zu Berlin-Charlottenburg entgegengenommen, die übrigens kaum fünfhundert Meter entfernt lag von der damals technisch extrem avancierten und nun vergessenen Rohrpostzentrale in der Goethestraße, wo der nun vergessene König womöglich ebenfalls angehalten hatte an jenem kalten Februartag auf seiner Fahrt mit Hindenburg im offenen Wagen, wobei die Verwandlung eines afghanischen Königs in einen deutschen Ehrendoktor übrigens noch eindrucksvoller war als etwa die Verwandlung des britischen Prinzgemahls Philip in eine Gottheit, nachdem dieser stehend im offenen Jeep durch Port Moresby, die Hauptstadt von Papua-Neuguinea, gefahren war, wovon gleich auch noch die Rede sein wird.

Noch besser wäre es freilich, so dachte ich später, wenn aus einem afghanischen Jungen tatsächlich ein deutscher Ingenieur werden würde, nach einer Fahrt im offenen Schlauchboot quer durch die Ägäis.

Ansonsten machten der *Sohn* des Königs und der *Namensvetter* des Königs alles, was es hinsichtlich meiner Person, meines unerwarteten Erscheinens in diesem Studio in Kabul sowie der Passfotos, die ich benötigte, zu besprechen gab, erst einmal unter sich aus, denn weder wäre der Besitzer des Studios auf die Idee gekommen, überhaupt mit einer Frau zu reden, selbst wenn sie, anders als ich, seine Sprache sprach, noch war es Amanullah gewohnt zu übersetzen. Mit mir zum Fotografen zu gehen war sein allererster Job, seit er zurück nach Afghanistan gekommen war, und während des offenkundig sehr intensiven Gesprächs unter Männern vergaß der Übersetzer immer wieder, dass auch ich noch da war, und höchstwahrscheinlich ging ich ihm beträchtlich damit auf die Nerven, dass ich die beiden ein ums andere Mal unterbrach, um Amanullah zu fragen, was der Sohn des Königs erzählt hatte, und anschließend fragte ich meist noch einmal nach, was genau wiederum er selbst, Amanullah, mir hinsichtlich dessen, was der Sohn des Königs gesagt hatte, zu erklären versucht hatte.

Wer versteht schon pakistanisches Englisch, das des Übersetzers verstand ich jedenfalls leider nicht, umgekehrt verstand Amanullah aber auch nicht, was er für mich übersetzen sollte und warum. Das war allerdings weniger ein sprachliches Problem, sondern es ging vor allem darum, dass Amanullah mit meinen Fragen oft wenig anzufangen wusste oder sie womöglich sogar unangebracht fand, und so war das ganze Gespräch zwischen dem Sohn des Königs, dem Übersetzer und mir ein zähes Hin und Her, und Amanullah dürfte sein ursprüngliches Vorhaben, zur Finanzierung eines zukünftigen

Studiums in Deutschland hier in Kabul kurzfristig Karriere im Kriegsberichterstatter- und Hilfsorganisationsübersetzerbusiness zu machen, anschließend wieder in Frage gestellt haben. Noch standen er und ich aber im etwas düsteren Vorraum des Fotostudios vor einem Schrank mit lauter Schubladen, die der Sohn des Königs nun nacheinander öffnete und aus denen er allerlei Passfotos von Frauen und von Männern hervorholte sowie einige Bilder in der Größe eines Zeichenblocks, die wiederum ausschließlich Männer zeigten, und mit einem Ausdruck, den ich als Mischung aus Stolz und Scham deutete, reichte er Letztere Amanullah und mir zur Ansicht.

Nun also endlich zur Portraitkunst des Sohnes des Königs.

Beziehungsweise erst noch einmal kurz zu der Sache mit den Passbildern, die aber schnell erzählt ist, so wie auch deren Anfertigung wenig, oder besser: letztlich *gar keine* Zeit in Anspruch genommen haben *konnte*. Denn von Rechts wegen hatte es in Afghanistan grundsätzlich kein einziges Passbild, kein Fotostudio und nicht *einen* Fotografen gegeben, der Sohn des Königs, wie er jetzt vor mir stand, hatte somit ebenfalls bis vor kurzem nicht existiert, und in der Hand hielt er nach damals gültiger Zeitrechnung: nichts. Kein Mensch hatte in Afghanistan in den letzten Jahren eine Abbildung eines lebenden Wesens zu sehen bekommen, dafür aber umso mehr schwarze oder weiße Flecken, in den Schulbüchern fehlten die Bildnisse von Frauen, Männern und Kindern, es fehlten auch das liebe Vieh sowie die Fische und die Vögel, und die Schulbuchseiten sahen entweder so aus, als seien Tintenfässer auf ihnen ausgelaufen, oder als hätten Krähen Löcher hineingepickt. Insgesamt war der Aufwand, in der *damals* ebenfalls neuen, der gottgefälligen Zeit aus Stein sämtliche noch im Umlauf befindlichen Bilder von Menschen und von Tieren zu tilgen, enorm gewesen, aber er hatte sich gelohnt.

Denn die Engel betreten kein Haus oder Zimmer, in denen sich ein Hund oder eine bildliche Darstellung befindet, das, so hieß es, wusste schon Mohammed, der Gesandte Gottes, Friede sei mit ihm, und der hatte es natürlich von ganz, ganz oben, beziehungsweise hatte jemand gehört, dass im neunten Jahrhundert jemand aus Buchara gehört und aufgeschrieben hatte, dass ein Gewährsmann im siebten Jahrhundert das, genau das, in Mekka oder Medina den Gesandten Gottes hatte *sagen hören*, und so war, was sich durch Zeit und Raum herumgesprochen hatte, eintausenddreihundert Jahre später am Ende des zwanzigsten Jahrhunderts in Afghanistan Gesetz geworden, und deshalb gab es weit und breit keine Hunde, keine Passbilder und keine Zeichnungen von Fischen und von Vögeln, dafür aber ganz sicher umso mehr Engel.

Was es aber ebenfalls gab, waren Ausweispapiere zur Aufrechterhaltung der gottgewollten staatlichen Ordnung. So wurden sowohl der düstere kleine Raum, in dem der Sohn des Königs sowie Amanullah und ich jetzt standen, während sich der halbwüchsige Helfer noch immer irgendwo versteckt hielt, als auch das Hinterzimmer mit der Fototapete schließlich zum Schauplatz des Endkampfes zwischen Kontrollbedürfnis und Gottesfurcht, und bei allem, was der Sohn des Königs jetzt erzählte, musste Amanullah, der ja schon vom Namen her sozusagen Erbe einer längst vergangenen Zukunft war, jedoch wenig Ahnung hatte, was genau in den letzten Jahren in der Heimat seiner Angehörigen alles geschehen war, sich mehrfach vergewissern, ob er richtig verstanden hatte, was der Sohn des Königs ihm erklärt hatte, und meist fragte ich meinerseits auch noch einmal: hat er das wirklich so gesagt? Ja, antwortete Amanullah dann stets, so hat er das wirklich gesagt.

Der Sohn des Königs berichtete also, dass die Taliban ihn gezwungen hatten zu tun, was getan werden *musste*, auch wenn es nicht getan werden *durfte*, und deshalb eigentlich auch gar nicht geschah, aber sie verlangten nun einmal Passfotos für die Ausweispapiere, die sie ausstellten, und so schickten sie die Leute ins Nicht-Studio des Sohnes des Königs, das keiner der vielen in Afghanistan nun umherschweifenden Engel je betreten würde und das damals noch an einer ruhigen Kreuzung verschiedener Straßen gelegen hatte, auf denen weder viele Menschen noch Eselskarren noch Autos unterwegs waren, sondern nur einige Taliban, die alles andere als herrliche Gestalten waren, vielmehr gewalttätige Kerle, die mit Peitschen aus Elektrokabeln in der Hand durch die Stadt patrouillierten und jeden schlugen, der ihnen aus irgendeinem Grunde nicht gefiel. Indessen klopfte es immer wieder an der Eingangstür des Nicht-Studios des Sohnes des Königs, und dann traten in den düsteren Raum, der sozusagen das Vorzimmer zur Hölle der Bilder war, einzelne Männer oder gar Frauen mit Burka. Letztere selbstverständlich in pflichtschuldiger Begleitung von Ehemann, Vater oder Sohn, und in dem Moment, in dem sie durch die Tür kamen, brach jene Nicht-Zeit an, in der in Windeseile Dinge geschahen, die eigentlich nicht geschehen konnten.

Kurz: Eingangstür hinter der Kundschaft schnell abgeschlossen, Mann beziehungsweise Mann plus Frau in das Hinterzimmer mit der Fototapete an der Stirnwand und einem dunklen Vorhang an der Rückwand geschoben, Mann beziehungsweise Frau auf einen Stuhl vor den Vorhang gesetzt, Kamera eingestellt, Sohn des Königs zum Mann: wollen bitte stillhalten!, oder, ebenfalls zum Mann: wollen bitte der Frau sagen, die Burka zu lüften, aber um Gottes willen nur für eine Sekunde!, dann Auslöser betätigt, Burka wieder runter, aufgestanden, Bezahlung irgendwann später, Khoda Hafiz, Gott schütze dich, jetzt aber schnell raus, und auf der Straße warteten schon die Taliban mit ihren Elektrokabelpeitschen, und keine Minute später verschafften sie sich Einlass ins Studio des Sohnes des Königs. Denn dass dieser offenbar versucht hatte, Gott nachzuahmen und lebende Wesen darzustellen, musste, auch wenn die Taliban das selbst befohlen hatten, auf der Stelle bestraft werden, und da in diesem Haus nun ohnehin keine Engel zugegen waren, nutzten die Taliban die Gelegenheit, um den Mann zu schlagen wie einen Hund, so hatte ich jedenfalls verstanden, dass Amanullah das verstanden hatte, und wahrscheinlich hatte der Sohn des Königs diese Geschichte tatsächlich so oder so ähnlich erzählt, während er inzwischen auch mich in das Hinterzimmer geführt hatte. Dort platzierte er mich mit einer Geste auf dem Stuhl vor dem dunklen Vorhang, stellte die Kleinbildkamera ein, erklärte dem Übersetzer, er wolle bitte ehrwürdiger Dame aus Deutschland sagen, still zu halten, und schließlich drückte er auf den Auslöser, und die Aufnahme für die Genehmigungen und Papiere war gemacht.

Allerdings sollte ich, anders als die bisherige Kundschaft, anschließend nicht sofort verschwinden. Schließlich wollte der Sohn des Königs mir im Namen der deutsch-afghanischen Freundschaft nun auch noch seine wahre Könnerschaft beweisen und zusätzlich zu den banalen Passfotos auch noch ein altmeisterliches Portrait von mir anfertigen, und zwar mit seiner antiken Großformatkamera aus dem damaligen Britisch-Indien, dessen Armee auch Afghanistan besetzt hatte, bevor Amanullah Khan die Briten verjagt und sich fortan lieber an die Deutschen gehalten hatte, ein ehrfurchterregendes Monstrum auf drei dicken hölzernen Beinen, insgesamt so hoch und fast so breit wie der Sohn des Königs selbst. Das Gehäuse war ebenfalls aus Holz und der Balgen zwischen Objektiv und Gehäuse aus gefälteltem schwarzem Leder, statt eines Rollfilms wurde eine lichtempfindliche Bildplatte für eine einzige Aufnahme eingelegt, die ebenso groß war wie später die Abzüge, also fast wie das Papier auf einem Zeichenblock, und die Eins-zu-eins-Abzüge in Schwarz-Weiß kolorierte der Sohn des Königs anschließend von Hand, sodass die Bildnisse schließlich sowohl Fotografien als auch Gemälde waren.

Diese ganz spezielle afghanische Kunst des Portraits, die der Sohn des Königs virtuos beherrschte, hatte es von Rechts wegen natürlich ebenfalls nicht geben dürfen, wie Amanullah noch einmal betonte, während sich der Sohn des Königs jetzt an der riesigen Kamera zu schaffen machte und der halbwüchsige Gehilfe hin und her rannte und irgendwelche Dinge, die ich nicht identifizieren konnte, ins Hinterzimmer brachte. Aber auch wenn der Sohn des Königs seine Kunst also eigentlich nicht hatte ausüben dürfen, hatten wir doch gerade erst diese großformatigen Bilder in Händen gehalten, auf denen, nun ja: ausgerechnet Taliban portraitiert waren, was ich um des Überraschungseffektes willen zuvor nicht erwähnt hatte, aber nun wissen Sie auch das.

Denn gottgewollte Ordnung hin oder her, was scherte dergleichen die Taliban, wenn es um sie selbst ging, schließlich waren sie die Herren über diese Steinzeit, im Namen des Allmächtigen konnten sie tun, was ihnen beliebte, und sämtliche einäugigen Mullahs sahen das ebenso, und wie selbstverständlich tauchten deshalb regelmäßig irgendwelche Taliban hier im Studio auf. Meistens kamen sie zu zweit oder zu dritt, aber ausnahmsweise erschienen sie nicht als ungewaschene Schlägertypen mit Elektrokabelpeitschen, die den Sohn des Königs misshandeln wollten zum Gefallen Gottes und zu ihrem eigenen Plaisir, was sie zwar in naher Zukunft durchaus wieder vorhatten, aber nicht an diesem Tag. Denn für diese Gelegenheit hatten sie sich kurzfristig in frisch parfümierte Herrschaften mit sorgfältig gewickelten schwarzen oder weißen Turbanen und mit kajalschwarz umrandeten Augen verwandelt, fast sahen sie selbst aus wie Söhne eines Königs, die nun zu ihrem Hofportraitisten gekommen waren, auf dass er sie in seinem Hinterzimmer ablichtete in all ihrer Schönheit und mitsamt den Insignien ihrer Macht, namentlich also mit ihren für diesen Anlass extra blitzblank gewienerten Revolvern sowie ihren Kalaschnikows aus den Waffenschmieden vom Khyber Pass, und einige hatten auch silber- oder goldglänzende Armbanduhren mitgebracht, während der Sohn des Königs wiederum Blumen aus Plastik und aus Stoff zur Verfügung stellte, um, wenn gewünscht, die Portraits der Herren Taliban damit noch weiter zu verschönern. Wer wollte, mochte sich dann vor die Fototapete mit der Voralpenlandschaft und den schneebedeckten Gipfeln stellen oder setzen, denn das, was wir Allgäu nennen, so dachte ich später, muss für Afghanen eine Art Arkadien gewesen sein, nicht umsonst hatte auch Osama bin Laden zuletzt im idyllischen Abbottabad gelebt, denn mehr Kleinwalsertal war jenseits des Kleinwalsertals nicht zu finden. Lediglich *normal*gewalttätige Durchschnittstaliban würden jedoch auch Abbottabad nie erreichen, und das einzige Paradies, das ihnen, ohne einen Sprengstoffgürtel zünden zu müssen, zugänglich war, war das Hinterzimmer des Sohnes des Königs, und wer dort also nicht nur auf Blumen, sondern auch auf Allgäu Wert legte, den fotografierte er mit seiner Kleinbildkamera und in Farbe.

Viel lieber, so hatte ich das von Amanullah verstanden, arbeitete der Meister jedoch mit der mächtigen Großformatkamera aus Holz, die in seinem Hinterzimmer fast wie eine zusätzliche Person im Raum erschien und die er auch für mich einrichtete, nachdem ich nun nicht mehr vor einem schwarzen Vorhang, sondern vor einem weißen Stück Stoff Platz genommen hatte. Vor diesem weißen Hintergrund hatte er auch viele der Herren Taliban platziert und dann schauten sie geradeaus in die Kamera, und wenn sie alleine waren, legten sie die Hand aufs Herz, waren sie jedoch zu zweit, rückten sie einander so nah, wie sie nur konnten, fassten einander um die Schulter oder hielten sich an den Händen wie Kinder im Paradies.

Nachdem die Taliban dann wieder gegangen waren, in diesem Fall sogar ohne ihn vorher geschlagen zu haben, trug der Sohn des Königs auf den noch feuchten Schwarz-Weiß-Abzügen mit feinen Pinseln Eiweißlasurfarben auf, die in das Papier einzogen wie eine Schönheitscreme in die Haut. Und genau so war es ja auch, die Lasur des Sohnes des Königs gab den Herren Taliban glatte, rosige Wangen und pfirsichfarbene Lippen, die Hand des Meister machte die Bärte, die Brauen und die Lidstriche um die Augen noch schwärzer und noch ausdrucksvoller und die Nasen feiner und schmaler durch kaum wahrnehmbar aufgetragene Schatten, und schließlich malte der Sohn des Königs leuchtend blaue Hintergründe hinter weiße Turbane und gelbe Aureolen hinter schwarze, und wenn die Hände zu sehen waren, weil sie entweder ineinander oder auf dem Herzen ruhten, ließ er die Fingernägel weiß, die Uhren an den Handgelenken kolorierte er jedoch strahlend gelb beziehungsweise anscheinend natürlich golden, bekanntlich sind die Künstler ja die letzten und die erfolgreichsten Alchimisten. Jedenfalls konnte der Sohn des Königs nicht nur Gelb zu Gold, sondern sogar gewalttätige Kerle mit Elektrokabelpeitschen zu Heiligen oder zu Engeln verwandeln, wenigstens ein kleiner Ausgleich dafür, dass alle anderen Engel sein Haus für immer mieden, aber das sagte oder dachte natürlich nicht der Sohn des Königs, sondern diejenige, die das dachte, war *ich*, als ich darauf wartete, dass der Meister die Bildplatte, die ihm der Gehilfe gebracht hatte, in die Großformatkamera einlegte.

Herr Amanullah, sagte ich schließlich, denn wie ich schnell gelernt hatte, galt es in Afghanistan, allzeit ein Maximum an Höflichkeit an den Tag zu legen, Herr Amanullah, können Sie den verehrten Herrn Shah Zadeh bitte einmal fragen, warum er sich so große Mühe mit diesen Taliban gegeben hat, wo sie ihn doch immer wieder schlugen?

Allerdings hatte der Herr Amanullah keine Neigung, sich entsprechend zu erkundigen, verehrte Dame aus Deutschland, sagte er vielmehr, das werde ich nicht übersetzen, es sei denn, sie möchten den Herrn Shah Zadeh beleidigen, Bildnisse anzufertigen ist schließlich sein Beruf, im Übrigen wollen Sie bitte aufhören zu fragen und jetzt noch einmal stillhalten, das hat der Meister nämlich soeben gesagt, und entsprechend wagte ich, nachdem ich noch schnell mein Kopftuch zurechtgerückt hatte, keinen Mucks mehr und nach guter Sitte machte ich ein ernstes Gesicht.

Schließlich, so dachte ich, gibt es ohnehin nichts Dämlicheres, als in eine Kamera zu lachen, wenn es sonst nicht zufällig gerade etwas zu lachen gibt, keine Ahnung, wer genau das war, der das Kameralachen erfunden hat, dreitausend Jahre hatten zwar die Sterblichen gelacht, als gäbe es kein Morgen, nicht aber ihre auf Bildnissen unsterblichen Doppelgänger, für die es *tatsächlich* kein Morgen gab. Man stelle sich Michelangelos David vor mit zum Lachen gefletschten Zähnen, oder Federico da Montefeltro mit rotem Wams, roter Kappe und dem gewaltigsten Zinken der Kunstgeschichte im Profil vor einer, nun ja: Fototapete der Landschaft bei Urbino, hat der etwa gelacht, als Piero della Francesca vor seiner Holztafel saß und ihn portraitierte? Nicht von ungefähr waren, als dann doch ausnahmsweise einmal eine Dame irgendwie geheimnisvoll von einer Leinwand lächelte, alle sofort total aus dem Häuschen, *richtig* gelacht hat aber erst der Tennisspieler aus der Pomadenwerbung links neben dem Foto des Sterbenden aus dem Spanischen Bürgerkrieg im Life Magazine vom Juli 1937. Inzwischen war das Pomadenverkäuferlachen dem Menschen jedoch zu einer Art Pawlow'schem Reflex geworden, der durch die Anwesenheit einer Kamera ausgelöst wird, allerdings waren Afghanistan und einige andere Gebiete mit niedriger Kaufkraft in dieser Hinsicht noch immer evolutionär zurückgeblieben, weshalb auch die Herren Taliban nicht in die Kamera des Sohnes des Königs gelacht hatten, und was mich betraf, so wollte ich in Afghanistan nun keinesfalls die Erste sein, die lachte, weshalb ich also nicht nur Körper und Kopf, sondern auch die Mundwinkel ruhig und in angemessener Position hielt, bis der Meister am Objektiv der hölzernen Kamera vorsichtig den Auslöser betätigt hatte, und damit war dieser Teil seiner Arbeit getan. Der wichtigere würde jedoch erst noch folgen, nachdem er einen schwarz-weißen Abzug der Aufnahme gemacht haben würde. Dann würde er auch *mein* Gesicht mit Eiweißlasurfarbe künstlerisch gestalten, wie er es gelernt hatte und wie es sein Gespür für Schönheit verlangte.

Einige Tage später hielt ich das Bildnis einer Person vor einem verwegen hochroten Hintergrund in Händen, das der Sohn des Königs mir mit einer angedeuteten Verbeugung überreicht hatte.

Die Person war jung wie der afghanische Frühling und gleichzeitig sah sie aus wie eine, die schon Ende des neunzehnten Jahrhunderts verstorben sein musste und deren Namen man wahrscheinlich schon lange vergessen hatte. Der Teint war fein getönt und ebenmäßig wie Porzellan, die Lippen blassrot, oberhalb der Augenlider helle Glanzlichter, die den Blick erfrischten, und die Nase war wesentlich schmaler als die, die ich von mir selbst kannte:

Portrait der Berichterstatterin als junger Talib, dachte ich zuerst, nur ohne Turban und Bart und ohne die Insignien irgendeiner Macht.

Dabei war dies einfach das Bildnis einer deutschen Dame, die eines Januarmorgens zufällig in ein Fotostudio an einer Straßenkreuzung in Kabul geraten war, dessen Besitzer nicht nur ein Fotograf war, sondern auch ein Maler, der die Freundlichkeit hatte, diese Dame so zu portraitieren, wie er seine Kundschaft eben immer portraitierte, was der Person grundsätzlich recht war, denn bekanntlich war es neuestens ihr Beruf, mitzuspielen im großen Welttheater, in dem mir nichts, dir nichts Könige zu Ehrendoktoren, Prinzen zu Gottheiten, Flüchtlinge zu Ingenieuren, Taliban zu Engeln und schließlich auch Damen zu Taliban oder zu längst vergessenen Toten werden konnten, während die Zeiten und die Zivilisationen wechselten wie die Wolken und die, die Pech gehabt hatten, plötzlich da lagen in ihrem schnell erkaltenden Blut, weshalb die Dame froh sein konnte, dass sie nur *aussah* wie eine Tote und trotz Abwesenheit von den Orten, an denen man sie kannte, höchstwahrscheinlich, hoffentlich, doch noch nicht dem allgemeinen Vergessen anheimgefallen war, allerdings wusste sie auch nicht so genau, wer sie als Lebende war an den Tagen in ihren Stiefeln in Kabul. Kaum ein paar Tage in der Fremde und dann schon das: sie nicht als sie, ich nicht als ich, Kara Bint Nemsi bei den Paschtunen, so sah *sie*, so sah *ich* wohl aus, nachdem mich der Chefredakteur zum ersten Mal losgeschickt hatte.

Indessen stand der Sohn des Königs, bei dem ich mich nach allen Regeln afghanischer Höflichkeit und mit der Hand auf dem Herzen bedankte, lächelnd in seinem Reich aus Dunkelheit und Licht und schien es zufrieden. Er wusste jederzeit, was zu tun war, und arbeitete auf der Höhe seiner Kunst, egal, wer seine Kundschaft war und was die Zeitläufte vor seiner Tür gerade veranstalteten. Amanullah Khan hingegen, Reinkarnation des ehemaligen afghanischen Königs und zukünftiger deutscher Ingenieur, rümpfte, kaum dass wir wieder auf der Straße waren, ein wenig die Nase. Er hätte sich gewünscht, dass das Land seiner Vorfahren etwas anschlussfähiger gewesen wäre an den Rest der Welt, zumindest schon einmal auf der Ebene der Ikonographie.

XI.

IN HAMBURG UND IN MANHATTAN WIEDERUM

In Hamburg und in Manhattan wiederum war man, wie ich wenig später notieren konnte, für kurze Zeit durchaus der Meinung, dass die Portraits, die der Sohn des Königs von den Herren Taliban angefertigt hatte, in nichts den Bildnissen von Männern mit Goldhelmen, Mädchen mit Perlenohrringen und Frauen mit geheimnisvollem Lächeln nachstanden und erst recht nicht dem Bildnis von Marilyn Monroe in Knallfarben und in dutzendfacher Wiederholung. Was dieser Bauernsohn aus Ruthenien namens Andy Warhol in seiner Factory fabrizieren konnte, sagte der Chefredakteur laut meinen Aufzeichnungen mit einem gewissen Enthusiasmus in der Stimme, das konnte der Sohn des Königs aus Kabul schon lange, überdies musste, so der Chefredakteur weiter, endlich Schluss sein mit dem kolonialen Blick der ersten Welt auf die übrige Menschheit, das wiederum sagte allerdings nicht nur der Chefredakteur, sondern das sagten alle, deren moralischer Kompass stets in die richtige Richtung zeigte, und der Chefredakteur wusste jederzeit, den seinen entsprechend auszurichten, und nicht nur ihm, sondern ganz Hamburg und ganz Manhattan war klar, dass Fotografie nun die längste Zeit eine Kunst von Weißen für Weiße gewesen war, und nach allgemeiner Überzeugung war es damit jetzt endgültig vorbei.

Immerhin war es so, dass schon bald nach der Erfindung der Fotografie unzählige Herrschaften ausgeschwärmt waren und sich mit der Kamera vor allen möglichen Völkerschaften aufgebaut hatten, damit sich die Leute daheim in aller Gemütlichkeit exotische Gestalten ansehen konnten, *The People of India* zum Beispiel, acht Bände mit vierhundertachtundsechzig Fotos, die Lord Canning, Vizekönig von Britisch-Indien, zu seiner und seiner Gattin persönlichen Erbauung Mitte des neunzehnten Jahrhunderts in Auftrag gegeben hatte und die später zu einer Art offiziellem Musterkatalog der unterworfenen Subjekte wurden, schließlich kann man nur Untertanen, von denen man wenigstens weiß, wie sie aussehen, effektiv beherrschen und versuchen, sie wie kleine Kinder zu erziehen. So hat das alles angefangen vor fast eineinhalb Jahrhunderten, und irgendwann in den 1930er-Jahren schlug dann auch der allgemeine Chefredakteur zu, und zur Begeisterung des damals selbst noch ziemlich provinziellen und ganz und gar ungereisten Publikums sowie der Damen aus der Anzeigenabteilung druckte er neben den Pomadenwerbungen mit Tennisspielern und Abbildungen von sterbenden Spaniern mit Schussverletzung in der Brust alles, was er an Fotos von fremdartigen Schauplätzen und ebensolchen lebenden oder schon halb oder ganz toten Existenzen geliefert bekam von denen, die er losgeschickt hatte aus Hamburg und aus Manhattan und die dann stets die Finger an den Auslösern hatten.

Nicht dass der Chefredakteur das heute alles noch

so genau im Kopf gehabt hatte, aber der Weltgeist wollte es so, dass, als der schon zitierte Jean Paul'sche Zeiger der Ewigkeit schließlich das Ende des zwanzigsten Jahrhunderts erreicht hatte, durch irgendeine Ritze im ansonsten recht erdbeben- und einbruchssicheren Gedankengebäude in Hamburg und in Manhattan die Frage in den Raum gekommen war, ob es tatsächlich sein konnte, dass nur Westler in der Lage waren, Fotos zu machen, weshalb der Chefredakteur dann tatsächlich hin und wieder kurz überlegt hatte, ob nicht beispielsweise vielleicht auch Paschtunen Paschtunen fotografieren konnten, der Einsatz von Paschtunen wäre auch in jeder Hinsicht billiger gewesen als etwa jener der eigens von weit her angereisten Insassen des Mustafa, keine Reisekosten, wesentlich geringeres Honorar, das war durchaus verlockend, nur dass die Paschtunen, wie der Chefredakteur mehrfach bedauernd festgestellt hatte, leider nicht unsere Bildsprache sprachen, was immer das nun wieder heißen mochte. Erst später sollte er es sich anders überlegen, nachdem nämlich schon so und so viele Insassen des Mustafa Hotel und ähnlicher Beherbergungsbetriebe von selbstgebauten Bomben der Herren Taliban zerrissen worden waren und die Trauerfeiern in Hamburg und in Manhattan etwas überhandgenommen hatten. Da schickte der Chefredakteur dann lieber niemanden mehr los und kaufte die Fotos fortan doch günstig bei ortsansässigen Paschtunen, unpassende Bildsprache hin oder her, aber das war, wie gesagt, erst viel später, noch war das Mustafa Hotel gut belegt und die Paschtunen dort hatten schon deshalb nur Kalaschnikows und keine Kameras, weil in den Buden am Khyber Pass bis dato nun einmal lediglich Waffen und keine optischen Geräte hergestellt worden waren.

Aber da war ich nun beim Chefredakteur vorstellig geworden, mit den Fotos des Sohnes des Königs, den ich gebeten hatte, mir einige seiner Talibanportraits mitzugeben, damit ich sie als Zeugnisse seiner Kunst vorzeigen konnte in Hamburg und in Manhattan, womit der Sohn des Königs sofort einverstanden war, da die Portraitierten ihre Bildnisse ohnehin nicht mehr bei ihm abholen würden, weil sie entweder tot, oben in den Bergen des Hindukusch oder in Guantanamo auf Kuba waren, zwölftausendachthundertzweiundsiebzig Kilometer Luftlinie von Kabul entfernt, wo die Schlimmsten der Schlimmen, wie das Pentagon sie nannte, jetzt ihrerseits statt mit Peitschen aus Elektrokabeln mit Musik aus der Sesamstraße in Endlosschleife traktiert wurden und wo sie sich statt in Heilige und Engel in Müllmänner in orangefarbenen Anzügen verwandelt hatten und nur noch mit Genehmigung des Pentagon fotografiert werden durften, und für diese einschlägigen Aufnahmen interessierte sich dann wiederum vor allem Amnesty International.

Für die Fotos, die der Sohn des Königs noch in seinen Schubladen hatte, interessierte sich in diesem Moment jedoch niemand mehr, außer natürlich der Sohn des Königs selbst, denn schließlich waren diese Bildnisse Ergebnisse seiner Mühen und seiner Kunst, und so hatte ich ihm selbstverständlich versprochen, im

Falle, dass die Bildnisse in Hamburg oder in Manhattan jemals in irgendeiner Form an die Öffentlichkeit gelangen würden, erstens jederzeit deutlich zu machen, dass der Schöpfer dieser Kunstwerke niemand anderer als er, der ehrenwerte Herr Shah Zadeh war, Sohn des Königs aus Kabul, und ich ihm, zweitens, das möglicherweise auszuzahlende Honorar zukommen lassen würde, denn wer wollte sich schon der kulturellen Aneignung schuldig machen, wir waren hier doch nicht bei den Warhols oder bei den Cranachs, wo man es mit der Urheberschaft an Kunstwerken nicht so genau genommen hatte, und die Taliban-Portraits des Sohnes des Königs waren auch nicht die Benin-Bronzen, die man einfach so wegschaffen und dann irgendwo ausstellen konnte, zum Beispiel im Linden-Museum am Hegelplatz in Stuttgart oder im Ethnologischen Museum in Berlin.

Tatsächlich hatte der Chefredakteur, als er die Bildnisse sah, nicht nur sofort an die alten und die neuen Meister gedacht, die unter Umständen allerdings ebenfalls schon wieder alt aussahen, sondern auch an eine kleine Ausstellung in der Halle des Bergkönigs samt aufwendig gestaltetem Katalog. Schließlich habe man, so der Chefredakteur, in Hamburg und in Manhattan noch nie etwas Vergleichbares zu sehen bekommen, wie ich ebenfalls notierte, denn ich war ja nicht nur in Afghanistan Beobachterin und Mitschreiberin, sondern das war ich auch in Hamburg und in Manhattan, wer einmal mit dem Beobachten und mit dem Mitschreiben angefangen hat, der hört damit nicht wieder auf und schreibt einfach immer weiter mit, auch wenn das natürlich kein schönes Leben ist, als ewige Beobachterin und andauernde Mitschreiberin vor dem Herrn. Ansonsten pflichtete ich dem Chefredakteur bei, *künstlerische Positionen* dieser Art, wie man wiederum bei der Documenta in Kassel gesagt hätte, hatte man in Hamburg und in Manhattan noch nie gesehen, die Bilder, so sagte ich, sprachen immerhin das reinste Paschtu oder vielleicht sprachen sie auch Hindi oder Urdu, schließlich stammte die Plattenkamera aus Britisch-Indien, wozu damals auch Pakistan gehört hatte, aber egal, es sei jedenfalls Zeit, so sagte wiederum der Chefredakteur, unseren Blick und auch unser Bewusstsein endgültig zu dekolonisieren, und dazu wolle nun auch er seinen Beitrag leisten, und zwar mit der besagten hübschen Ausstellung zu Ehren des der abendländischen Kunst absolut ebenbürtigen afghanischen Schaffens, welches die Arbeiten des Sohnes des Königs so wunderbar repräsentierten.

Nur dass die Ausstellung dann doch nicht stattfand, auch wenn die Kataloge schon gedruckt und die Einladungskarten verschickt waren. Vielmehr landete der Chefredakteur beinahe selbst in Guantanamo, nachdem sich in Hamburg und in Manhattan herumgesprochen hatte, dass in der Halle des Bergkönigs demnächst die Schlimmsten der Schlimmen mittels einer Ausstellung verherrlicht werden sollten, und zwar in zweifelhaftester paschtunischer Bildsprache, wo doch jeder wusste, dass keine Hunde und keine rechtschaffenen Bürgerinnen und Bürger ein Haus oder ein Zimmer betreten, in denen sich das Bild eines engelhaften Talibs befindet, was natürlich auch für die Halle des Bergkönigs galt. Halb Hamburg und halb Manhattan waren beleidigt und entsetzt wegen des vom Chefredakteur geplanten Anschlags auf ihre Gefühle und auf den guten Geschmack, und ohne jeden Zweifel war das Zeigen solcher Bilder sogar nichts weniger als eine der vielen Formen von Gewalt, die in diesem Fall nicht etwa in Kabul oder im Wilden Kurdistan um sich griff, sondern mitten in Hamburg beziehungsweise in Manhattan, was der Chefredakteur sofort einsah und weshalb er umgehend abschwor, widerrief, öffentlich seine Schuld eingestand sowie Kritik und Selbstkritik übte wegen seines, wie er spontan sagte: verrotteten bourgeoisen Bewusstseins, worüber sich die Bourgeoisie im Publikum allerdings nicht schlecht wunderte, aber das, so dachte ich, war nun einmal die alte Formel, die der Chefredakteur noch im Schlaf beherrschte aus seinen leninistischen Tagen, als Kritik und Selbstkritik eine entscheidende Kulturtechnik zur Säuberung der Welt von allem Übel war, und wer hätte gedacht, dass es Gelegenheit geben würde, diese irgendwann noch einmal zur Aufführung zu bringen.

Das alles nutzte dem Chefredakteur allerdings nur kurzfristig, denn in Hamburg und in Manhattan, auf halber Strecke zwischen Kabul und Guantanamo, war, wie sich jetzt einmal mehr herausstellte, das Gelände ebenso vermint wie auf den vielen anderen weltweiten Kampfplätzen der Kulturen, und wer dem einen Sprengsatz auswich, trat auf den unmittelbar daneben, und so sah ich zu, wie sich sogleich wiederum einige Schwulengruppen zu Wort meldeten und deutlich machten, wie skandalös und rückwärtsgewandt es war, geschminkte und Hand in Hand posierende muslimische Männer mir nichts, dir nichts den vom Pentagon stigmatisierten Schlimmsten der Schlimmen zuzurechnen und die entsprechenden Fotografien aus der Öffentlichkeit zu verbannen. Der Chefredakteur täte deshalb gut daran, sein Bild von Männlichkeit und von Zuschreibungen für Muslime zuerst zu überprüfen und dann einzusehen, wie gewalttätig er sei, in diesem Fall gegenüber schwulen Muslimen etc. pp., nur dass der Chefredakteur jetzt nicht mehr abschwören, widerrufen, öffentlich seine Schuld eingestehen und auch keine Kritik und Selbstkritik mehr üben konnte, denn diese Mittel waren bereits verbraucht.

Also was soll ich dann tun?, hörte ich den Chefredakteur rufen, was soll ich nur tun?, wobei natürlich auch für diesen Fall die Antwort schnell gefunden war, denn in Zuständen von Verunsicherung und tiefgehendem Zweifel war die beste Lösung stets der Einsatz einer unabhängigen Kommission zur Untersuchung und Beurteilung von diesem und von jenem, und ein solches Gremium, bestimmte der Chefredakteur, sollte sich nun zusammenfinden, um herauszufinden, wie umgegangen werden sollte mit Bildnissen von Taliban, die aussahen wie Engel, oder mit Bildnissen von Engeln, die aussahen wie Taliban, und was mich betraf, so war ich sicher, die Kommission würde spätestens dann ihre Ergebnisse vorlegen, wenn die Taliban und die Engel in Afghanistan wieder die Macht übernommen haben und die Männer mit den Elektrokabelpeitschen wieder ausschwärmen würden auf der Jagd nach gesetzeswidrigen Passbildern und nach Zeichnungen von Fischen und von Vögeln.

ZWEI

I.

BISHER IST ALLES

Ich sollte, dachte ich, noch einmal auf das schon erwähnte nach deutschem Reinheitsgebot gebraute Bier zurückkommen. Das gab es, anders als etwa im Süden des Jemen oder im Norden von Nigeria, in Rio de Janeiro an jeder Straßenecke sowie erstaunlicherweise auch überall in Ramallah und selbstverständlich auch in Port Moresby, der Hauptstadt von Papua-Neuguinea, inzwischen eine der heißesten Destinationen im neu entdeckten Ozean der Globalisierung.

Nicht dass wir etwa auf Reinheit Wert gelegt hätten, im Gegenteil, wir missbilligten das Streben nach Reinheit von ganzem Herzen, denn dies führt bekanntlich geradewegs in den Faschismus, auch wenn Ingolstadt, damals im Jahr 1516, als das Reinheitsgebot für Bier erstmals festgeschrieben wurde, nicht unbedingt kurz vor der faschistischen Machtübernahme stand, das gebe ich gerne zu, ansonsten ist gegen das Brauen mit Hopfen aus der Hallertau im Südpazifik nicht allzu viel zu sagen, und so saß ich dort in Port Moresby eines Abends vor einem Glas mit einer verlockenden bayrischen Blume, nicht mit Tim, von dem ich nicht wusste, wo er in diesem Moment war, denn unser gemeinsamer Auftrag in Liberia war längst zu Ende gewesen, und wenn der Auftrag erledigt ist, dann ist eben Schluss und jeder geht wieder seiner Wege, gehe über Hamburg, gehe über Manhattan, und dann irgendwohin, nirgendwohin, und schließlich ohne weitere Umwege ins englische Nichts, und statt Tim war da jetzt ein Bure aus Südafrika mit Namen Johan van Hengherr, der selbstverständlich ebenfalls ein preisgekrönter Fotograf war, denn ohne Preise keine Reise, so beliebte der Chefredakteur immer wieder zu sagen.

Drei Wochen im Dschungel lagen hinter uns, drei Wochen mit der Familie Kapi am hintersten Ufer des Lake Murray im Innersten der Insel, wo Vater Reginald Kapi auf uns gewartet hatte mit seinem Einbaum, dessen Einsatz als Verkehrsmittel, wie wir von Peter Handke wussten, bekanntlich noch aus dem finstersten Völkermörder aus Serbien oder sonst woher unverzüglich einen edlen Wilden machte. Reginald Kapi jedoch war zwar immer wieder an meist unblutigen Auseinandersetzungen mit der verfeindeten Nachbarethnie beteiligt gewesen, an Völkermorden aber nicht, und so ging es ihm vor allem darum, sich und uns mit seinem Einbaum in der Niemandsbucht sicher und geschmeidig zwischen den Krokodilen hindurchzumanövrieren, die dort lauerten mit müden Augen und panzerharten Häuten. Überhaupt versuchte er, uns den Aufenthalt so angenehm wie möglich zu machen, und am Ende jedes einzelnen der Tage in den Wäldern, die wir mit ihm bei der Jagd nach Baumkängurus und Wildschweinen mit Pfeil und Bogen verbrachten, rupfte Reginald Kapi mit geschicktem Griff die Blutegel von unseren Unterschenkeln, nachdem diese sich in den Stunden zuvor dort festgefressen hatten.

Reginald Kapi, ein barfüßiger Kämpfer, der es ansonsten nicht nur mit Blutegeln, Wildschweinen, Baumkängurus und Krokodilen aufnahm, sondern auch mit den Ausbeutern, oder heißt es: den Ausbeuter*innen* und Ausbeutern?, des weltweiten Westens, die, so hatte es dem Weltgeist vom Hegelplatz und dem Fortschritt der Vernunft gefallen, den gleichwertigen & mannigfaltigen Natursöhnen aus der Herderstraße in Gestalt der Dschungelbewohner Papua-Neuguineas die Wälder wegnahmen, die Bodenschätze und die Bilder, und vor allem Letzteres bekümmerte Johan, den Fotografen, natürlich sehr.

Aber was sollte er machen, er hatte einen Auftrag und er musste fotografieren, denn wir waren hier, um zu berichten, von Elend und von Mut, und davon, wie Reginald Kapi gemeinsam mit seiner gesamten Verwandtschaft sowie den kühnsten Kriegern seiner eigenen und auch der eigentlich verfeindeten Nachbarethnie mit Speeren, Steinäxten und den Anwälten von Greenpeace Australien die Ausbeuterinnen und Ausbeuter in die Flucht geschlagen hatte, denn es galten hier nicht nur die Gesetze des Dschungels, sondern erstaunlicherweise galt auch das internationale Recht, und in den drei Wochen am hintersten Ufer des Lake Murray notierte ich, während ich mich gleichzeitig dem Verspeisen des gummiartigen Marks von Sagopalmen widmete, an den Abenden sämtliche Details dieses heroischen Kampfes, an dessen Ende zwar die internationalen Kettensägen, aber auch ein nicht unbeträchtlicher Teil der hiesigen Wälder verschwunden waren, als illegale Tropenholztransporte in Richtung Malaysia, von wo aus einige der Ausbeuterinnen und Ausbeuter operierten.

Indessen machte Johan unaufhörlich Fotos, Johan, der Bure, der so blond und so weißhäutig war, dass einige Mitglieder der Familie Kapi ihn, wie sie sagten, für einen Geist gehalten hätten, wäre er, um sein helles Haupt vor der Sonne zu schützen, nicht stets mit einem roten Basecap herumgelaufen, das mit der Aufschrift *To Live Is to Serve* versehen war, weshalb Johan doch kein Geist gewesen sein konnte, denn Basecaps, das wussten in Papua-Neuguinea schon die kleinen Kinder, waren im Reich der Geister verpönt, und da Johan also offenbar wirklich kein Geist war, ließ sich die gesamte Familie Kapi samt sämtlichen Verwandten und sogar samt der verfeindeten Nachbarschaft bereitwillig von ihm fotografieren, und zum Dank zeigte dieser sie auf seinen Fotos allesamt in spektakulärer Schönheit: Reginald Kapi mit Pfeil und angespanntem Bogen vor einer Heldenbrust wie aus schwarzem, ölig glänzendem Marmor und die Verwandtschaft und die Nachbarn mit Adidas-Trainingsjacken oder eleganten Tweedjacketts in klassischem Schottenkaro, die von irgendwelchen Hinterbliebenen Verstorbener in Übersee dem Roten Kreuz gespendet worden waren, nachdem die Verstorbenen die Tweedjacketts nicht mehr brauchten, weil Tote tatsächlich keine Karos trugen, und es waren die Blicke entschlossen, die Gesichter mit leuchtend gelber Pflanzenpaste bemalt und die Köpfe geschmückt mit den wunderbarsten Federn, alles vor dichten schwarzen Wäldern sowie dem Drama der Wolkentürme am hoch gewölbten Himmel, und als wäre das nicht schon genug gewesen, wurde auf Johans Fotos das Ganze noch einmal gespiegelt in der Niemandsbucht des glatten Lake Murray, der nun selbst die Krokodile verschluckt zu haben schien, herrliche Bilder allesamt, sagte ich deshalb zu Johan, du könntest sie jederzeit auch in der Vogue veröffentlichen, am besten sogar in der amerikanischen Ausgabe, was Johan allerdings zunächst ablehnte, schließlich arbeiteten wir für ein seriöses geographisches Magazin.

Obwohl, die Vogue, warum nicht, und eigentlich ist die Idee sogar sehr gut, Federschmuck und abgewetzte Karojacketts, in New York tragen das demnächst alle, worüber wir lachten, kurz nur, schließlich waren wir hier, um zu arbeiten, und hatten genug zu tun, und überdies wussten wir ganz genau, dass es in New York niemand wagen würde, sich zurechtzumachen wie die Dschungelbewohner in Papua-Neuguinea, egal, wie schick die Kombination von Tweedjackett und Federschmuck tatsächlich war. Denn wer wollte sich schon erwischen lassen bei solch einem krassen Fall von kultureller Aneignung, erst den Leuten die Wälder, die Bodenschätze und die Bilder rauben und dann auch noch ihren Kleidungsstil, ihre Frisuren und womöglich auch ihre Verrenkungen mit dreitausendjähriger Geschichte. In der Vergangenheit waren in New York ja immer wieder Weiße mit Rastalocken gesichtet worden, Zeiten, die inzwischen längst vorbei waren, dafür begann inzwischen etwa auch das Üben von Yoga politisch problematisch zu werden, und zwar für alle von nicht eindeutig indischer Herkunft, was wiederum vor allem Zeitgenossen mit Nachdruck betonten, die selbst kein bisschen Indien in sich hatten und die deshalb streng genommen wiederum kein Recht hatten, sich für den Schutz des kulturellen Eigentums der Indischstämmigen ins Zeug zu werfen, denn keiner ermächtige sich, für oder über jemand anderen zu sprechen, und so weiter und so weiter, Reinheitsgebote, wohin immer das Auge blickte, und diesen ganzen identitätspolitischen Schwurbel hielten andere wiederum schlicht für blanken Faschismus, und auch Johan und ich wollten uns mit dergleichen nicht länger beschäftigen. Eine Frage hatten wir allerdings doch. Nämlich die, ob es wohl in Ordnung sei, dass Johan, anders als ich, die ich mich morgens, mittags und abends mit zu Gummi gekochtem Sago aus der Sagopalme begnügte, gelegentlich das freundliche Angebot Reginald Kapis annahm, ein wenig von dem im Wasser des Lake Murray gegarten Baumkänguru oder ein Stück gegrilltes Krokodilfleisch zu verspeisen, denn es stellte sich in diesem Fall ja das Problem, ob das noch teilnehmendes Mitessen nach alter Sitte aller Ethnologen und Reporter war oder schon illegitime kulinarische Aneignung, oder was genau war das sonst? Hinzuzufügen ist in diesem Zusammenhang, dass Johans burische Verwandtschaft ihrerseits in Südafrika bereits in achter Generation regelmäßig wenn schon keine gekochten Baumkängurus, so wenigstens gegrillte Krokodile verspeiste, und vielleicht reichte das schon aus, und Johan konnte einen eigenen kulturellen Hintergrund und eine eigene Tradition in Sachen Krokodilverzehr in Anschlag bringen, auch wenn er, anders als die Familie Kapi und sämtliche anderen Bewohner Papua-Neuguineas, von einer bemerkenswert geisterhaften Blässe war, so blass wie ein gehäutetes Krokodil.

Und dann, nach drei Wochen bei Familie Kapi im Dschungel, und dann, nachdem ich drei Wochen lang nachts unbemerkt die Goldberg-Variationen gehört hatte, gespielt von Glenn Gould, naturgemäß, wie man in Österreich gesagt hätte, nicht aber im Dschungel von Papua-Neuguinea, und dann, nach drei Wochen, in denen ich die Nächte im Dschungel in wohlgeordneter Leipziger Jenseitigkeit zugebracht hatte, in der Jenseitigkeit von Glenn Gould, naturgemäß, und dann ---

Und dann, nach drei Wochen bei Familie Kapi im Dschungel, saßen Johan und ich schließlich vor unserem Bier in Port Moresby an einem Hotelpool auf einem ebenso weitläufigen wie gepflegten Gelände hinter hohen Mauern, schließlich rühmte sich die Stadt, von der die wenigsten jemals gehört haben dürften, wenn schon nicht allgemein bekannt, so doch immerhin eine der gefährlichsten der Welt zu sein, gefährlicher als Lagos, Johannesburg und Rio de Janeiro zusammen, und während der Dschungel in all seiner Maßlosigkeit und Anarchie erst kurz vor Port Moresby endete, war hier in der Stadt unversehens Zivilisation, war hier Struktur und irgendeine Ordnung mit Verkehrsschildern und Rasenflächen, gepflegt und gestutzt mit englischer Akkuratesse, nur dass sich nach Sonnenuntergang eben niemand mehr hinauswagte, denn in Port Moresby gingen ab Punkt sechs Uhr abends die Mörder um, aus dem Dschungel vertriebene Dörfler vom Lake Murray und wer wusste aus welchen weit entfernten Wäldern sonst noch, und womöglich waren auch einige Mitglieder der heldenhaften Familie Kapi dabei, inzwischen längst ohne Federschmuck, jedoch noch immer ohne Schuhe. Sie alle waren gestrandet in der Hauptstadt und davon überzeugt, es bliebe ihnen nun nichts anderes übrig, als den in den hiesigen Luxushotels und Luxusappartements residierenden internationalen Ausbeuterinnen und Ausbeutern die Kehlen durchzuschneiden, um an deren Besitztümer zu kommen, zumindest an die wenigen, die diese sogenannten Global Players hier im Außendienst in Papua-Neuguinea weit weg von ihren heimischen Spielplätzen tatsächlich mit sich führten, denn die durch Ausbeutung entstandenen Firmenvermögen, die Börsenwerte, die Aktiendepots und die Konten auf den Schweizer Banken waren für die mörderischen Dörfler unerreichbar und in ihrer Abstraktheit sowieso ohne Belang, in Papua-Neuguinea mussten schließlich selbst die Geister der Toten konkret sein, so konkret, dass die Toten ja sogar das Tragen hässlicher Basecaps verweigerten. Jedenfalls wussten die in der Stadt gestrandeten Dörfler, was sie nach Einbruch der Dunkelheit zu tun hatten, um das zu erreichen, was sie unter materieller Gerechtigkeit und persönlichem wirtschaftlichem Fortschritt verstanden.

Für die Ausbeuterinnen und Ausbeuter bedeutete das wiederum, dass sie sich verschanzten, auf tagsüber von anderen gestrandeten Dörflern gepflegten Ländereien hinter möglichst unüberwindlichen Mauern, und auch Johan und ich konnten nicht anders, als uns jeden Abend rechtzeitig in Sicherheit zu bringen, kurz bevor mit dem Sonnenuntergang um sechs Uhr die tägliche Mörderschicht der Dörfler begann, sodass wir dann in mildem abendlichem Licht am Pool saßen, gemeinsam mit den Ausbeuterinnen und Ausbeutern hinter Mauern mit Kronen aus Stacheldraht. Die globalen Spielerinnen und Spieler trugen, nachdem Tropenhelme bekanntlich längst aus der Mode gekommen waren, adrette Polo-Shirts und frisch gebügelte kurze Hosen, respektive kleine Cocktailkleider in leuchtenden tropischen Farben, und auch wir hatten geduscht und frische Kleider angezogen, wobei Johan allerdings anschließend seine inzwischen leicht schmuddelige Mütze wieder aufgesetzt hatte, aus welchem Grund auch immer, und natürlich wunderte ich mich auch dieses Mal, wie weit ich gekommen war, und ich saß da, irgendwo, wo ich noch nie war und wo ich nicht hingehörte, aber schön war es natürlich trotzdem.

Von Stuttgart über den Dschungel von Papua-Neuguinea bis an den Pool in Port Moresby, immerhin, so weit bin ich inzwischen gekommen, wer hätte das gedacht, damals die Sonntage mit den Eltern, als ich die gleiche Art Zöpfe trug wie einst Winnetous Schwester in der filmischen Version von 1963 und noch lange keine erwachsene Abenteuerromanteilnehmerin, sondern die verkleinerte Kopie einer Nachwuchsdarstellerin im deutschen Film war und mit der ganzen Familie zwar nicht durch die Schluchten des Balkans, aber wenigstens durch die Schluchten der Schwäbischen Alb zog, wo sich immerhin angeblich Fuchs und Hase Gute Nacht sagten, so lange war das ja auch noch nicht her, nicht mehr als zwei, drei Jahrzehnte, und nachdem ich die Zöpfe abgeschnitten hatte, trug ich erst eine Frisur wie die Draufgängerin Emma Peel, aber dann war ich plötzlich im Dschungel von Papua-Neuguinea gelandet, wo ich Geräusche von Tieren gehört hatte, deren Namen ich ebenfalls nicht kannte und von denen ich auch nicht wusste, wie, warum und ob überhaupt sie sich am Ende eines Tages voneinander verabschiedeten, kurz bevor ich wiederum wie in jeder Nacht begann, unbemerkt die Goldberg-Variationen zu hören, aber immerhin, so dachte ich auch an diesem Abend am Pool, immerhin ist bisher noch immer alles gut gegangen, wobei das eher schwäbische Statistik war als eine rheinische Wette auf die Zukunft. Bis hierher war alles gut gegangen, aber vielleicht, dachte ich, war ich bald schon tot, übermorgen, morgen, oder sogar noch heute Abend, denn bisweilen kletterten die barfüßigen Dörfler über die Mauern, und da konnten wir hundert Mal rufen, dass wir doch auf *ihrer* Seite *standen*, auch wenn wir auf der *anderen* Seite der Mauer *saßen*, und Johan würde auf seine Mütze zeigen: *To Live is to Serve*, klingt das vielleicht nach Ausbeutung und rücksichtslosem globalem Streben nach Gewinn?, würde er rufen, und vielleicht würde er die Mütze sogar abnehmen und hoffen, die Dörfler hielten ihn dann für einen Geist, dem die Kehle durchzuschneiden erstens ungebührlich gewesen wäre und sich zweitens nicht lohnte, denn was haben Geister schon in der Tasche, bekanntlich ist das meistens nicht allzu viel, auch das, dachte ich, würde Johan vermutlich rufen, wenn die barfüßigen Dörfler über die Mauer kämen, nur dass wir an diesem Abend, den wir mit den globalen Spielern am Pool verbrachten, nicht einen einzigen Dörfler zu sehen bekamen, außer natürlich die, deren Leben ebenfalls das Dienen war, weshalb sie immer wieder aus der Küche gerannt kamen, um uns allerlei Speisen und Getränke zu servieren.

Die anderen waren jedoch in Sachen Umverteilung respektive Rückgabe vor Entschädigung offenbar andernorts beschäftigt, und so ging auch an diesem Abend wieder alles gut, und die Dörfler brachten uns noch mehr Bier, und da wir auf irgendetwas trinken wollten, aber nicht wussten, worauf, tranken wir eben auf das Wohl von Kaiser Wilhelm, dem Ersten, der es, anders als wir, zwar nicht persönlich nach Papua-Neuguinea geschafft hatte, aber immerhin hatte der nordöstliche Teil der Insel Neuguinea, wo auch der Lake Murray lag, einmal Kaiser-Wilhelms-Land geheißen, und wer dort lebte, war Untertan seiner Majestät, oder heißt es Unterthan?, die Dörfler vom Lake Murray und ich waren folglich als jeweilige Unterthanennachfahren sozusagen miteinander verwandt, eine Tatsache, auf die ich auch gegenüber den Mördern, wären sie über die Mauer geklettert, hätte verweisen können, und alle zusammen hatten wir als ehemalige Unterthanen seiner Majestät natürlich auch mit dem Buren Johan enge verwandtschaftliche Bande, wobei ich allerdings nicht die Muße hatte, mich mit der Krüger-Depesche von Kaiser Wilhelm, dem Zweiten, mit seinem nach oben gezwirbelten Bart, in der es im Jahr 1896 um die Herrschaft der Buren in Südafrika ging, genauer auseinanderzusetzen. Ansonsten war das Kaiser-Wilhelms-Land, anders als der diesem vorgelagerte Bismarck-Archipel, der noch immer existierte, eines Tages einfach von der Landkarte verschwunden, nicht etwa als Folge eines Vulkanausbruchs oder eines Tsunamis im Südpazifik, sondern als Folge der allerdings nur sprachlichen Bereinigung gewisser historischer Irrtümer, um nicht zu sagen: Verbrechen, und das Staatsoberhaupt von Papua-Neuguinea war im Moment bekanntlich nicht mehr Kaiser Wilhelm, der Erste, sondern nun schon lange dessen Urgroßnichte Königin Elizabeth, die Zweite, die zwar auch nicht gerade hier aus der Gegend war, aber immerhin war die Missis Kwin, wie sie hier sagten, im Jahr 1977 tatsächlich einmal persönlich durch Port Moresby gefahren, weiß behandschuht und stehend im offenen Wagen, während Prinz Philip in hellen Hosen, weißem Hemd und mit barem Haupt neben ihr stand, eine Lichtgestalt, in der einige Einheimische sofort eine Gottheit erkannten, die sie seither kultisch verehren, zu Recht natürlich, zu Recht.

Aber was hatten Königin Elizabeth und Prinz Philip schon mit nach dem deutschen Reinheitsgebot gebrautem Bier zu tun, vor dem Johan und ich nun in Port Moresby saßen, Kaiser Wilhelm, der Erste, hingegen hatte das deutsche Reinheitsgebot tatsächlich jederzeit hochgehalten, und von ihm zum Faschismus war es dann ja auch nicht mehr sehr weit gewesen, nur noch die paar Jahrzehnte, bis nicht nur das Bier, sondern auch das Blut dem deutschen Reinheitsgebot unterlag, und jetzt ausgerechnet auf Kaiser Wilhelm zu trinken war natürlich nichts als postmoderne Ironie, denn niemand verabscheute sowohl jede Form von kultureller Aneignung als auch den Faschismus und erst recht den Kolonialismus so sehr wie Johan und ich, den Kolonialismus des achtzehnten, des neunzehnten, des zwanzigsten und des einundzwanzigsten Jahrhunderts gleichermaßen, letztlich verabscheuten wir ihn fast so sehr wie die Hits der siebziger, achtziger und neunziger Jahre, und die Ausbeuterinnen und Ausbeuter, die mit ihren Cocktailkleidchen, Polo-Shirts und kurzen Hosen neben uns am Hotelpool saßen, straften wir, wann immer es uns möglich war, mit verächtlichen Blicken. Mehr konnten wir aber im Moment leider nicht tun.

Ich für meinen Teil verabscheute ansonsten natürlich auch Modefotos von Einheimischen mit Federschmuck und Jacketts aus der Kleiderspende vor dichten Wäldern und dramatischen Wolken am Himmel, ganz im Gegensatz zum Rest der westlichen Welt, deren Begeisterung für diese Fotos grenzenlos war und die Johan später erneut verschiedene Preise verlieh, für die visuelle Kraft sowie die soziale Sensibilität seiner Bilder, oder vielleicht auch für ihre kräftige Vision sowie ihre sensible Sozialität, und natürlich gönnte ich Johan sämtliche Auszeichnungen von Herzen. Abgesehen davon hatten nicht nur die Fotos, sondern die ganze Geschichte des heroischen Kampfes von Reginald Kapi und den Seinen auch den Chefredakteur, sowohl den in Hamburg als auch den in Manhattan, regelrecht in Verzückung versetzt, tribale Tapferkeit!, rief der Chefredakteur, indigenes Heldentum, der uralte Kampf von D. gegen G. und der topaktuelle Einsatz zur Rettung der Natur, eigentlich, so fügte er mit immer größerer Begeisterung hinzu, sehe ich auch einen Film, und zwar mit Jamie Foxx als barfüßigem Anführer im Dschungel, also alles wirklich großartig, und nur eine einzige Sache hatte der Chefredakteur an meinem Bericht zu kritisieren, nämlich mein, wie er es ausdrückte, penetrantes Herumreiten auf dem globalen Kapitalismus als Ursache allen Übels.

Lass das weg, in deinem eigenen Interesse, sagte der Chefredakteur mit exakt dem Grad an Bestimmtheit, der es ihm gerade noch ermöglichte, die Illusion aufrechtzuerhalten, es existierten in Hamburg und in Manhattan stets nur flache Hierarchien, und nichts sei wichtiger als der Respekt gegenüber der Autorin, außer natürlich der Respekt gegenüber fremden Völkern, die der Chefredakteur selbstverständlich Ethnien nannte, denn das Wort Völker klang doch allzu völkisch, während Verweise auf den globalen Kapitalismus, wie der Chefredakteur noch einmal betonte, wiederum abgeschmackt klangen, wenn nicht sogar regelrecht altbacken, inzwischen, rief der Chefredakteur, sind wir doch schon viel weiter. All die Wohltaten, die der globale Kapitalismus fremden Völkern brächte, respektive natürlich den hochverehrten Mit-Ethnien, wobei weder Hamburg noch Manhattan diese Wohltaten näher spezifizierte, und überdies, fragte Hamburg und fragte Manhattan, was willst du, willst du etwa zurückkehren zum Naturalientausch?, nein, Naturalientausch, dergleichen kannst du unmöglich wollen, und viel interessanter als der globale Kapitalismus sei doch, wie Jamie Foxx, der heldenhafte barfüßige Kämpfer, oder wie war noch gleich sein Name?, mit Mut, Opferbereitschaft und Führungsstärke gegen diese leider tatsächlich etwas fehlgeleitete Firma aus Malaysia, die womöglich etwas zu viel Holz aus dem Dschungel geschlagen habe, vorgegangen sei, am liebsten würde der Chefredakteur diesen, diesen - er heißt Reginald Kapi! - ja, diesen Reginald Kapi, danke, so heißt er - einmal einladen, mit Schuhen oder am liebsten sogar ohne, als Motivational Speaker bei einem Führungskräfteseminar in der Halle des Bergkönigs in Hamburg und selbstverständlich auch in Manhattan, wobei der Chefredakteur natürlich nicht wissen konnte, dass sich Reginald Kapi längst anderweitig verpflichtet hatte.

Ansonsten kam wiederum Jamie Foxx übrigens nicht aus dem herrlichen Papua-Neuguinea, sondern aus dem anders herrlichen Texas.

II.

DIE SELBSTVERPFLICHTUNG DES

Die Selbstverpflichtung des Reginald Kapi betraf nicht nur ihn selbst, sondern einen ganzen Trupp von Mitjägern und Mitsammlern ausschließlich männlichen Geschlechts, die er, so hatte Kapi eines Abends im Dschungel von Papua-Neuguinea versichert, als er Johan und mir einmal mehr die Blutegel aus den Unterschenkeln drehte, überzeugen würde, mitzutun bei dem großen Plan, den er und ich während unserer regelmäßigen abendlichen Sitzungen nach und nach gemeinsam entwickelten.

Unser Plan sah vor, dass er und seine Mitjäger und Mitsammler sich demnächst auf den Weg machen würden, aber nicht, um nach alter Gewohnheit im heimischen Dschungel rund um den Lake Murray gemeinsam auf die Jagd zu gehen, vielmehr würde ihre Mission sie in diesem Fall in wesentlich größere Entfernungen führen, ja sogar um die halbe Welt. Zu Beginn würden sie jedoch, so malten wir uns das jedenfalls aus, auch dieses Mal wieder alle zusammen mit ihrer Flotte von Einbäumen durch die Niemandsbucht fahren, wie immer aufrecht stehend und mit dem Blick geradeaus. Samt ihren meterlangen Pfeilen und übermannshohen Bögen und ausgestattet mit einem Sack voller getrocknetem Krokodilfleisch als Proviant würden sie schließlich jene Graspiste am anderen Ende des Lake Murray erreichen, wo Johan und ich Wochen zuvor gelandet und von wo wir später auch wieder abgeflogen waren, und mit etwas Glück würden sie dort in eine Art Luftomnibus mit angeschraubten Tragflächen steigen, der, sofern nicht gewaltige Regenfälle dies verhinderten, alle paar Wochen knapp über den höchsten Wipfeln des Dschungels von Graspiste zu Graspiste flog, und so würden Reginald Kapi und sein Trupp nach mehreren Zwischenlandungen schließlich nach Port Moresby gelangen.

Anders als andere Dörfler, die es dorthin verschlug, durften die Herren Jäger & Sammler jedoch keineswegs in Port Moresby hängen bleiben und jeden Tag nach Sonnenuntergang dem Mörderhandwerk nachgehen, vielmehr sollten sie umgehend weiterreisen, immer weiter, von Port Moresby als Nächstes nach Tokio im Norden und anschließend radikal gen Westen, wobei ich Reginald Kapi davor warnte, dass ihnen die Säcke mit dem getrockneten Krokodil am Flughafen Tokio wahrscheinlich abgenommen und ihr Inhalt in den Kochtöpfen oder auf den Tellern der Zollbeamten landen würde zur Steigerung von deren Potenz, Pfeile und Bögen hingegen könnten transportrechtlich womöglich als extrem filigrane Surfbretter durchgehen, gottlob war den Fluggesellschaften, wenn es um das ging, was sie für Sportgeräte hielten, jegliche Form von Diskriminierung fremd, und am Ende dieser sehr langen Reise würde die Unterthanennachfahrenverwandtschaft aus ehemals Kaiser-Wilhelms-Land auf einer glatten, in diesem Fall betonierten Fläche landen, die riesig sein würde, wenn auch nicht annähernd so riesig wie der Lake Murray, zudem lauerten unter der Oberfläche keine Krokodile, und von hier aus, das konnte ich Reginald Kapi versprechen, war der Weg nicht mehr weit bis zum eigentlichen Ziel, und das war nicht Hamburg und nicht Manhattan, sondern es lag in der ehemals Selbständigen politischen Einheit Westberlin.

Ja, tatsächlich, in Westberlin, denn das war der Ort, über den Reginald Kapi durch meine Erzählungen inzwischen so einiges wusste. Etwa, dass es dort zu Ehren des damaligen Namensgebers des Kaiser-Wilhelms-Lands zwar kein Bier, zu seinem Gedächtnis aber immerhin eine Kirche gab, vor allem jedoch hatte ich Reginald Kapi erzählt, dass Teile, oder heißt es Theile?, der Stadt inzwischen in echter Not waren, namentlich die Villenvororte Zehlendorf und Dahlem, wo sich übrigens auch das *Kaiser-Wilhelm-Institut für Anthropologie, menschliche Erblehre und Eugenik* befunden hatte, in dem sich Dschungelbewohner aus aller Welt kostenlos ihre Schädel hätten vermessen lassen können, wäre das Institut nicht schon vor einiger Zeit aufgelöst und durch eine Lehranstalt für antikapitalistisches sowie antikoloniales Denken namens *Otto-Suhr-Institut für Politikwissenschaft* ersetzt worden, dessen Aktivitäten, wie etwa auch der Chefredakteur wusste, inzwischen ebenfalls den Geruch des Abgeschmackten, ja regelrecht Altbackenen, an sich trugen.

Das alles war jedoch nicht die Ursache der Not, die Zehlendorf und Dahlem zu dieser Zeit litten, vielmehr, so hatte ich Reginald Kapi an den Abenden im Dschungel von Papua-Neuguinea schon zuvor erklärt, zogen in

Zehlendorf und Dahlem nun marodierende Rotten umher. Es streiften dort aber nicht etwa unbelehrbare Kapitalismus- beziehungsweise Kolonialismuskritiker, Neo-Eugeniker beziehungsweise Rassereinheitsfetischisten oder gar gestrandete Mörder aus Brandenburger Dörfern durch die Gegend, vielmehr wüteten in den Villenvororten, wo die Zivilisation bis dahin noch zivilisierter war als, sagen wir: diesseits der schützenden Mauern von Port Moresby, jetzt Tausende von Wildschweinen, weshalb das W. in *Berlin (W.)* nun nicht mehr für Freiheit und Kapitalismus stand, sondern, im Gegenteil, für eine geradezu endzeitliche Plage. Denn diese W. wie Wildschweine, so erläuterte ich, bedrohten Menschen, blockierten den Verkehr, machten in den Vorgärten einen auf Dschungel, und insgesamt spielten sie sich auf wie die rücksichtslosesten Kolonisatoren, weshalb die gebeutelten Villenbesitzer schon nach der Bundeswehr gerufen hatten, schließlich handelte es sich hier um das unberechtigte und gewaltsame Eindringen einer fremden Macht namens Natur in privates Territorium, aber leider lehnte die Bundeswehr den Einsatz von Feuerwaffen in Wohngebieten ab. Bedauernd, wie sie mitteilen ließ, denn dies wäre natürlich eine schöne Gelegenheit zum Üben gewesen, für wer weiß welche kommenden Kämpfe und Konflikte.

Reginald Kapi hatte, als ich ihm von diesen Gegebenheiten erzählt hatte, genau zugehört und schließlich betont, dass auch er den Einsatz von Feuerwaffen ablehnte, und zwar, anders als die Bundeswehr, nicht nur, wenn es um Wohngebiete ging, der Gebrauch von Feuerwaffen und nicht erst der globale Kapitalismus, hatte er gerufen, war der Anfang aller Übel, und was Zehlendorf und Dahlem betraf, so war Kapi inzwischen mit mir der Meinung, dass in der Angelegenheit nun endlich Fachkräfte ans Werk mussten, denn offenbar lag man dort nicht nur, was den Zeitpunkt des Sonnenaufgangs und des Sonnenuntergangs betraf, sondern auch hinsichtlich der Fähigkeiten zur Selbstbehauptung gegenüber den Kräften der rohen Natur verglichen mit Papua-Neuguinea hoffnungslos zurück, was auf gar keinen Fall so bleiben konnte, weshalb sich Reginald Kapi und seine Mitjäger und Mitsammler samt Pfeilen und samt Bögen also demnächst auf den Weg machen würden, um dem unverschuldet in Not geraten Zehlendorf und dem ebenso gebeutelten Dahlem zu Hilfe zu eilen. Und während auch Johan, der bis dahin nur äußerst gelangweilt dagesessen und auf die Blutfäden auf seinem Unterschenkel gestarrt hatte, aufmerkte und sich wieder regte, schickte Reginald Kapi hinterher, dass dies nicht nur das Ende der Wildschweinplage in Westberlin sein werde, sondern auch der Beginn einer ganz neuen Form weltumspannender Zusammenarbeit und Solidarität, und natürlich konnte ich in diesem Punkt Reginald Kapi nur zustimmen.

Zusammenarbeit und Solidarität, rief ich, welch wunderbare Zukunft!, und während auch an meinen Unterschenkeln lauter Fäden von Blut hinunterrannen und Reginald Kapi nun den letzten Egel mit einer lockeren

Geste hinter sich ins Dunkel des Waldes schleuderte, versicherte ich, dass es für alle Beteiligten eine nie gekannte Freude und ein übergroßes Glück sein werde, wenn die Herren Dschungelbewohner aus ehemals Kaiser-Wilhelms-Land bald mit Pfeil und Bogen, Federschmuck und dem schönsten Schottenkaro, das in der weltweiten Altkleidersammlung zu finden war, in der ehemals Selbständigen politischen Einheit Westberlin, genauer gesagt: in Zehlendorf respektive Dahlem, eintreffen, denn so weit werden *sie* schließlich gekommen sein.

Derweil zeigte Johan, der Bure, der, laut Aufschrift auf seinem Basecap, lebte, um zu dienen, je länger Reginald Kapi und ich uns über die Einzelheiten unseres kühnen Planes unterhielten und je köstlicher wir uns offenbar amüsierten, immer lebhafteres Interesse an diesem außergewöhnlichen und völkerverbindenden Unterfangen, und womöglich würde Johan, so deutete er an, zu Reginald Kapis Trupp dazustoßen und Bilder machen von papuanischen Heldenbrüsten aus schwarzem Marmor sowie von Zehlendorfer Gründerzeitvillen aus Sandstein, die sich hinter Buchsbaumhecken auftürmen wie die Wolken über dem Lake Murray.

Was mich hingegen betraf, so kündigte ich an diesem Abend im Dschungel der Ehrlichkeit halber an, dass ich dann allerdings gerade irgendwo anders sein würde, in Rio wahrscheinlich oder in Ramallah, und weil, wie ich gelernt hatte, selbst die abstrusesten und ausuferndsten Geschichten am Ende doch immer irgendwie rund sein müssen, da sich der Mensch sonst verloren fühlt, im Dschungel von Worten, Taten, Schauplätzen sowie bekannten und unbekannten Gestalten oder vielleicht sogar im Universum selbst, trinke ich dort in Rio oder in Ramallah wiederum nach deutschem Reinheitsgebot gebrautes Bier, das nur aus Hopfen, Malz, Hefe und Wasser hergestellt werden darf, denn so einfach können die Dinge manchmal sein.

III.

DAS IST NATÜRLICH SCHWIERIG

Dann musste man natürlich auch wissen, wie man wieder zu Hause ankommt, wo und was auch immer das war, wohin gehen wir denn?, immer nach Hause, von wegen!, Novalis!, oder Hardenberg!, oder Ofterdingen!, oder wie immer du heißt auf deiner Reise von Eisenach nach Augsburg, heimzukehren war fast das schwierigste aller Unterfangen, viel schwieriger als, sagen wir, eine Expedition zum heiligen Berg Kailash, nach Afghanistan oder ins Innere von Papua-Neuguinea, außer man flog in einem Militärtransportflugzeug in einem Sarg aus Zink, dann wenigstens ging alles wie von selbst, sie luden einen ein und dann luden sie einen wieder aus, und falls sie wussten, was sich gehörte, salutierten sie sogar, die Hand an der Mütze oder wo auch immer, wobei sie sich das Salutieren und die Hand an der Mütze nach unserem Geschmack durchaus sparen konnten, denn ebenso wenig wie an das deutsche Reinheitsgebot glaubten wir an das Militär und noch viel weniger an Hände an Mützen, andererseits hatte Tim jeden Salut verdient, und wenn sie tatsächlich nicht salutierten: what's wrong with you, you fuckers! Jedenfalls salutierten sie oder sie ließen es sein, und wenig später landete man, zumindest im Fall von Tim, mir nichts, dir nichts in der Erde Englands, auch wenn Tim, oder wer auch immer, nicht wusste, was er da sollte, was bitte soll *irgendein* Mensch in der Erde Englands, Tim jedenfalls gehörte weder in diese Erde noch in irgendeine andere, auch wenn die Toten tot waren, wie der Chefredakteur so treffend bemerkte, und dann war im Prinzip natürlich alles egal, und trotzdem, trotzdem!

Aber meistens hatte man Glück und flog nicht Militärtransporter, sondern Economy und landete nicht in der Erde Englands, sondern beispielsweise in der Goethestraße in Berlin, so wie ich, wo niemand salutierte und auch sonst niemand grüßte und wo die Welt nicht älter hätte sein können, wäre sie nicht auch im Bryant Park im methusalemischen Manhattan, wovon gleich noch die Rede sein wird, so herzzerreißend, so unglaublich alt und so still geworden, dass auch der Weltgeist vom Hegelplatz kurz davor stand, aufzugeben und sich ebenfalls zur Ruhe zu setzen, denn was sollte sich in meiner Goethestraße noch entwickeln, Hundehaufen, Ampeln, Apotheke und das Postgebäude, wo jetzt vor allem russische Künstler wohnten, die wahrscheinlich genug hatten vom Fortschritt in ihrem Heimatland, jedenfalls trugen sie alle Bärte und Blusen wie Tolstoi, und immer öfter landete in meinem Briefkasten Werbung für Hörgeräte und für Treppenlifte, wobei am schlimmsten eigentlich nicht die Alten, sondern die früh vergreisten Jungen waren, in ihrer pastellfarbenen Welt der Rücksichtnahme und des Verständnisses für alles und für jeden, ständig fragten sie, ob dieses in Ordnung für dich wäre oder vielmehr jenes, und schon vor und dann noch einmal nach jedem Halbsatz sagten sie zu sich selbst: genau!, zur doppelten

Bestätigung noch des banalsten Gedankens und als ob sie sich noch nicht einmal selber glaubten, und ständig sendeten sie einander sogenannte Weckrufe, da alle offenbar dauerhaft schliefen.

Ansonsten: keiner da, niemand hatte Zeit, zu Hause, das war nicht mehr als ein paar gemietete Wände, der durchgesessene west-östliche Divan und natürlich all das andere Zeug, das sich in meiner Wohnung angesammelt hatte, die uniformierte maoistische Porzellantänzerin mit Spitzenschuhen, rotem Stern an der Mütze und Knarre in der Hand, der Teppich mit eingeknüpften sowjetischen Panzern aus Afghanistan, die Taliban-Portraits des Fotografen aus Kabul und auch das Bildnis meiner Person als längst vergessene Tote, ferner Putin auf der Kaffeetasse, Gaddafi auf dem T-Shirt, Chomeini als Anstecker, der ganze Diktatorenkitsch, und in den Ecken und auf den eigenen Schultern die blinden Passagiere, die einfach mitgekommen waren und Tag und Nacht auf mich einredeten und behaupteten, ich sei nicht zu Hause und ich sei auch nicht allein, sondern noch immer irgendwo weit weg, und in diesem Moment befände ich mich in *ihren* Gefilden und nicht etwa in *meinen*.

Ich hatte keine Ahnung, wie ich sie und vor allem mich selbst vom Gegenteil überzeugen konnte und davon, dass *ich* tatsächlich hier wohnte und *sie* wiederum nicht, und irgendwann, nachdem ich schon längst wieder in Berlin war, fing ich an, innerlich den halben Tag mit so einer ebenso hochverdienten wie fusselbärtigen Fachkraft vom tschetschenischen Geheimdienst zu diskutieren, die mir schon Wochen zuvor in Grosny die ganze Zeit hinterhergelaufen war.

Ramsan Kadyrow, der diensthabende Despot, ich musste ihn dringend sprechen, und die Geheimdienstspitzenkraft sollte das jetzt endlich arrangieren, die Welt sollte wissen, so rief ich, wie großartig Kadyrow war, der tollste aller Despoten, und ohne mich würde das nie jemand erfahren, wobei mir der Typ meine strategischen Schleimereien nicht abnehmen würde, das war mir durchaus klar, aber ich redete trotzdem weiter auf ihn ein, Kadyrow ist einzigartig, rief ich, der Allergrößte weit und breit, außerdem habe ich einen afghanischen Teppich mit sowjetischen Panzern und sogar eine Kaffeetasse mit einem Brustbild von Putin im Matrosenanzug und der Aufschrift кто нас обидит, тот трёх дней не проживёт!, was ich ja nicht zu übersetzen brauche, denn wir wissen beide, dass, *wer uns beleidigt, keine drei Tage mehr überlebt,* und im Postgebäude gegenüber, da wohnen jetzt lauter russische Künstler, auf die ich natürlich jederzeit ein Auge habe, ja, bitte, keine Ursache, ich mache das doch gern.

Das und noch viel mehr sagte ich dem Geheimdiensttypen immer wieder, und während ich auf meinem west-östlichen Divan herumhing, redete und redete ich nun meinerseits auf ihn ein, fast so wie man innerlich auf einen Geliebten einredete, der einen längst verlassen hatte, weil er das eine, das entscheidende Argument, durch das sich alles änderte, noch nicht gehört hat, aber wenn er es jetzt endlich hörte, dann würde doch noch alles gut, und der Geliebte würde zurückkehren und auch Kadyrow würde mich empfangen, zum entlarvendsten Interview aller Zeiten, wobei es bei Kadyrow eigentlich nichts mehr zu entlarven geben würde, sogar Gérard Depardieu, der auf der Flucht vor der französischen Reichensteuer neuerdings offiziell ein Appartement in Grosny bewohnte, würde zugeben, was für ein Drecksack sein Freund Kadyrow war, wahrscheinlich sogar ein noch größerer als er selbst, und vielleicht würde sogar Tim von den Toten auferstehen, jetzt, da ich diverse unpassende Bemerkungen, die mir in Liberia herausgerutscht waren, doch längst zurückgenommen und er auch den etwas unbeholfenen Abschiedskuss auf den Hals morgens um kurz nach halb sechs auf dem Flughafen von Brüssel am Terminal, wo die Flüge aus Afrika ankommen und sich die Wege der Reisenden wieder trennen, inzwischen hoffentlich vergessen hatte in seinem englischen Nichts.

Und so waren sie dann doch alle da, in der Goethestraße gegenüber von Apotheke und ehemaliger Post, und Zeit hatten sie mehr als genug, die halbe Welt hatte es sich bequem gemacht in meinen gemieteten vier Wänden und auf meinem west-östlichen Divan, dessen Sprungfedern ächzten und knirschten, manchmal knirschten sie sogar lauter als meine Knie. Und es dauerte eine Ewigkeit, bis ich sie alle wieder los wurde, den Kerl vom Geheimdienst, den abtrünnigen Geliebten, den toten Tim sowie sämtliche Statisten der unterschiedlichsten Völkerschaften, sodass ich Ruhe hatte in meinem Völkerkundemuseum in der Goethestraße für die Regeneration meiner

Leber und aller meiner Gelenke sowie für sämtliche anderen Gedanken und Ansprachen, an diese, an jene, an die Vergangenheit und an die Zukunft, auch wenn es für all die Gedanken und Ansprachen entweder zu spät war oder vielleicht noch viel zu früh, denn wer konnte wissen, was als Nächstes geschah. Und was genau zuvor geschehen war und vor allem, wo.

IV.

DIE STIMMEN, DIE WIR

Freitagmorgens, respektive bereits kurz vor Freitagmittag nach Moscow Standard Time, hörte ich auf meinem west-östlichen Divan allerdings immer wieder die Stimme von Aischa, einer temperamentvollen Person von ungefähr fünfunddreißig Jahren, Gattin des Großimams der autonomen Republik Inguschetien ganz im Süden der Russischen Föderation. Wahrscheinlich war sie dort die einzige Frau weit und breit, die Englisch sprach, was sie, neben Arabisch, ausgerechnet in Kairo gelernt hatte, wo eine muslimische Stiftung sie aus irgendwelchen Gründen hatte studieren lassen, und sobald der Gatte zu seiner wöchentlichen Predigt sowie zum anschließenden feierlichen Gebet in der größten Moschee des Landes das Haus verlassen hatte, rief sie mich an. Bis der Großimam zurückkommen würde, war genug Zeit für ein wenig, wie wir es nannten: feministisch-islamistische Völkerverständigung zwischen dem Nordkaukasus und Berlin, denn merkwürdigerweise hatten wir, als wir uns einige Wochen zuvor, oder war es schon einige *Monate* her?, in Inguschetien zum ersten Mal begegnet waren, kurzerhand vergessen, dass wir einander kaum fremder hätten sein können und einander zuerst erschienen waren wie Gestalten aus dem Jenseits der eigenen Welt. Keine Ahnung, wie so etwas passiert, geschieht merkwürdigerweise aber immer wieder, dass Abstände innerhalb kürzester Zeit zusammenschnurren zu nichts, und schon überall auf der Welt hatte ich mich kurzfristig mit wildfremden Personen verschwestert, Berlin – Inguschetien, zweitausendneunhundertachtundneunzig Kilometer Entfernung, und die Frau des Großimams und ich hatten nicht das Geringste miteinander gemein, dennoch hatten wir beide sofort so getan, als wären wir so etwas wie Schwestern, und mir nichts, dir nichts waren wir miteinander verbunden durch geradezu schamlose wechselseitige Neugier, denn Neugier ist eine der stärksten Anziehungskräfte überhaupt. Niemand ist aufregender als jemand, der sich für dich interessiert und höchstwahrscheinlich bereit ist, ebenso viel von sich preiszugeben, wie er auch von dir erfahren möchte, und so hatte Aischa, kurz nachdem ich damals in ihrem inguschischen Wohnzimmer Platz genommen hatte, mit Schüsseln und mit Tellern voller eingelegter Karotten und kleiner silberner Sprotten jongliert aus lauter Begeisterung über meinen Besuch, der eigentlich ihrem ungefähr zehn Jahre älteren und weit über Inguschetien hinaus bekannten Ehemann gegolten hatte, denn dieser war kurz zuvor bei einem Autobombenanschlag schwer verletzt worden, und in den zwei Stunden, in denen der Großimam erzählte, was genau geschehen war und warum, und er weniger saß, als dass er über dem Esstisch hing mit schmerzverzerrtem Gesicht, als er vom Frieden im Kaukasus sprach und vom Tod, dem er nur ganz knapp entkommen war, übersetzte Aischa getreulich alles, was der Gatte sagte.

Somit sprach auch sie vom Frieden, vom Kaukasus und vom Tod, aber gleichzeitig tanzte sie um den Großimam herum mit fliegendem Kopftuch und schwingendem Rock mit immer neuen Speisen, und vor lauter offensichtlichem Glück nannte sie ihren Mann immer wieder zärtlich Habibi, als sei er ihr arabischer Geliebter, während draußen vor der Tür zwei oder drei Panzerspähwagen unaufhörlich und in gemessenem Tempo im Kreis fuhren wie einstmals die Parkeisenbahn im Berliner Plänterwald. Nur dass es hier keinen einzigen Baum und noch nicht einmal einen einzelnen Grashalm gab, sondern lediglich eine riesige Brache mit ein paar betongrauen Plattenbauten einer halbfertigen Neubausiedlung, die sich neuestens Hauptstadt nannte, aber gerade einmal so viele Einwohner hatte wie ein durchschnittliches Dorf und in der sich diejenigen verschanzten, die hier in der Gegend etwas zu sagen hatten. Aus Sicherheitsgründen, wie Aischa sagte, war kurz zuvor auch die Familie des Großimams samt der vier Kinder hier eingezogen, immerhin gab es in dieser Siedlung bald mehr Überwachungskameras als Menschen, was Aischa, die weiteren Überlebenschancen ihres Mannes betreffend, für vorteilhaft hielt.

Ansonsten war Inguschetien, dessen Name sich, wie ich fand, anhörte wie der eines fiktiven Schurkenstaats, den sich jemand für irgendeinen Film ausgedacht hatte, ein herrlicher Fleck Erde. Oben alte steinerne Wehrtürme und die bizarren Bergspitzen des Großen Kaukasus, unten Wiesen, Sonnenblumen und Kornfelder, die wogten wie im schönsten sowjetischen Propagandafilm, und immer wieder schlug Aischa an unseren Freitagen am Telefon vor, dass ich sie in meinen nächsten Ferien doch noch einmal besuchte. Wäre das nicht wunderbar? Ja, antwortete ich, der Nordkaukasus, es ist dort wirklich sehr schön.

Allerdings wollte Aischa trotz aller Liebe zur Heimat selbst so schnell wie möglich weg, nach Moskau!, wohin denn sonst?, schließlich hatte der Drang nach Moskau in den Provinzen des russischen Reiches Tradition, und selbstverständlich liebte Aischa Tschechow, alle zivilisierten Menschen lieben Tschechow, das hatte sie mehrfach betont, nach Moskau also, nach Moskau!, allerdings ohne den Großimam, der, wie Aischa mit mildem Spott in der Stimme sagte, ohne seine Anhänger nicht leben konnte und seine Anhänger nicht ohne ihn, aber wenigstens sollten die vier Kinder mit nach Moskau, denn in Moskau, sagte Aischa, hatten diese, anders als in Inguschetien, immerhin eine gewisse Chance auf Bildung, überdies war in Moskau schon immer irgendeine Zukunft und irgendeine Freiheit, fast so viel Freiheit und Zukunft, sagte Aischa, wie in Berlin, woraufhin ich auf meinem west-östlichen Divan ein wenig seufzte.

Ja, antwortete ich, die Freiheit und die Zukunft!, alles großartig!, alles toll!, allerdings schmerzten mir vor lauter Freiheit die Knochen und vor Einsamkeit schmerzte mir das Herz, aber vielleicht gab es gegen solche Schmerzen eine schöne Sure aus dem Koran, die ich Aischa bat, einmal für mich zu rezitieren, eine Bitte, die freilich vollkommen ignorant war, schließlich war der Koran, wie Aischa betonte, in seiner *Gesamtheit* und in seiner Schönheit das Ende der Einsamkeit und sowohl Beginn als auch Höhepunkt der Freiheit, nämlich der *inneren*, und so weiter und so fort, und durch so viel Schönheit und Freiheit, fügte Aischa hinzu, heilten dann jedenfalls auch die Knochen und das Herz heilte ohnehin, was ich doch wohl wusste, ja, ja, selbstverständlich, weiß ich doch, weiß ich doch.

Aischa hingegen beklagte sich vor allem darüber, dass sie *nie* allein war, immer waren viel zu viele um sie herum, der Großimam, die eifrigsten und die verzweifeltsten der Anhänger und überdies die riesige Verwandtschaft, ständig saß halb Inguschetien bei ihr am Tisch, und in jedem Fall wollte sie weg, der *äußeren* Freiheit sowie der Bildung ihrer Kinder wegen, vor allem jedoch wegen der Bomben, die in Inguschetien unaufhörlich explodierten, allerdings explodierten einige natürlich auch in Moskau, eintausendsiebenhundertdreiundsiebzig Kilometer weiter nördlich, denn zu Aischas Bedauern tummelten sich einige der unangenehmsten unter ihren Landsleuten ebenso wie allerlei zwielichtige Gestalten aus dem benachbarten Tschetschenien längst auch in Moskau und übrigens auch in Berlin und Wien.

In Inguschetien wiederum wurden vom russischen Militär nach jedem Bombenanschlag ganze Dörfer ausgelöscht, was nur dazu führte, dass noch mehr Sprengsätze explodierten, viele davon, sagte Aischa, an den Leibern noch kaum erwachsener Witwen in schwarzen Gewändern, deren nicht viel ältere Angetraute zuvor von denen, die sie hier власть, also *die Macht* nannten, getötet worden waren, diese dummen Gänse, die nichts wussten von der Welt und keine Ahnung hatten, wie ihnen geschah, wenn ihre Väter oder ihre Onkel oder ihre Brüder ihnen Sprengstoffgürtel umbanden und sie auf direktem Weg ins Paradies schickten, nichts gegen das Paradies, rief Aischa, aber dann doch lieber erst einmal eine Wohnung in Moskau sowie eine gute Schule für die Kinder und alles Weitere viel, viel später. Indessen machten auch die jungen Männer mal hier einen Anschlag und mal einen dort, wobei in den Jahren darauf allerdings viele von ihnen auf dem Weg ins Paradies einen kleinen Umweg wählten, nicht über Moskau oder über Berlin, sondern über Aleppo oder über Raqqa, wobei es nach Aleppo und nach Raqqa nicht einmal so weit war wie nach Moskau oder gar nach Berlin, nur eintausendvierhundertfünfundfünfzig respektive eintausenddreihundertdreiundvierzig Kilometer nach Süden. Moskau im Norden gab wiederum nicht nur die Standardzeit vor, sondern erteilte auch die Befehle für die inguschischen Handlanger, Vasallen, Erfüllungsgehilfen mit ihren Boxergesichtern und ihren Orden für Tapferkeit und Treue und schickte überdies ständig neue Einsatzkräfte und die allerneueste Kriegsmaschinerie, was nicht nur die jungen Eiferer, sondern auch Aischa, der Großimam sowie so ziemlich alle in Inguschetien absolut unerträglich fanden, außer die früh verwitweten dummen Gänse, denn die fürchteten nur ihre Väter, ihre Onkel und ihre Brüder, und bevor sie noch etwas anderes fürchten oder gar selbst denken konnten, waren sie schon tot. Gleichzeitig wurde alles hier ausprobiert, was der militärisch-industrielle Komplex so hergab und was die verschiedensten Geheimdienste sich ausdachten an Strategien, wie sie andere oder auch einander am effektivsten in Schach halten oder am besten gleich eliminieren konnten, was man später ja immer auch andernorts gebrauchen konnte, in der Ukraine zum Beispiel oder wo auch immer angeblich sonst noch Russland war, allein, weil dort vielleicht ein paar Russen herumlungerten, aber wenn es *darum* ging, so dachte ich auf meinem west-östlichen Divan immer wieder, war ja auch im Postgebäude in der Goethestraße in Berlin Russland, während in meiner Dachgeschosswohnung gegenüber für immer und ewig Stuttgart war, da konnte der Diercke-Weltatlas in sämtlichen vergangenen und zukünftigen Auflagen behaupten, was er wollte, in jedem Fall sollte er, so dachte ich, statt Buschmännern, Hottentotten, Sudan-N-Wort und Bantu-N-Wort demnächst auf den Karten lieber Russen einzeichnen und der Geschlechtergerechtigkeit wegen natürlich auch Russinnen, zur schnelleren Orientierung bei etwaigen militärischen Operationen.

In Inguschetien wiederum gab es außer den heroischen Einsatzkräften der Sicherheitsorgane allerdings so gut wie keine Russen und auch keine Russinnen mehr, welche Russinnen und Russen wollten heutzutage noch im Kaukasus leben, seit nach dem Ende der Sowjetunion dort alle angefangen hatten durchzudrehen, wobei es in Inguschetien eine ganze Zeit lang auch keine Inguschen gab, denn Stalin hatte sie 1944 kurzerhand alle nach Kasachstan deportieren lassen, weil er sie, wie die anderen Völker des Nordkaukasus, der Kollaboration mit den Deutschen verdächtigt hatte, und den verspäteten Beweis für deutsch-kaukasische Kollaboration lieferten nun schließlich Aischa und ich. Dafür gab es in Inguschetien jetzt aber jede Menge Tschetschenen, die wiederum meinten, dass die inguschische autonome Republik getrost von der Landkarte gestrichen und Tschetschenien zugeschlagen werden konnte, und das sah man sowohl in Moskau so als selbstverständlich auch in Grosny, wo, nachdem Gérard Depardieu dort offiziell Wohnung genommen hatte, neuerdings also unter anderem Frankreich war, oh là là, und er seither, wann immer sich die Gelegenheit bot, mit Kadyrow riesige Batzen Fleisch verschlang, wobei Depardieu nicht nur diese riesigen Batzen liebte, sondern, wie er sagte, auch den Geschmack der russischen Freiheit sowie den Frieden in den russischen Provinzen, weshalb er demnächst selbst Russe werden würde, und wahrscheinlich würde er dann der Einzige sein in ganz Grosny, denn die anderen Russen waren längst weg und es lebten dort jetzt ausschließlich Tschetschenen.

Aber wer, fragte Aischa, ist das eigentlich, dieser Жерар Ксавье Марсель Депардьё?, wie er jetzt auf Wikipedia zu finden war, beziehungsweise, nach wissenschaftlicher Transliteration, die Wikipedia ebenfalls lieferte: dieser Şerar Ksavje Marsel Depardjo, und stimmt es, dass sein Vatersname Обеликсович beziehungsweise

Obelíksovič ist? Ich glaube schon, antwortete ich, aber vielleicht ist alles auch ganz anders und er ist Napoleon oder der Sohn Iwans des Schrecklichen oder Stalin auf seinem Divan oder er hält sich gar für einen russischen Filmstar, der gefangen ist im Körper von mindestens einem doppelten Franzosen, oder für wen auch immer, und wahrscheinlich weiß er einfach selbst nicht mehr so genau, wer er ist und wie er heißt, woraufhin Aischa einmal quer über den Kontinent direkt auf meinen west-östlichen Divan lachte, denn das kenne sie, dass einer manchmal vollkommen daneben ist, der Großimam zum Beispiel, der ansonsten natürlich rein gar nichts gemein hatte mit diesem erst russifizierten und dann wieder transliterierten Şerar Obelíksovič, aber wer, sagte sie, wäre nicht daneben, nachdem er, wie der Großimam, gleich zwei Mal in die Luft gesprengt wurde, einmal als Rekrut in einem sowjetischen Panzer in Afghanistan und dann noch einmal in seinem Lada zu Hause in Inguschetien, da hättest du doch auch eine Macke, gib's zu.

Es war nämlich so, dass die Herren Putin, Wladimir Wladimirowitsch, und Kadyrow, Ramsan Achmatowitsch, nicht nur der Ansicht waren, dass niemand Inguschetien brauchte, noch viel weniger brauchte es nach Meinung dieser Herren den dortigen Großimam mit seinen berüchtigten Freitagspredigten, in denen er, wie die Herren es ausdrückten, ständig vom Frieden im Kaukasus *faselte*, aus welchem Grund auch immer, und sicher würde irgendjemand ihn dafür bezahlen, aber wer nur, wer?, und tatsächlich fragte ich mich das auch.

Anhänger, sagte Aischa jedoch nur, reiche Gönner.

Aha.

Eines Tages war jedenfalls diese Bombe unter dem Lada des Großimam explodiert, obwohl Aischa vor jeder Fahrt den Innen- und den Kofferraum, den Motor und wie einst an der DDR-Zonengrenze mit einem Spiegel auch die Radkästen und den Unterboden des Fahrzeugs kontrolliert hatte, denn die Inguschinnen und Inguschen waren inzwischen ein Volk von Mechanikerinnen und Mechanikern beziehungsweise von Grenzerinnen und Grenzern geworden, das ständig in und unter seine Autos kroch. Aber unter Umständen nutzte eben auch das nichts, Aischa jedenfalls musste die Bombe übersehen haben und sie war hochgegangen, kaum dass der Großimam eines Morgens losgefahren war, eine nicht besonders innovative Art, jemanden zu beseitigen, wie nicht nur die Geheimdienstfachkraft in Grosny später feststellte, zudem hatte jemand nur halbe Arbeit geleistet, und so verlor der Großimam zwar einen Unterschenkel, zwei Finger und ein Auge, aber es war noch genug von ihm übrig für weitere überflüssige Reden vom Frieden. Nicht nur der Spitzenkraft des Geheimdiensts in Grosny war das insgesamt reichlich peinlich, wir waren es nicht, hatte der Mann mehrfach gesagt, bei uns gibt es keine halben Sachen, und auch in Moskau wollte es niemand gewesen sein, nicht weil dort jemand etwas dagegen einzuwenden gehabt hätte, den Großimam in die Luft zu sprengen, man wollte nur nichts zu tun haben mit Stümpern, Stümper, sagte man in Moskau, gäbe es bei ihnen nicht, die Inguschen hingegen hätten trotz ihrer Orden für Tapferkeit und Treue letztlich wenig Ahnung, wie man gewisse Dinge ordentlich erledigt, übrigens ebenso wenig wie die islamistische Konkurrenz des Großimam, der dieser ebenfalls schon eine ganze Weile auf die Nerven gegangen war, wobei sowohl die Inguschen als auch die Islamisten sich natürlich gegenseitig – und so weiter und so weiter, und höchstwahrscheinlich, sagte Aischa schließlich mit kampferprobtem Sarkasmus, war es dann doch dieser Şerar Depardjo.

Jedenfalls warteten nun alle darauf, dass irgendwann die zweite Hälfte der, nun ja: Operation folgen und jemand die begonnene Arbeit vollenden würde, denn sie werden es natürlich wieder versuchen, das hatte Aischa schon gesagt, als ich bei ihr in Inguschetien im Wohnzimmer gesessen hatte, und auch an den Freitagen am transkontinentalen Telefon sagte sie das immer wieder. Es machten schließlich alle immer und immer weiter, die Geheimdienste, der militärisch-industrielle Komplex, die Eiferer, die den jungen schwarzen Witwen den Sprengstoff auf die Körper banden oder sich gleich selbst in die Luft jagten, Moskau, Grosny, Putin, Kadyrow und auch der Großimam selbst mit seinen ungebührlichen Reden vom Frieden und gegen die Exzesse der *Macht*, sie alle konnten gar nicht anders als weiterzumachen, womit sie irgendwann angefangen hatten, denn sonst war alles, was sie getan hatten, bedeutungslos und umsonst, und so predigte der Großimam freitags das, was er immer predigte und wofür ihn seine Anhänger verehrten und alle anderen hassten, und nichts und niemand konnte ihn davon abhalten, wofür, sagte Aischa, hätte er sonst seinen Unterschenkel, sein Auge und seine beiden Finger verloren.

Als Nächstes würde er dann wahrscheinlich sein Leben verlieren, das war es, was ihm bevorstand, Aischa wusste das, der Großimam wusste das, und sicher saßen sie schon irgendwo und überlegten, wie sie es dieses Mal anstellen sollten, ohne sich erneut zu blamieren, und dann würde es eines Tages wieder eine Explosion geben und auch der Großimam würde daliegen in seinem Blut. Vielleicht war dieser Tag schon heute, an diesem Freitag, an dem Aischa und ich telefonierten, und wenn nicht, dann kam er irgendwann später, und während um die Neubausiedlung, die sich als Hauptstadt ausgab, die Panzerspähwagen kreisten, weniger wie die Parkeisenbahn im Berliner Plänterwald, sondern wie die Wölfe um ihre Beute, kontrollierte Aischa täglich die Radkästen und den Motorraum auch des neuen Fahrzeugs, das einer der sogenannten reichen Gönner ihnen vor die Tür gestellt hatte, und sie prüfte auch das Treppenhaus ihres Wohnblocks sowie die Fenster gegenüber, von wo aus die Familie samt ihren Besuchern womöglich beobachtet wurden, wer konnte das schon wissen.

Und vorerst machte auch Aischa weiter, ob sie Lust hatte oder nicht, sie servierte Sprotten und eingelegte Karotten für alle, die kamen und den Großimam um Rat baten und um Trost, weil die Söhne und Töchter tot waren oder sich davongemacht hatten, irgendwohin, nirgendwohin, sodass das Wohnzimmer ständig voller Elend war, und sie kümmerte sich um ihre Kinder und pflegte die Wunden des Imam, der sie, wie sie sagte, seinerseits unterstützte, emotional, finanziell, sexuell, was immer sie damit meinte, aber emotional, finanziell und sexuell unterstützt zu werden, das wünschen wir uns natürlich alle, allerdings ging der Großimam Aischa bei aller Unterstützung manchmal auch beträchtlich auf die Nerven, weil er sie donnerstags regelmäßig mit den Überlegungen zu seiner Freitagspredigt behelligte, wobei, wie wiederum ich fand, feministisch absolut nichts dagegen einzuwenden war, dass der Großimam seine Gattin in theologischen Fragen um ihre Meinung bat, in Raqqa zum Beispiel sah man das sicher ganz anders, da wurde weder donnerstags irgendetwas gefragt noch dienstags oder mittwochs oder sonst irgendwann, woraufhin Aischa lachte und sagte: wahrscheinlich hast du recht.

Gleichzeitig träumte sie weiter von Moskau, wohin sie es samt ihren Kindern schaffen musste vor dem nächsten, dem womöglich endgültigen Anschlag, denn ohne Großimam auch keine reichen Gönner und kein Geld für die Familie, das war eine einfache Rechnung, und auch mit dem Großimam war schon alles besprochen, denn er sah ein, dass seine Kinder Bildung brauchten und wenigstens ein Minimum an Sicherheit vor Bomben. Aischa und die Kinder also in Moskau und für ihn als Zweitfrau, da den Inguschinnen nicht zu trauen war, eine sanftmütige Tschetschenin, die zu finden Aischa dem Großimam behilflich sein würde, denn wenn sie dafür in Moskau beziehungsweise in der Freiheit und in der Zukunft leben konnte, dann war die Erweiterung der Familie um eine tschetschenische Zweitfrau nur gerecht und eine elegante Lösung für alle Beteiligten, aber da Aischa einstweilen leider noch immer allzu fern war von Moskau, hörte sie vorerst freitags wenigstens die Stimme aus dem jenseitigen Berlin.

Allerdings jammerte diese Stimme, meine Stimme, ihr eben auch hin und wieder etwas vor, von schmerzenden Knochen und davon, dass niemand da war und niemand hatte Zeit, was Aischa aufrichtig bedauerte, auch wenn für sie dergleichen nur schwer vorstellbar war, und es half dann auf dem west-östlichen Divan in der Goethestraße leider nicht einmal die Schönheit des Koran, was hingegen ein wenig half, war die feministisch-islamistische Kollaboration quer über den Kontinent, die nicht nur dem Kameraden Stalin äußerst suspekt erschienen wäre, sondern auch den Zeitgenossen in Inguschetien, Grosny, Moskau, Hamburg, Manhattan und selbstverständlich auch den Russen im ehemaligen Postgebäude in der Goethestraße in Berlin, denn was hatten diese beiden Weiber, sobald der Großimam zum Freitagsgebet aus dem Haus war, miteinander zu besprechen, ja, was hatten wir miteinander zu tun? Aber wenn wir das schon selbst nicht wussten, hörte, um diese Frage zu klären, freitags sicher schon irgendjemand mit, Aischa hielt das jedenfalls für äußerst wahrscheinlich, denn eine gewisse Paranoia hatte sich im Kaukasus durchaus bewährt, aber ebenso wahrscheinlich, so fügte sie hinzu, war es, dass die zuständigen Spitzenkräfte vom Geheimdienst zum Mithören dann doch zu faul waren, beziehungsweise sie waren betrunken oder sie schliefen, und ganz sicher waren sie auch betrunken oder schliefen, als kurze Zeit später in Grosny im Appartement dieses Şerar Depardjo ein Feuer ausbrach und es vollkommen zerstörte, aber vielleicht hatten die Herrschaften Geheimdienstbediensteten das Feuer aus irgendeinem Grund auch selbst gelegt, was insgesamt für den Lauf der Welt jedoch von nachrangiger Bedeutung war. In Grosny brennt ein Appartement aus, in Inguschetien fliegt ein Imam in die Luft, so what, und so hörten die Stimmen aus dem Jenseits unserer jeweils eigenen Welt wahrscheinlich doch nur Aischa und ich.

Allerdings hörte ich plötzlich gar nichts mehr. Keine Gespräche mehr am Freitag und auf Anrufe von mir keine Antwort, auch Aischa war wieder weg, so wie alle, mit denen ich mich jemals irgendwo verschwestert hatte, irgendwann wieder weg waren, so unvermittelt, wie sie erschienen waren, sie war verschwunden nach Moskau oder ins Paradies, oder einfach in ihr eigenes Leben, in dem es schon genügend gab, die auf sie einredeten, und das noch lange dauern mochte, hoffentlich. Aber vielleicht war es auch einfach so, dass ich nicht gemerkt hatte, wie auch diese Stimme nach und nach immer leiser geworden war, so wie auch Bilder in der Erinnerung allmählich verblassen und plötzlich sind sie dann ---

DREI

I.

BIS WOHIN DIE MUSIK

Nichts gegen Hamburg und nichts gegen Manhattan, irgendwoher mussten Aufträge und Geld ja kommen, weshalb sich Tim erst einmal noch in Sichtweite des Chefredakteurs in Brooklyn niedergelassen hatte und nicht etwa in Lagos, wohin er jedoch alsbald doch noch umziehen wollte, weil dort jetzt bekanntlich die Musik spielte, wobei durchaus unklar blieb, welche Musik das war, fest stand nur, dass die Musik laut war, und manchmal schallte sie bis nach - ach, wer wusste, bis wohin überall sie schallte, mal abgesehen davon, dass Lagos, beziehungsweise seine nach soundso vielen Millionen zählende städtische Bevölkerung, jetzt mehr oder weniger überall war, in London, Hamburg und natürlich auch in Manhattan, aber am meisten Lagos war eben immer noch in Lagos selbst, nur dort stank die Lagune, wie sie nun einmal stank, und was war eine Fahrt mit dem A-Train über den East River von Brooklyn nach Manhattan gegen sechs Stunden im Stau auf der Third-Mainland-Bridge zehn Kilometer quer durch ebendiese stinkende Lagune, während die maroden Betonstelzen in der giftigen Suppe hörbar ächzten und knirschten, sodass mit dem Einsturz der Brücke jederzeit zu rechnen war, und was uns betraf, so meldeten wir letztere Tatsache, wann immer wir in Lagos waren, auch gerne nach Hamburg und nach New York. Hallo, ja, stehe im Stau auf der

Third Mainland Bridge in Lagos, jemand will mir durch's Autofenster ein Bügelbrett verkaufen, und vermutlich stürzen wir alle gleich samt Brücke ins Wasser, aber falls in der Brühe da unten Empfang ist, rufe ich später zurück, woraufhin der Chefredakteur offenbar irgendjemandem im Raum zurief: unter unserer Frau Soundso stürzt in Lagos gerade irgendeine Brücke ein, aber vielleicht kauft Frau Soundso dort auch nur ein Bügelbrett, ich habe es nicht richtig verstanden, und sicher hatte der Chefredakteur dann noch hinzugefügt, dass Lagos jetzt the place to be sei, auch wenn er selbst dort niemals auch nur eine Sekunde hätte verweilen wollen.

Ansonsten hatte er natürlich recht, schließlich war es so, dass nicht nur die einst aus Nigeria ausgewanderte Stadtbevölkerung neuerdings in Lagos wieder mindestens einen Zweitwohnsitz hatte, wobei die schicksten und gebildetsten von ihnen sich jetzt Afropolitains nannten und unzählige Romane und Essays darüber schrieben, dass niemand noch ernsthaft an die weiße Welt in ihrer unerträglichen Ödnis glaubte, aber auch alle, die sonst auf sich hielten, leisteten sich jetzt ein pied-à-terre in dieser Stadt, auch wenn sie dann, sofern sie nicht selbst Hünen waren, ohne hünenhafte Begleitung womöglich nachts lieber nicht mehr aus dem Haus gingen, egal.

Was mich betraf, so hatte ich aber gottseidank meinen Freund Obafemi, einen Schrank von einem schwulen Dichter, zu dem die einschlägigen städtischen Finsterlinge begrüßenswerterweise meist einen respektvollen Abstand wahrten, was mir schon tagsüber sehr angenehm war und erst recht in der Nacht, denn wer wollte in Lagos schon nachts zu Hause bleiben, ich jedenfalls nicht, und so hatte ich mich immer wieder an Obafemis Fersen geheftet, immerhin hatte ich am selben Tag Geburtstag wie Madonna, die zwar alle *weißen* Schwulen verehrten, die *schwarzen* allerdings weniger, aber Obafemi und seine Kumpel, die ansonsten an Frauen ebenso wenig Interesse hatten wie er selbst, nahmen mich trotzdem mit, als the one and only female durch die Gegenwelt aus ohrenbetäubender Musik, Geglitzer und Gestank, Goldketten und verdrehten Gliedern, und weil die Nächte in Lagos niemals zu Ende gingen, hätte ich schwören können, dass ich in dieser Stadt über Wochen auch nicht eine einzige Minute schlief, allerdings gab es Momente, in denen ich plötzlich das Gefühl hatte, als würde ich aus irgendetwas erwachen, in einem Taxi voller schwuler Männer oder auf einem Sofa zu Hause in Obafemis pied-à-terre, selbstverständlich alles in vollendeter Damenhaftigkeit, mit Ohrringen, Halskette und pedikürten Füßen, ich bitte Sie, wir waren doch nicht im Dschungel.

Ansonsten war natürlich auch Obafemi einer dieser superschicken Afropolitains, er lebte manchmal in Lagos und manchmal in London, dann aber auch wieder in Hamburg und gelegentlich in Manhattan, so wie halb Afrika aufgehört hatte, an irgendeinem Ort zu kleben, alles war ständig auf dem Sprung, zu Zehntausenden trainierten die Jungen jeden Abend an den Stränden, für Fußmärsche durch die Wüste und für Schlauchbootfahrten übers

Meer, Liegestützen, Crunches, unmögliche Sprints durch den lockeren Sand, sämtliche Küsten Afrikas waren ein einziger gigantischer Gym, sodass die Fischer, die mit ihren Booten hinausfahren wollten, fluchten, die Meere leergefischt und die Ufer voller Menschen, was soll das nur?, wo soll das alles enden? Well, im ungünstigsten Fall endete es für die Einzelnen mit dem Tod in der Wüste oder im Mittelmeer, im wesentlich günstigeren aber bei irgendwelchen Verwandten, die in irgendeiner Diaspora in Übersee ihre Netzwerke aufgebaut hatten und zum Beispiel den gesamten Arbeitsmarkt, sagen wir: an einem englischen Flughafen im Griff hatten, von der Leibesvisitation bis zum Gepäcktransport, oder sie managten in den Toiletten sämtlicher Nachtclubs von Manhattan das einträgliche Business mit Haarspray und Parfüm, und wenn die Neuankömmlinge dort aus irgendeinem Grund nicht ebenfalls unterkamen, dann schlugen sie sich eben eine Weile als Busfahrer durch oder wischten Alten den Hintern ab, aber wenn sie dann endlich ordentliche Papiere hatten, dann waren sie frei, konnten gehen, wohin sie wollten, an den Rändern von Lagos, Accra oder Nairobi lauter zwar nicht schöne, aber immerhin neue Häuser aus Beton bauen und überall bescheidene oder auch schier unfassbar erfolgreiche Geschäfte machen, denn die Wege waren kurz und die Verbindungen eng zwischen Lagos und London, Dakar und Paris, Accra und Hamburg, Nairobi und Berlin, Mogadischu und Minneapolis, und dann auch die zwischen Nairobi und Accra, Lagos und Dakar etcetera pp.

Für die Hinterländer, die dazwischenlagen, interessierte sich allerdings keiner mehr, Lagos war jetzt quasi ein Vorort von London oder London ein Vorort von Lagos, je nachdem, und Accra lag näher an Hamburg und auch an Nairobi auf der anderen Seite des Kontinents als an irgendeinem Kaff hundert Kilometer ins Landesinnere. Beim Diercke-Weltatlas in Braunschweig, so dachte ich immer wieder, musste das die Leute ja vollkommen verrückt machen, denn wie sollten sie diese neuen Verhältnisse nur darstellen auf ihren zweidimensionalen Karten, aber sie konnten die Karten vielleicht zerknüllen, dachte ich, dann rückten gewisse Orte zusammen und andere verschwanden in den Knicken und den Falten des Papiers, Kartenzerknüllerin bei der Firma Diercke, ein ganz neuer Beruf, und was dabei jeweils herauskam, war natürlich blanker Zufall, na und?, wurde Zeit, dass sie in Braunschweig begriffen, dass auch die Geographie den merkwürdigsten Gesetzen unterlag und die Welt sich, wie Obafemi sagte, inzwischen drehte wie die Trommel einer kaputten Waschmaschine, die nichts als unstete Bewegungen macht, Obafemi fand das alles toll, und so warteten wir vor irgendwelchen windschiefen Bretterbuden in irgendwelchen dunklen Ecken darauf, dass seine Kumpel sich mit Zigaretten, Drogen und Kondomen eingedeckt hatten, oder wir standen morgens um vier auf der Third Mainland Bridge über der nun nicht nur stinkenden, sondern auch kohlschwarzen Lagune im Stau und einer der Jungs führte mir auf seinem Telefon aus irgendeinem Grund einen Schwulenporno vor, den ich mir bereitwillig ansah im Rahmen grundsätzlicher Aufgeschlossenheit gegenüber jedwedem kulturellen Tun. Ja, sagte ich also, sehr schön, diese Herren und diese Ärsche, während Obafemi sich ausgiebig und mit größtem Vergnügen über die, wie der Name schon sagte, *Uralte Welt* ausließ, deren einziger Wunsch es sei, in Ruhe gelassen zu werden und sich mit allen Mitteln abzuschotten, und am liebsten würde sie sich sofort kollektiv in die Rente verabschieden, falls sie vorher nicht sowieso stürbe an ihren Überwachungskameras und an ihrer Paranoia, und meistens entgegnete ich nur müde: meine Rede, sag ich doch schon die ganze Zeit, und ich selbst bin ja leider auch nicht mehr die Jüngste, aber du solltest erst einmal die Kreuzung bei mir an der Goethestraße sehen, kein Passant ohne Rollator, niemand unter neunzig und jeder Einzelne Fördermitglied bei Frontex, denn ohne Frontex könnte die Goethestraße ja nicht mehr ruhig schlafen, und dann wandte ich mich wieder mit dem gebotenen höflichen Interesse den nackten Männerärschen zu respektive den soeben herbeigeschafften Drogen, je nachdem.

Anders als Tim es vorgehabt hatte, kehrte ich jedoch immer wieder zurück in die weiße Welt in ihrer unerträglichen Ödnis, obwohl ich wusste, dass diese weiße Ödnis alsbald keine Rolle mehr spielen würde, auch wenn sie sich momentan noch so sehr aufplustern mochte, ein letztes Mal, bevor sie endgültig in sich zusammenfiele. Tim hingegen hatte keine Lust, dieses unweigerliche Ende abzuwarten, seine eigene britische Blässe und sein Oxford English, das so gut wie überall deplatziert war außer natürlich in Oxford selbst, hin oder her, der Umzug nach Lagos stand also bis zu Tims eigenem Ende in Libyen immer unmittelbar bevor, und anders als all die anderen, die sich in Lagos erst einmal nur mit einem pied-à-terre begnügten und ihre Erstwohnsitze in New York oder London behielten, wollte Tim keine halben Sachen machen und seine Wohnung in Brooklyn dann aufgeben, das hatte er jedenfalls entschieden, Lagos, so hatte Tim einmal gesagt, war Himmel und Hölle gleichzeitig, die totale Realität, das nicht beschönigte Leben selbst, ja, dachte ich später, Geglitzer und Gestank und dazu ohrenbetäubende Musik, alles viel besser als Hamburg und als Manhattan und wahrscheinlich auch als Brooklyn und Berlin, selbst wenn die Knie uns inzwischen schmerzten.

Aber statt im realen Himmel beziehungsweise in der ebenso realen Hölle landete Tim dann nur im ewigen englischen Nichts, und bis dahin wohnte er nun also in Brooklyn, vorübergehend, wie er immer wieder betonte, und letztlich behielt er damit recht, denn es war nicht mehr lange hin, bis seine Wohnung in Brooklyn ausgeräumt werden würde, allerdings nicht nach seinem eigenen Willen, sondern nach dem der englischen Verwandten. Und auch wenn Tim Brooklyn also dringend verlassen wollte, und zwar Richtung Lagos und nicht Richtung englisches Nichts, so war doch klar, dass auf absehbare Zeit die Aufträge und das Geld nun einmal nicht aus Lagos kommen würden und schon gar nicht aus dem Nichts, vielmehr kamen sie aus Hamburg und sie kamen aus Manhattan, weshalb also die einen in Brooklyn wohnten und die anderen in Berlin, in Hamburg und in Manhattan wohnte jedoch niemand, zumindest niemand, der auf sich hielt.

Dennoch traten wir dort in Hamburg und in Manhattan natürlich immer wieder an, denn der Chefredakteur schickte Einladungen beziehungsweise Aufforderungen zum regelmäßigen persönlichen Erscheinen, vor seinem Schreibtisch ganz oben über der Halle des Bergkönigs oder womöglich sogar bei ihm zu Hause in seiner Sammlung von Designerstühlen, Einzelstücke allesamt, aber wir, wir durften sogar darauf sitzen, denn so wichtig war es, dass wir da waren, schließlich musste uns der Chefredakteur irgendwie unter Kontrolle halten, wenn er uns schon beispielsweise nach *Lagos ließ*, wie er sich auszudrücken pflegte, und er nicht genau wusste, was er davon halten sollte, dass wir uns, ohne dass er das hätte nachvollziehen können, dort in Lagos offenbar durchaus vergnügten, mit Geglitzer und Gestank, Goldketten und verdrehten Gliedern, oder auch nur mit dem Kauf von Bügelbrettern im Stau, und der Chefredakteur sah es auch als seine Pflicht, um dem Haus und gleichzeitig sich selbst zusätzlichen Glanz zu geben, uns so oft wie möglich vorzuzeigen bei einflussreichen Einflussnehmerinnen und entscheidenden Entscheidern. Darf ich Ihnen Frau Soundso vorstellen, Sie haben sicher schon viel von ihr gelesen, bei uns natürlich, wo denn sonst?, Frau Soundso ist eben erst zurückgekehrt aus Lagos, Sie wissen doch, Lagos, the place to be, und nur knapp entging Frau Soundso dem Einsturz einer Brücke, ist das nicht faszinierend?, und so schob uns der Chefredakteur durch Stehempfänge, Weihnachtsfeiern, Preisverleihungen, Cocktailpartys. Im Ballsaal des Atlantic in Hamburg salutierten wir diversen Geschwadern von Anzeigenchefinnen mit Perlenketten, die Biologen der Spezies Hamburger Eis-Ente zurechneten, und auch auf den Dachterrassen des Rockefeller Center in Manhattan ließ uns der Chefredakteur in alle Richtungen grüßen, ein wenig so, wie die Augen des Buddha am großen Stupa von Kathmandu einst nach Osten, Süden, Westen und Norden gegrüßt hatten, bevor der Stupa bei einem Erdbeben in sich zusammenfiel, und gelegentlich blickten wir vom Rockefeller Center hinunter in den Abgrund.

Dort weit unterhalb dieser triumphalen Terrassen waren die im Vergleich zum gebauten Bombast des Rockefeller Center lächerlich zwergenhaft erscheinenden pseudogotischen Spitztürme der Kathedrale von St. Patrick zu sehen, und der Himmel, dem sie entgegenstrebten, war nur der übermächtige Schatten des gigantischen Gegenüber, und später ließ der Chefredakteur dort unten in St. Patrick den Trauergottesdienst für Tim ausrichten, obwohl der seine katholische englische Minderheitenerziehung - wer in England war schon katholisch!? - immer verflucht und er wahrscheinlich längst andere Götter gefunden und dann womöglich auch wieder gestürzt hatte, aber in St. Patrick in der Fifth Avenue waren auch beide erschossenen Kennedys vom Publikum verabschiedet worden, und so wollte der Chefredakteur eine ähnliche Feier für den erschossenen Tim, auch wenn der bekanntlich Präsident beziehungsweise Senator von Garnichts gewesen war.

Sagt man das: erschossen, wenn jemand von einer Mörsergranate getötet wurde? Wahrscheinlich nicht. Wahrscheinlich heißt es: zerfetzt.

II.

WEIL MAN IMMER IRGENDWO ZUFÄLLIG

Jedenfalls hatte der Chefredakteur angerufen, als ich damals gerade in New York war, zufällig, wie man so sagt, weil man überall nur zufällig ist, wenn man weder an Pflicht noch an Schicksal oder gar an Vorsehung glaubt, und schon gar nicht an irgendjemand oder an irgendetwas, der oder das die Macht hat, die Sterblichen zur Pflicht zu rufen oder gar über das Sein und die Zeit zu entscheiden. Anders als wir, glaubten die Leute fast auf der ganzen Welt sowohl an das eine als auch an das andere, und manchmal waren sie sogar bereit, im Namen irgendeiner Macht, einer Pflicht oder dessen, was ihnen vorbestimmt worden war, zu sterben, wobei wir, dachte ich immer wieder, in einem solchen Fall früher oder später losgeschickt wurden, um ihnen zuzusehen bei ihren unausweichlichen Kämpfen und ihrem ebenso unausweichlichen Tod, sodass das werte Publikum, dem wir berichteten, dann den Kopf schüttelte und, wenn ich so sagen darf, *ungläubig* rief: ein Wahnsinn!, und dem pflichteten wir ohne Weiteres bei, denn wir, wir glaubten an gar nichts, noch nicht einmal an den Chefredakteur, und selbst wenn wir starben, dann starben wir zufällig oder wegen irgendeines peinlichen technischen Versagens, weil die Ärzte zu blöd waren, die Herz-Lungen-Maschine auf Ewiges Leben zu programmieren, oder weil wir zufällig ausgerechnet genau dort vorbeikamen, wo irgendein

Dschihadi-John oder wer auch immer es just in diesem Moment für seine heilige Pflicht und Bestimmung hielt, eine Granate zu werfen oder eine Gewehrsalve abzufeuern, und jetzt war ich zufällig in New York und Tim war zufällig in Brooklyn, so wie er später zufällig im libyschen Misrata war, mitten auf dem großen Platz.

Guter Mann, dieser Tim, hatte der Chefredakteur gesagt, jede Menge internationale Preise und jede Menge weltweite Kontakte, nicht nur in Lagos, sondern beispielsweise auch in Liberia, worüber Tim und ich uns doch einmal unterhalten sollten, nur in Libyen hatte auch Tim keine Kontakte, schon weil Libyen bis dato gar nicht existierte, sich niemand für Libyen interessierte und dort niemand jemals gewesen war, aber eines Tages wurde in Libyen plötzlich geschossen und es wurde dort auch gestorben, und schon machten sich alle auf den Weg, denn für eine Sekunde war Libyen dann der Mittelpunkt der Welt. Einstweilen jedoch gab es kein Libyen, sondern es gab nur Lagos und Liberia und die Aufforderung des Chefredakteurs, mich mit Tim zu treffen, du in New York, er in New York, sagte der Chefredakteur, wer wusste, was aus diesem Zufall noch alles Wunderbares werden konnte, für uns, für den Chefredakteur und vor allem für die Auflage, und weniger aus Zufall, sondern aus dem Gefühl einer gewissen Verpflichtung nahm Tim dann den A-Train von Brooklyn über den East River zur 42. Straße in Manhattan, ungefähr zur selben Zeit, als auch ich mich aufmachte in Richtung Midtown, wo wir dann, obwohl verabredet für zwölf Uhr dreißig, letztlich doch zufällig ---

III.

WO DU IRGENDJEMANDEN ANSPRICHST

Mal ausnahmsweise, dachte ich auf dem Weg nach Midtown, mal ausnahmsweise kein Foyer irgendeines merkwürdigen Hotels, sagen wir: in Port Moresby oder in Ulan Bator, und kein Gate auf irgendeinem Flughafen auf dem Weg von irgendwoher nach irgendwohin, wo du irgendjemanden ansprichst, dem du noch nie begegnet bist, der aber so aussieht, als würdest du mit ihm die nächsten paar Wochen verbringen müssen, im Dschungel, in der Wüste, im Krieg, und ob du willst oder nicht, wirst du seinen Atem ganz nah an deinem hören und eine fremde Erregung spüren, eine fremde Verwunderung, eine fremde Erschöpfung, eine fremde Verachtung, eine fremde Furcht, die absurde Nähe eines Menschen, den du nicht kennst und vielleicht auch gar nicht kennen willst. Es ist ja schon schwierig, längere Zeit mit jemandem meinetwegen an der Nordsee oder auch auf Long Island zu verbringen, außer natürlich mit den paar Leuten, die zu lieben der einzelne Mensch sich im Laufe des Lebens hoffentlich als fähig erweist, die sind allerdings immer gerade irgendwo oder nirgendwo, jedenfalls sitzen sie nicht wartend am Gate in Heathrow oder in Bangkok und schon gar nicht in einem postsowjetischen Fauteuil mit Plastiküberzug im Foyer des Hotel Zaluuchuud in Ulan Bator, dort saß eines Abends vielmehr ein Fotograf aus Santa Barbara namens Jonathan Dingsda, so wie der

Vetter aus der Operette, der ebenfalls ein armer Wandergeselle war, aber einer aus Batavia und nicht aus Santa Barbara, und dass der Dingsda nun einmal so hieß, wie er hieß, dafür konnte er natürlich nichts.

Wochen zuvor hatte ich lange vor den Fotos des Dingsda gesessen und irgendwann hatte ich mich abgewandt, ratlos, missmutig, zu viele Kinder mit großen Augen, bemerkte ich schließlich, eher leise als laut. Der Chefredakteur indessen liebte Fotos von Kindern, und auch die des Dingsda fand er, wie er sagte, anrührend und entzückend, meine Einwände hingegen spielten keine Rolle, vielmehr hielt der Chefredakteur es aus irgendeinem Grund sogar für eine exzellente Idee, den Dingsda und mich gemeinsam in die Wüste Gobi zu schicken, wo der Weltgeist neuestens wehte wie fast nirgendwo sonst, wobei der Chefredakteur natürlich nicht von Weltgeist sprach, sondern von Fortschritt, jedenfalls wurden sie dort in der Mongolei ohne Vorwarnung gerade unfassbar reich, Goldminen, Kohle, Öl, alles soeben erst entdeckt, rief der Chefredakteur, als sei er der Diercke-Weltatlas persönlich, und zwar in der allerneuesten Auflage, denn in der von 1973 war, wie ich schnell festgestellt hatte, die Mongolei noch ein Vasallenstaat der Sowjetunion und auf den Karten nur ein blassgelber Fleck, der anzeigte, dass hier weniger als ein einziger Mensch pro Quadratkilometer lebte, und auf dem hellgelben Fleck gab es keine Kästchen und Rauten, Stahlwerke und Buntmetallhütten und wahrscheinlich hatte man die Mongolei 1973 selbst in Moskau längst einfach vergessen. Jetzt aber hatte der

Chefredakteur in einem Wirtschaftsmagazin gelesen, dass die Mongolei die Absicht hatte, sich demnächst ihrerseits Russland unter den Nagel zu reißen, weshalb ich mich also dort einmal umschauen sollte, und zwar zusammen mit dem Dingsda, da gibt es, bekräftigte der Chefredakteur, keine Diskussion, schließlich ist das keine Vergnügungsreise, und auf deine ästhetischen Urteile kommt es ohnehin nicht an. Guter Mann, dieser Dingsda aus Santa Barbara, schob der Chefredakteur noch hinterher, viele internationale Preise und so weiter und so fort, und dann saß der Dingsda aus Santa Barbara auch schon im Hotel Zaluuchuud in Ulan Bator in seinem postsowjetischen Fauteuil, ein Blind Date mit einem Fotografen für große Kinderaugen, das war immerhin speziell.

Hello, how are you, we will be leaving early tomorrow morning, mehr hatten wir uns jedoch nicht zu sagen, nicht jetzt und nicht, nachdem wir losgefahren waren, und auch nicht auf den folgenden dreitausend Kilometern, was sollte man auch viel reden auf einer Nichtvergnügungsreise auf der Rückbank eines Toyotas mit Allradantrieb in der Wüste Gobi, vorne der Fahrer und der Übersetzer aus Ulan Bator, hinten der Dingsda aus Santa Barbara und neben dem Dingsda ich, und vielleicht, dachte ich auf meinem Weg nach Midtown Manhattan, vielleicht würden Tim und ich uns ebenso wenig zu sagen haben wie der Dingsda und ich, falls der Chefredakteur Tim und mich eines Tages tatsächlich gemeinsam losschicken sollte, nach Lagos oder nach Liberia oder wohin auch immer.

Denn auch wenn wir uns nicht auf irgendeinem Flughafen zum ersten Mal treffen würden oder in einem Hotelfoyer mit postsowjetischen Fauteuils, sondern schon lange bevor wir losfahren würden, nämlich gleich jetzt, in wenigen Minuten in Midtown in Manhattan, war ja nicht garantiert, dass wir uns verstehen würden, vielmehr konnten auch wir sofort in die gleiche Sprachlosigkeit verfallen wie der Dingsda und ich in unserem Allradantrieb auf dem Weg durch die Wüste Gobi, und vielleicht würden auch Tim und ich schon heute schweigend nebeneinander sitzen, und wie würde das dann erst werden, wenn wir gemeinsam unterwegs wären, in Liberia oder in Lagos.

Für den Dingsda aus Santa Barbara, dachte ich, war unsere Nichtvergnügungsreise im Allradantrieb damals sicher auch nicht lustig, jedenfalls hatte er sich gleich am ersten Morgen von Fahrer und Übersetzer, die angeblich nicht nur verwandt, sondern auch verschwägert waren, Fotos zeigen lassen, zuerst die Fotos der Kinder des Übersetzers, dann die Fotos der Kinder des Fahrers, lovely children, you must be very proud, rief der Dingsda erwartungsgemäß, woraufhin die Männer auf dem Vordersitz nickten, ja, sie waren außerordentlich stolz, und der Dingsda freute sich offenbar, dass sich damit nun eine Verbindung hergestellt hatte, eine Gemeinschaft, zwischen Rückbank und Vordersitz, Santa Barbara und Ulan Bator, Kalifornien und der Wüste Gobi, und wahrscheinlich zwecks Intensivierung der Verbindung versuchte es der Dingsda, da der Fahrer aus Ulan Bator offensichtlich kein Englisch verstand, einige Male mit Spanisch. In Kalifornien funktioniert Spanisch meist ganz gut. Nicht aber in der Wüste Gobi. Keine Latinos weit und breit.

So fuhren wir, dachte ich auf dem Weg zu meiner Verabredung mit Tim in Midtown in Manhattan, schweigend durch die Tage in der Mongolei, während unsere Körper hin und her geworfen wurden auf den holprigen Strecken und unsere Köpfe ein um das andere Mal von unten gegen das Dach des Allradantriebs stießen. Nur Temudschin, der Übersetzer, unterbrach hin und wieder den Rhythmus unserer Einsamkeit und dann sprach er über seine Liebe zum Buddhismus, zur Pferdekopfgeige und zu den Eltern, denen die Mongolen die lieblichsten Lieder sangen, sodass nicht nur die Eltern und sie selbst, sondern sogar die Kamele weinten, und schließlich sprach Temudschin auch immer wieder von Osama bin Laden. Ein Held sei der, fast einer wie Dschingis Khan, und auch von Osama bin Laden, der schließlich ebenfalls aus einer Wüste stammte, gab es ja Bilder auf schnellen Pferden, jedenfalls habe es bin Laden den Amerikanern gezeigt, ein paar Männer gegen die riesige amerikanische Übermacht, wobei Temudschin natürlich nichts gegen den amerikanischen Vetter aus Dingsda sagen wollte und auch nichts gegen Santa Barbara, nun ja, gegen Santa Barbara vielleicht schon, was dem Dingsda aber keine weitere Reaktion entlockte, denn wahrscheinlich wollte der Dingsda nicht, dass die Verbindung zwischen Vorder- und Rücksitz sich ausgerechnet in einer anstrengenden politischen Diskussion manifestierte, und überdies galt für Berichterstatter ohnehin die eiserne Regel, statt zu diskutieren stets nur zu registrieren, um anschließend zu rapportieren, denn wozu sollten wir versuchen, irgendjemanden von irgendetwas zu überzeugen, für die Verbreitung der Vernunft im Berichtsgebiet waren wir nicht da.

Schon gut, sagte der Dingsda also, Osama bin Laden, you like him, verstehe, und ich wiederum fügte müde hinzu, dass ich kurz nach dem Ende der Talibanherrschaft in Kabul einmal in der Wohnung der untergetauchten dritten oder vierten Frau von bin Laden geduscht hatte. Ja, sagte, ich, Frau bin Laden war kurz zuvor untergetaucht, aber natürlich nicht in dieser Dusche, ha, ha, jedenfalls hatte es, so fügte ich hinzu, nirgendwo in ganz Afghanistan einen solchen Wasserdruck gegeben, weshalb ich froh war, dass ich durch eine Verkettung von Umständen in der bin Laden'schen Dusche hatte duschen können, ähnlich wie die Kriegsfotografin Lee Miller froh gewesen sein mag, als sie nach dem Einmarsch der Amerikaner wiederum in München, am 30. April 1945, um genau zu sein, die Gelegenheit gehabt hatte, in Hitlers Wohnung am Prinzregentenplatz ein Bad in dessen Badewanne zu nehmen, was der ebenfalls dort anwesende Kollege David E. Scherman dann sogleich fotografierte, schon weil Lee Miller, die wunderschöne Lee Miller, die durchaus Ähnlichkeit mit Ingrid Bergman hatte, bevor sie Fotografin wurde, Model bei der Vogue war, wobei später übrigens auch ihre Fotos der Befreiung des Konzentrationslagers Dachau in der Vogue veröffentlicht wurden.

Demgegenüber war die Dusche, die ich in Kabul genommen hatte, natürlich nicht ganz so spektakulär und nicht ganz so triumphal, erstens, weil niemand mich fotografiert hatte und ich, zweitens, nie Model war, vor allem aber, weil für immer unklar bleiben musste, ob außer der dritten oder vierten Frau von Osama bin Laden auch Dschingis Khan höchstselbst ab und zu in jenem Badezimmer geduscht oder sogar gebadet hatte, dennoch musste man sagen: eine Dusche bei den bin Ladens, immerhin.

Von wegen ringside seat at the spectacle of history in the making, wo wir angeblich immer wieder Platz nehmen konnten, rief ich schließlich, wobei die Sache mit dem ringside seat natürlich nicht von mir war, sondern von Martha Gellhorn, unser aller Mutter beziehungsweise Großmutter, die mitten im Spanischen Bürgerkrieg aus lauter Überschwang und Todesnähe mit Hemingway angebandelt, sich später aber wieder hatte scheiden lassen, recht so, jedenfalls war Gellhorns ringside seat, so hatte ich schon vor längerer Zeit festgestellt, nichts gegen einen Platz in den Badewannen der fiesesten Finsterlinge dieser Welt, in denen uns zu säubern wir Rapportierenden bisweilen das Privileg hatten, ein Gedanke, den ich allerdings nicht weiter ausführen konnte, denn während Temudschin inzwischen eingeschlafen zu sein schien, packte der Dingsda nun geräuschvoll seine Kamera aus und ebenso geräuschvoll wieder ein auf unserem gemeinsamen Rücksitz, von dem aus wir beobachteten, wie in diesem historischen Moment leider *gar nichts* geschah.

Schließlich stieß der Dingsda ein ebenso entnervtes wie abschließendes *interesting!* in meine Richtung aus und schon war auch von meiner Seite wieder Ruhe.

Ach ja, dachte ich, schon recht, da reiste man durch die Wüste Gobi auf der Suche nach dem Walten des Weltgeistes beziehungsweise des Fortschritts der Vernunft, und dann waren da doch wieder nur Hitler und bin Laden, wobei ich Hitler natürlich selbst mitgebracht hatte, während bin Laden zunächst auf Temudschins Konto ging, man hat ja doch immer so einiges im Gepäck.

So fuhren wir abermals schweigend Kilometer um Kilometer um Kilometer. Aber vielleicht fuhren wir auch nicht einen einzigen, denn nichts veränderte sich in der Wüste Gobi, nicht die Landschaft, nicht der Himmel, nicht der Horizont, und so stand alles still, die Steine, der Allradantrieb und der Staub.

Nur in unseren Blasen verspürten wir immer wieder eine deutliche Bewegung, um nicht zu sagen: einen Drang, und dann schlugen wir schweigend unser Wasser ab, die Männer am rechten Vorderrad des Allradantriebs und ich am linken Hinterrad, und während ich neben dem Damenhinterrad hockte und die Männer vor dem Herrenvorderrad standen, blickten wir in die leere Landschaft, die Männer sahen in die eine Richtung und ich in die entgegengesetzte, und während Staub sich in unsere Haare setzte, fragten wir uns, aus welcher Richtung der Weltgeist nun wehte auf diesem im Diercke-Atlas blassgelben und in Wirklichkeit grauen Fleck ohne Rauten, ohne Dreiecke, ohne Worte, ohne Badewannen und ohne spectacle of history in the making, stattdessen ---

Stattdessen, wie sollte ich sagen, stattdessen. Die Stille. Die vollkommene Stille und die ganze Wucht der Unendlichkeit und des Ungewissen. Diese Wüste würde niemals und nirgendwo enden, genauso wenig wie diese sprachlose Reise, kein Ende, nie, nirgends, in alle Richtungen immer nur Ferne, und die, die wir kannten, und die, die mit uns sprachen, waren irgendwo anders, sie waren nirgendwo, sie waren fort. Nur Hitler war da. Und Osama bin Laden. Und die Männer aus Santa Barbara und aus Ulan Bator, die am rechten Vorderrad des Allradantriebs standen und pinkelten, und später, so dachte ich auf meinem Weg nach Midtown in Manhattan, war da auch noch der große und grausame Dschingis Khan.

An diesem späten Vormittag waren da jedoch auch die sogenannten Straßenschluchten von Manhattan, durch die ich zu Fuß ging, als wäre ich auch hier auf romantischer Wanderschaft, und ein ums andere Mal wäre ich beinahe umgerannt worden, von jungen Herren mit Kaffeebechern in der Hand, die ebenfalls meinten, ihnen gehörte die Welt, denn sie hatten keine Ahnung, was sich zusammenbraute in den Tiefen der Mongolei, die sich demnächst Russland unter den Nagel reißen würde, und auch wenn in Manhattan bekanntlich der Lärm des Verkehrs niemals abriss, Baumaschinen röhrten und unaufhörlich Sirenen heulten, herrschte auch hier eine seltsame Stille, denn kein einziges Geräusch dieser lauten Stadt sprach auch nur zu einem einzigen Menschen und konnte ihn in seinem Inneren berühren, und es weinte hier noch nicht einmal ein Kamel.

Was wiederum unsere Suche nach dem Weltgeist in der Mongolei betraf, so beschlossen wir schließlich, weiter in Richtung Süden zu fahren, denn wahrscheinlich wehte der Weltgeist dort, immerhin gab es im Süden der Wüste Gobi gigantische Kohlegruben und nicht minder gigantische Kupfer- und Goldminen sowie die dazugehörigen Spezialisten aus Papua-Neuguinea, Südafrika, Südkorea und schließlich die von der Bergakademie Freiberg in Sachsen, wo übrigens auch schon Novalis alias Hardenberg studiert hatte, bevor er nicht nur im Erzgebirge nach der Blauen Blume grub. Und während die Spezialisten unmittelbar neben den Minen in Jurten wohnten, als wären sie alle Mongolen, hielten es die Mongolen selbst, was Kennerschaft und technische Fähigkeiten betraf, statt mit Gold, Kupfer und Kohle eher mit Pferden und mit Kamelen, und statt sich mit ihren Jurten dauerhaft in der Nähe der Minen niederzulassen, zogen sie weiterhin weiter, immer weiter und so weiter und so fort.

Aber wohin gingen sie denn?, keine Ahnung, wohin sie gingen, nach Hause nach Eisenach oder Augsburg gingen sie jedenfalls nicht, ansonsten hatten aber auch die Mongolen ihre blauen Blumen mitten in der Wüste, nämlich in Gestalt ihrer über alles geliebten Eltern und dem nicht minder geliebten Dschingis Khan, der einmal die halbe Welt beherrschte, von Japan bis Schlesien, von Sibirien bis Bagdad, und dessen Ruhm stets noch weiter zu mehren sogar die Aufgabe eines ganzen Berufsstandes war: der hauptamtlichen Dschingis-Khan-Maler, von denen es in der Mongolei mehr gab als Geophysiker, Bergbauingenieure und Mineure. Die Dschingis-Khan-Maler taten den ganzen Tag nichts anderes als das Konterfei des größten aller Mongolen auf Lederstücke zu pinseln, wobei der größte aller Mongolen, wie Temudschin erläuterte, ursprünglich ebenfalls Temudschin hieß, und er war nicht nur der größte aller Mongolen, sondern geradezu der Weltgeist zu Pferde, wie man am Hegelplatz gesagt hätte, weil er den Weltgeist vorantrieb wie kein Zweiter, und zwar als größter aller Imperialisten, Völkermörder und Vergewaltiger, und heute den Namen Temudschin zu tragen, das war, dachte ich, ungefähr so, als ob jemand Adolf oder Osama hieß, wobei sowohl Hitler als auch bin Laden mit ihren Badewannen und warmen Duschen mit einzigartigem Wasserdruck im Vergleich zu Dschingis Khan armselige Wichte waren. Ansonsten waren Imperialismus, Völkermord und Vergewaltigung, so sagte Temudschin in einem der vielen allzu stillen Momente auf unserem Weg durch die Wüste Gobi, vor achthundert Jahren eben die Zeit. Was hättest du getan, wenn du Dschingis Khan gewesen wärst? Hättest du nicht auch ...?

Hm, sagte ich, jetzt bin ich aber nun einmal eine Frau und vielleicht wäre ich das auch vor achthundert Jahren gewesen. Also was denkst du, hätte ich dann auch ...?

Die Häute mit dem Konterfei des Dschingis Khan waren jedenfalls äußerst beliebt, nicht nur bei den Mongolen, sondern auch bei den Mongolinnen und natürlich auch bei Temudschin, und mal sah der größte aller Mongolen auf den Bildern aus wie eine Mischung aus Quacksalber mit einer Art Schwesternhäubchen und Nachwuchsislamist samt spillerigem Bart, dann wieder wie ein Motorradrocker aus irgendeiner abgelegenen Provinz, und manchmal sah er aus wie Yul Brynner, der tatsächlich Verwandtschaft in der weiteren Umgebung hatte, nämlich drüben in Wladiwostok, in jedem Fall versorgten die Konterfeis des Dschingis Khan seine ansonsten inzwischen äußerst friedlichen und längst zum Buddhismus bekehrten Nachfahren mit einem gewissen Gefühl von Allmacht und Größe, weshalb sie die Werke der Dschingis-Khan-Maler gerne in ihre Jurten hängten, und vielleicht hängten sie sie auch in die Jurten der Papua-Neuguineer, Südafrikaner, Südkoreaner und in die der Leute von der Bergakademie Freiberg, zur Warnung vor der unbezwingbaren mongolischen Stärke sowie um sicherzustellen, dass die Herrschaften ausländischen Experten gar nicht erst auf die Idee kamen, sich in der Mongolei irgendetwas unter den Nagel reißen zu wollen. Wenn sich jemand etwas unter den Nagel riss, in Vergangenheit, Gegenwart und Zukunft, hier oder sonst wo auf der Welt, dann waren das die Mongolen selbst, das wusste sogar der Chefredakteur, und deshalb hatten die üblichen verdächtigen internationalen Ausbeuterinnen und Ausbeuter hier ausnahmsweise ein ausgesprochen schweres Spiel.

Dank der Arbeit der Maler wachte der große und grausame Dschingis Khan jedenfalls auch über *unseren* Schlaf, den wir jede Nacht bei einer anderen Nomadenfamilie schliefen, und je nach deren Geschmack wachte er über uns in seiner Gestalt als Yul Brunner, als Motorradrocker oder als Quacksalber und Nachwuchsislamist. So waren wir jeden Abend gespannt, welche Version wir vorfinden würden, wenn wir anfingen, den Horizont danach abzusuchen, wo wir Unterkunft finden konnten, kaum dass der Himmel sich gegen halb acht plötzlich so knallig himbeerrosa färbte, als wären wir nicht auf einer beschwerlichen Reise durch eine endlose Wüste, sondern auf einem psychedelischen Trip auf kürzestem Weg ins Wassermannzeitalter, wo wir dann wiederum ebenfalls das Ende der Geschichte hätten feiern können, in diesem Fall samt endgültiger Niederlage der Vernunft.

Vorerst jedoch ging es darum, wo wir das Ende des Tages beziehungsweise die folgende Nacht verbringen konnten, weshalb wir lieber auf kürzestem Weg auf den nächsten weißen Zeltplanenfleck irgendwo am Horizont mitten im Himbeerrosa zufuhren, und dort sprach dann auch Temudschin Leute an, denen er noch nie zuvor begegnet war, die er aber ohne Umschweife bat, uns in ihrer Jurte aufzunehmen, auch wenn das keiner Bitte bedurft hätte, sondern höchstens eines freundlichen Grußes, denn dass Wandergesellen anderen Wandergesellen bedingungslos Unterschlupf gewährten, das war eine Selbstverständlichkeit zwischen Batavia und der Wüste Gobi, und dennoch fragte Temudschin stets höflich nach.

Und schon wurden auch wir ermuntert, einzutreten ins Halbdunkel des Wohnzeltes, dessen Abdeckung aus mehreren Schichten von Filz und Tuch bestand, sodass selbst am helllichten Tage kein Licht durchdrang und schon gar nicht an den himbeerfarbenen Abenden, und erst trat Temudschin ein, danach sein Verwandter aus Ulan Bator, und schließlich der Dingsda aus Santa Barbara sowie die ältere Dame aus Berlin, als die Temudschin wiederum meine Person dem Oberhaupt der Familie vorgestellt hatte. Und während sämtliche Beteiligten noch so taten, als starrten sie sich nicht gegenseitig neugierig an, sondern sich gaben, als sei es die allergrößte Selbstverständlichkeit, dass mir nichts, dir nichts und ohne einen Anlauf Santa Barbara und Ulan Bator, Berlin und die Wüste Gobi Großfamilie spielten, folgte von den Gastgebern schon die Aufforderung, ein wenig von ihrem zu Kleingeröll getrockneten Käse zu essen und dazu vergorene Stutenmilch zu trinken, bevor sie sich wiederum umstandslos zur Ruhe legten und uns Gästen bedeuteten, es ihnen gleichzutun, und alsbald lagen wir allesamt da, Körper an Körper, Wandergesellin an Wandergesell.

Wir lagen da auf den Matten unter dürftigen Decken, die sechs, sieben, acht Mitglieder der Gastgeberfamilie in ihren etwas schmutzigen Seidenmänteln in Dunkelblau oder Dunkelgrün, die sie niemals ablegten und die sie aussehen ließen, als seien sie die Herrscherinnen und Herrscher über die Weiten der Wüste Gobi, und das waren sie letztlich auch. Denn jeder Einzelne hatte ein Reich so riesig, dass er gar nicht wusste, wo es endete, und war überdies Oberhaupt eines nicht gerade kleinen Volkes von Kamelen, Pferden, Yaks und Ziegen, die keinen geringeren Rang hatten als die menschlichen Angehörigen des eigenen Clans, und schon aus Ehrfurcht vor so viel Autorität und Geltung machten wir Fremden mit unseren staubigen Hosen, unseren staubigen Haaren und unseren staubigen Gedanken uns auf den Matten neben den Seidenmänteln so schmal wie möglich, zumal über uns am hölzernen Dachkreuz das Bildnis des Dschingis Khan hing und daneben eine zum Trocknen aufgespannte Ziege, den Torso in der Mitte aufgeschlitzt und dann nach rechts und links aufgeklappt wie ein Schmetterling. Oder wie ein Rorschachtest, in dem jeder sah, was seine Seele ihn zu sehen zwang, und wahrscheinlich galt das auch für das Portrait des Dschingis Khan sowie für sämtliche Vettern aus Dingsda und angrenzenden Gebieten.

Allerdings waren wir, je weiter die Nacht voranschritt, auch wenn wir einander nicht kannten und uns noch nie zuvor begegnet waren, durchaus nicht mehr voneinander zu unterscheiden in all dem Röcheln, dem Räuspern, dem leisen Stöhnen, den Seufzern, den Selbstgesprächen im Schlaf, und es war, als gehörten sämtliche Seidenmäntel und sämtliche schmutzigen Haare und Hosen zu einem einzigen großen Körper und zu einem identischen menschlichen Drama. Und vielleicht hatten der Dingsda und ich im Schlaf dann doch noch miteinander gesprochen. Oder Osama bin Laden samt dritter oder vierter Frau war vorbeigekommen. Oder ich hatte in Hitlers Badewanne gesessen. Oder ich war Dschingis Khan im seidenen Mantel und, ja, auch ich hatte ..., denn das war eben die Zeit vor achthundert Jahren, und dann fielen Temudschin und ich uns in die Arme wie zwei echte Männer, woran wir uns aber am nächsten Tag ebenso wenig erinnerten wie an alles andere, was geschehen oder nicht geschehen war in dieser unserer aller gemeinsamen Nacht.

Der Weltgeist hingegen.

Der Weltgeist, dessen Wehen und Walten zu beobachten wir hier den Auftrag hatten, zeigte sich uns hingegen in der Weise, dass sich eines Nachmittags mitten in der Endlosigkeit der Wüste Gobi die Erde vor uns auftat.

Ja, sie tat sich vor uns auf, anders konnte man das nicht sagen, denn plötzlich standen Temudschin, sein verschwägerter Verwandter, der Dingsda und ich, ohne Vorwarnung und wie immer schweigend, am Rande einer gigantischen Grube, an deren Abhängen sich einige winzige Maschinen bewegten und deren Sohle wir nicht erkennen konnten, denn sie lag im Schatten unergründlicher Tiefe.

Schweigend sahen wir hinunter. In zukünftigen Reichtum, in zukünftigen Einfluss, in gegenwärtigen Dreck.

Das war also, woher der Weltgeist jetzt wehte. Er wehte herauf aus dem Inneren der Erde, wo Dreck und Gold dasselbe waren. Wohlstand, Macht, Fortschritt – alles eine Frage der Alchemie.

Ein ums andere Mal richtete der Dingsda die Kamera hinunter ins Loch, aber was hätte er hier schon fotografieren können außer Abraum und Schutt, und so sah er sich immer wieder hilfesuchend um, und tatsächlich fuhr, als wir schon eine Weile gestanden hatten, ein kanariengelbes Raupenfahrzeug mit schwenkbarer Schaufel aus derselben deutschen Produktion wie mein Kühlschrank in Berlin neben uns heran, das Fahrzeug sah aus wie eine Mischung aus Panzer und Einfamilienhaus, und nachdem Fahrer und Beifahrer sich uns als Geophysiker beziehungsweise als Bergbauingenieur aus Freiberg in Sachsen beziehungsweise aus Port Moresby in Papua-Neuguinea vorgestellt hatten, waren sie so freundlich, sich für den Dingsda auf ihrer gigantischen Maschine in alle nur erdenklichen Positionen zu begeben. Sie stellten sich auf die Kettenlaufwerke, kletterten auf das Dach des Führerhauses, erklommen die schwenkbare Schaufel, warfen sich in Pose, blickten triumphierend, fletschten die Zähne, machten allerlei Faxen, was den Dingsda alles beträchtlich erfreute, und tatsächlich war der Fortschritt auf einmal mehr als nur ein graues Loch ohne Boden, vielmehr hatte er jetzt zwei menschliche Gesichter, auch wenn sie leider beide nicht mongolisch aussahen, was natürlich etwas ärgerlich und eine nicht unbeträchtliche Verfälschung der hiesigen Machtverhältnisse war, dafür hatte der Fortschritt aber Farbe, und zwar eine kanariengelbe, überdies hatte er Dimension, nämlich die eines Einfamilienhauses mit integriertem Panzer sowie riesiger Schaufel, und ganz sicher hätten die Fotos mit durchtrainierten Bergbauingenieuren und Geophysikern auf gigantischen deutschen Maschinen jederzeit für eine Art Pin-up-Kalender des Weltgeistes herhalten können, den sie sich am Hegelplatz in Stuttgart in den Spind hängen konnten statt der Bildnisse des Dschingis Khan, der, außer bei Schlagerfans, in Stuttgart ja nicht so beliebt war, und natürlich würden die Pin-ups auch in Hamburg ihre Freunde finden, ebenso wie in Manhattan.

Der Dingsda aus Santa Barbara, so dachte ich, kurz bevor ich ankam in Midtown in Manhattan, schien jedenfalls mehr als zufrieden und der Chefredakteur würde es später ebenfalls sein.

Endlich begann angesichts des verheißungsvollsten aller Abgründe auch Temudschin wieder zu sprechen. Natürlich sprach er von der Zukunft, die dort unten läge, und davon, dass die Mongolen sich mit all den neuen Reichtümern jetzt sogar das einst übermächtige Russland unter den Nagel reißen konnten, wenn sie nur wollten, was ich aber ja schon wusste, allerdings schien das in der Mongolei so eine Art allgemeingültige Spruchweisheit geworden zu sein, die so oft wie möglich auszusprechen wahrscheinlich gut war für die einheimische Seele, man werde sich Russland, so fuhr Temudschin fort, jedoch nicht nur unter den Nagel reißen, sondern man werde die einstige sowjetische Übermacht auch dazu zwingen, die vertikale altmongolische Schrift einzuführen, die im Jahr 1208 im Auftrag des Dschingis Khan entwickelt worden war und die die Mongolen anschließend genau siebenhundertdreiunddreißig Jahre benutzten, bis, ja bis die

Sowjets 1941 den Mongolen die horizontale kyrillische Schrift oktroyierten, das musste man sich einmal vorstellen, sagte Temudschin empört, das Mongolische, das in geschriebener Form plötzlich so aussah wie das Russische, für sämtliche Mongolinnen und Mongolen eine Schmach, während für Russen mongolische Wörter in kyrillischer Schrift übrigens aussahen wie Buchstabensalat. Aber mit dem kyrillischen Alphabet werde es in der Mongolei nun endgültig vorbei sein, und wenn die Russen in Zukunft das altmongolische Schriftsystem verwenden und zudem auch die mongolische Sprache lernen müssten, dann sei das erstens gerecht und zweitens praktisch, denn es sei bekanntlich immer gut, die Sprache und die Schrift der Macht, die dann mongolisch sein würde, zu beherrschen. Ansonsten würde die Welt schon sehen, wie schnell das ginge, nur ein paar Jahre, dann werde es wieder ein riesiges mongolisches Reich geben, und um es den Russen und überhaupt allen zu zeigen, bräuchte es, so Temudschin nun fröhlich, dieses Mal keinen Dschingis Khan und noch nicht einmal einen Osama bin Laden, und niemand müsste dafür von irgendwo nach irgendwo reiten, es reichte schon, wenn der Dreck, der zu Gold wird, überall zirkulierte, zwischen Japan und Schlesien, Sibirien und Bagdad, der Dreck aus dem Mittelpunkt der Erde, an den glauben mochte, wer ---

Jetzt aber war ich gleich da. Nicht am Mittelpunkt der Erde, sondern in Midtown Manhattan.

IV.

LETZTLICH TRAFEN WIR

Der Ort, an dem Tim und ich um zwölf Uhr dreißig mittags verabredet waren, um uns letztlich doch zufällig zu treffen, und wo Tim, kaum dass wir uns miteinander bekannt gemacht hatten, seine Plastiktüte mit auf bierdeckelgroße quadratische Pappen aufgezogenen Fotos von Kindersoldaten, Völkermördern sowie Blauhelmtruppen in frisch gebügelten Uniformen und schließlich auch von der neuen Präsidentin Liberias auspackte, war der Bryant Park in Manhattan zwischen 40. und 42. Straße beziehungsweise Fünfter und Sechster Avenue. Abgesehen von den Bildern mit den Gesichtern der Kindersoldaten und Völkermörder, die Tim wie die Karten eines Memory-Spiels nebeneinander auf eines der dort herumstehenden öffentlichen Gartentischchen legte, wobei allerdings keine Karte der anderen glich, war dieser tatsächlich einzigartige Ort in Midtown Manhattan sehr schön und sehr traurig zugleich. Denn im Bryant Park war die Welt noch älter als in der Goethestraße in Charlottenburg, schließlich war New York zwar die Hauptstadt des neunzehnten und auch des zwanzigsten Jahrhunderts gewesen, aber beide Jahrhunderte waren jetzt vorbei und inzwischen spielte die Musik bekanntlich überall, bloß nicht hier, ansonsten sah der Bryant Park so aus, als wären dort schon Ende des neunzehnten Jahrhunderts Flugzeuge eingeschlagen. Jedenfalls fehlte auf einem ganzen Straßenblock die Bebauung, ein riesiges Loch mitten in Manhattan, und tatsächlich hatten auch hier einmal Leichen gelegen, nämlich die, die zu arm oder zu infektiös waren für die Friedhöfe der anständigen Bürger. Doch längst hatte man die Knochen der Armen fortgeschafft, auf eine Toteninsel östlich der Bronx, und irgendwann, so dachte ich, als ich, aus der Sechsten Avenue kommend, in die 40. Straße eingebogen war, schon einige Minuten vor halb eins, schließlich wollte ich mich auf keinen Fall verspäten, irgendwann, so dachte ich, wurde *dieser* Ground Zero derjenige des Willens zur städtischen Idylle. Denn vor mir lag, umringt von Wolkenkratzern aus einer ebenso tollkühnen wie vergangenen Zukunft, die nebeneinander standen wie die gefletschten Zähne eines riesigen Mauls, jetzt abermals eine Art weißer Fleck, diesmal auf der Landkarte von Manhattan, eine Insel, wenn auch eine sehr, sehr kleine, nicht östlich der Bronx und auch nicht im sozialistischen Ozean namens Ostblock, sondern mitten in der Hauptstadt des Kapitals, und offenbar, so dachte ich, bemühte sich die Neue Welt hier im Bryant Park nach Kräften darum, die Alte rückwärts zu überholen, mit diesem gepflegten Rasen, den Londoner Platanen, den öffentlichen Garten*stühlchen* zu den öffentlichen Garten*tischchen*, und auf der Seite hin zur 40. Straße, die ich inzwischen überquert hatte, stand auch ein altertümelndes öffentliches Kinderkarussell, das aussah, als sei es aus dem Wiener Prater, und dessen mit Blumen geschmückte weiße Pferdchen aus purem Zucker waren, ebenso wie die Kinder, die darauf ritten, unmöglich, dachte ich, dass Kinder, Pferdchen und Blumen auch nur einen einzigen Regenguss überleben konnten, weshalb ich froh war, dass dies ein strahlend schöner Tag im Juni war, denn wer hätte schon einer derartigen Tragödie beiwohnen wollen, aber gottlob blieb New York wenigstens von dieser Art von Katastrophe verschont, und alles war wunderbar in der ältesten aller neuen Welten, und hier, genau hier, wollten Tim und ich uns treffen.

Zwei Unbekannte, die sich am Kinderkarussell treffen, war das nicht aus irgendeinem Hitchcock-Film, womöglich aus dem *Fremden im Zug*, in dem der Maschinist des Karussells, vor dem sich die Unbekannten trafen, dann sofort erschossen wurde und auf die Schalthebel des Antriebsmotors fiel, sodass sich das Karussell samt Kindern rasend schnell zu drehen begann? Dieses hier drehte sich allerdings keineswegs rasend schnell, sondern noch langsamer als die Erde selbst und Kinder und Pferdchen blieben, so dachte ich, auf diese Weise gewissermaßen hinter der Zeit zurück, ich jedoch war zumindest der Zeit unserer Verabredung voraus, als ich dort am Kinderkarussell stand und auf Tim, den Fremden aus dem A-Train, wartete, der herüberkommen sollte aus Brooklyn, er hingegen war zu spät, na gut, dann ging ich eben noch ein wenig auf und ab, immerhin war, zu meiner Überraschung, gleich neben dem Karussell auf einem Piedestal aus schwarzem Granit eine Bronzebüste platziert, dieses Mal nicht von Hegel, sondern von Goethe, aber genau wie Hegel in Berlin war Goethe in New

York ebenfalls ohne Hemd und ohne Kragen, und als Goethestraßenbewohnerin fühlte ich mich von dieser Büste durchaus persönlich angesprochen und in ihrer Nähe sogar ein wenig heimisch, auch wenn ich nicht wusste, was Goethe mit unaufhörlich kreisendem Zucker zu tun hatte oder gar mit dem Fremden im Zug, und ebenso verwirrend war, dass schräg gegenüber von Goethe und dem Zucker die Avantgarde von vorvorgestern in Gestalt von Gertrude Stein mit langem Rock und ebenfalls in Bronze hockte. Sie sah aus wie die in der Berliner Neuen Wache von Kleinplastik zu Großmonument aufgeplusterte Mutter von Käthe Kollwitz, nur ohne toten Sohn, also gewissermaßen ohne Ersten Weltkrieg, den in diesem schönen Park aber niemand vermisste, und Tim und ich schon gar nicht, denn kaum, dass er schließlich erschienen war mit seiner Plastiktüte und mit einer kurzen Entschuldigung, in der unter anderem der A-Train von Brooklyn nach Manhattan vorkam, dessen Trasse inzwischen fast so marode war wie die Third-Mainland-Bridge quer durch die Lagune von Lagos, hatten wir genug Krieg auf unserem öffentlichen Gartentischchen, genügend tote Söhne und genügend Avantgarde, und zwar nicht die von vorvorgestern, sondern die, die direkt aus der Hölle der Gegenwart kam.

Unsere Begrüßung war sehr kurz ausgefallen, welch ein wunderbarer Zufall, dass wir beide zur gleichen Zeit in dieser Stadt sind, schon viel von dir gehört, ja, likewise, und keine Minute später saßen wir an diesem Gartentischchen, und jetzt musste natürlich eine

Beschreibung der Person kommen, und zwar der Person Tim, die in einem der vorangegangenen Kapitel dieser Geschichte zwar schon einmal erdfarben soldatisch mit Helm, Schutzweste, staubiger Hose und staubigem Gesicht auf Fotos aus dem Hindukusch aufgetaucht war, hier im Bryant Park in Manhattan erschien sie nun aber zum ersten Mal sozusagen leibhaftig, bevor sie dann irgendwann wieder verschwinden sollte im englischen Nichts. Es hätte von einem weißen ungebügelten Hemd mit offenem Kragen die Rede sein können, das Tim jetzt trug und ihn soundso-artig erscheinen ließ oder ihm das Aussehen eines Was-auch-immer gab, zum Beispiel das eines, in diesem Fall, romantischen Helden, was immerhin passend gewesen wäre, schließlich sollte Tim nur wenige Monate später in der sogenannten Blüte seiner Jahre dann tatsächlich sozusagen *fallen*, und zwar für die gute Sache, der tödlich getroffene republikanische Soldat, den Robert Capa 1936 in Spanien fotografiert hatte, hatte übrigens ebenfalls so ein weißes, mutmaßlich ungebügeltes Hemd mit offenem Kragen getragen, und während der Soldat irgendwo in der spanischen Erde lag, so wie Tim später in der englischen, und Robert Capa zwei Meter tief im Boden irgendwo in Upstate New York, nachdem er in Französisch-Indochina getötet worden war, lag das Originalfoto des sterbenden Spaniers gleich hier im International Center of Photography in einem Wolkenkratzer auf der anderen Seite des Parks, und natürlich war auch das Zufall und weiter nichts. Jedenfalls könnten, nachdem von Tims weißem Hemd die Rede war, bei der Beschreibung seiner Person dann die Größe folgen, Haarfarbe, Körperhaltung, Gang, alle möglichen weiteren äußeren Merkmale, aber ich hatte ja bereits erwähnt, dass Tim der schönste aller Männer war, zumindest aller englischen und der mit ihnen genetisch verwandten Völkerschaften, was allerdings kein Kunststück war, denn diese waren bekanntlich mit Schönheit nicht über die Maßen gesegnet, und ich hatte auch bereits gesagt, dass Tim weder das Knirschen seiner Gelenke noch das Schwinden seiner eigenen und unser aller Schönheit noch erlebte, und bei dieser ebenso viel- wie nichtssagenden Beschreibung seiner Erscheinung soll es jetzt bleiben.

Tim, Mann, ich, Frau, Gartenstühle, Gartentischchen, schön, angenehm, freundlich, so einfach war das um inzwischen kurz vor ein Uhr mittags unter den Londoner Platanen im Bryant Park in Midtown Manhattan.

Unterdessen wurden an den Nachbartischchen ebenfalls Plastiktüten ausgepackt, aus denen die ortsüblichen Thunfischsandwiches in Plastikschachteln ebenso wie die obligatorischen Getränke in überdimensionalen Pappbechern zum Vorschein kamen, denn das Angestelltenheer aus den umliegenden Büros hatte zu dieser Tageszeit Hunger und die Buden im Park waren ihre Verpflegungseinheiten samt sentimentalem Meublement sowie echter Frischluft for free, Tim jedoch holte aus *seiner* Plastiktüte immer neue der bierdeckelartigen Pappen mit Fotos von Kindersoldaten und Völkermördern, von himmelblauen Maßanzügen und von ausgefransten Narben, von goldenen Uhren an den Handgelenken der einen und von Stümpfen unterhalb von Ellbogen oder Knien der anderen, weil die einen den anderen die Extremitäten hatten abschlagen lassen mit ihren frisch gewetzten Macheten, und inzwischen lagen die Bilder auf dem Gartentischchen teilweise schon übereinander, und da manche der Pappen, nachdem Tim sie aus seiner Tüte gezogen hatte, mit der Vorderseite nach unten auf den anderen landeten, drehte er sie schnell um, nur dass es bei dem Memory-Spiel, das wir hier spielten, eben keine zwei gleichen Karten gab, und ich schaute hinunter auf die Bilder auf dem Tischchen und ich schaute hinauf in Tims Gesicht.

Englisch eben, dachte ich, hellhäutig, fremd, wie merkwürdig, dass wir hier saßen, zwei Fremde am Kinderkarussell, und vielleicht, hoffentlich, würde es sich bald so schnell drehen, dass es wegflog aus diesem Idyll, irgendwohin, nirgendwohin, und auch Tim und ich wollten ja so schnell wie möglich New York wieder verlassen, in Richtung Liberia, womöglich aber auch in Richtung Lagos, denn in Lagos wollte Tim demnächst leben, Musik, Geglitzer und Gestank, und zudem war Lagos weit weg von Manhattan, so sagte er mit immerhin mittlerer britischer Emphase. Und auch ich rief: Lagos, gute Idee, bin eine ganze Weile nicht mehr dort gewesen, aber ich brauche dringend ein neues Bügelbrett, respektive mein erstes Bügelbrett überhaupt, worüber wir natürlich lachten, aber statt nach Lagos würde Tim eventuell doch bald wieder nach Liberia reisen, ein letztes, ein allerletztes Mal, schließlich, so sagte er, hatte er von Liberia längst genug, im Vergleich zu Liberia war Lagos das reinste Erholungsheim, es war, so Tim, dort in Liberia noch *viel* mehr rohes Leben und *viel* mehr Gestank und Tod, und überdies gab es auch jede Menge rohe Diamanten, bekanntlich auch nicht gerade eine gute Voraussetzung für Frieden und allgemeine Harmonie.

Liberia, so wusste auch ich, denn wie es sich gehörte, hatte ich mich zuvor halbwegs informiert, schließlich waren Tim und ich hier im Bryant Park im Auftrag des Chefredakteurs und keineswegs zu unserem Vergnügen, Liberia gehörte zu jenen Gebieten, vor denen sowohl die Außenministerien als auch die Karten warnten, hic sunt leones!, hic sunt dragones, aber in Wirklichkeit gab es dort natürlich keine Drachen und keine Löwen, dafür aber lauter *Big Men*, die noch viel gefährlicher waren als Drachen und Löwen zusammen und die die Herrschaft hatten über Leben, Tod und Diamanten sowie die Buntmetallhütten und die Eisenerzminen, die die Rohstoffe für deutsche und italienische Stahlwerke lieferten, und selbstverständlich sah ich wenig später auch nach, was der Diercke-Atlas von 1973 über Liberia zu sagen hatte.

Laut Diercke-Atlas von 1973 lebten in Liberia merkwürdigerweise vor allem Sudan-N-Wort, was immer sich der diensthabende Rassenbeauftragte in Braunschweig unter Sudan-N-Wort vorgestellt haben mag, zumal der Sudan weit weg lag von der Westküste Afrikas, aber bereits 1973 fanden sich auf den Karten auch einige schwarze Kästchen für Eisenerz, das war jedoch nur der Anfang des ganzen Reichtums und damit auch des ganzen Elends, denn nach und nach fanden sich immer mehr Lagerstätten, von noch mehr Eisenerz, von Mangan, Baryt, Kyanit, Columbit, Gold und schließlich auch von Diamanten, und mit jedem einzelnen Kästchen, das auf den Karten hinzukam, machten sich auch neue Big Men und neue Warlords breit, und damit sind wir jetzt wieder bei Tim und seinen Fotos im Bryant Park in Manhattan, denn Tim hatte einige der Big Men und der Warlords fotografiert mit ihren glänzenden Anzügen und ihren dunklen Brillen. Dabei war ein Big Man bigger und grausamer als der andere und mancher war sogar bigger als er selbst, wenn er sich zum Beispiel malen ließ wie Dschingis Khan, in Öl und in Überlebensgröße, und alle hatten sie ihre ganz persönlichen Armeen, die für sie folterten und töteten und den gegnerischen Big Men, wenn irgend möglich, vor irgendeiner laufenden Kamera die Eier abschnitten, um die Videos später auf dem Markt von Monrovia für weniger als einen Dollar zu verkaufen, überdies hatten die Big Men mächtige Verbündete, unter den internationalen Waffenhändlern und unter den lokalen Geistern, die so gierig und so blutrünstig waren wie die Big Men selbst. Aber anders als der äußerst träge Weltgeist lieferten die lokalen Geister schnell und präzise und nur an die, die ihnen opferten und ihnen dienten, aber denen gaben sie Unverwundbarkeit und Unbarmherzigkeit gegenüber ihren Gegnern, und so stapelten sich nicht nur am Strand von Monrovia irgendwann die Leichen derer, denen die Geister ihre Unterstützung offensichtlich versagt hatten, sie stapelten sich wie auf der Toteninsel vor der Bronx, und das alles war allmählich doch zu viel, zumindest für die, die sich selbst die internationale Gemeinschaft nennen.

Die Big Men, die blutigen Diamanten, die Privatarmeen, die Leichen und schließlich Charles Taylor, der Präsident, der selbst zum Warlord geworden war – die Welt war not amused, und sie schickte fünfzehntausend internationale Truppen, Chinesen, Serben, Nepalis, Deutsche, welch bemerkenswertes Stelldichein unter der, wie man so sagte, gnadenlosen afrikanischen Sonne, die aber weniger gnadenlos war als das, was unten auf der *Erde* geschah, und weil mit dem Einsatz all der Friedensstifter aus ansonsten selbst nicht unbedingt friedvollen Gefilden in Liberia die Karten sozusagen neu gemischt wurden, fuhr jetzt auch Tim mit beiden Händen durch seine bierdeckelartigen Pappen. Oben lagen jetzt die Fotos der neu gewählten Präsidentin, sie hatte einen strengen Blick und auf ihrem Kopf türmte sich ein Gletscher aus weißem Brokat, und es lagen dort auch die Bilder von Angehörigen aller möglichen Völkerschaften mit ihren frisch gebügelten Uniformen und ihren glänzenden Schuhen sowie von Panzerfahrzeugen der Vereinten Nationen, die so weiß waren wie die Zuckerpferdchen auf dem Kinderkarussell, das sich ein paar Meter entfernt von uns mit immer derselben Geschwindigkeit drehte und drehte und drehte, bis in alle Ewigkeit, oder bis irgendjemand den Maschinisten erschoss.

Aber was wollte ein Brite wie Tim in Liberia, ja, was war es, was Tim dort wollte, Tim, mit seiner betuchten englischen Verwandtschaft, Tim, der in Oxford, oder war es in Cambridge?, egal, Tim, der jedenfalls tatsächlich irgendwo oder nirgendwo eine Arbeit über Ulysses vorgelegt hatte, Ulysses?, you are kidding me!, denn wer sollte so etwas schon glauben, aber dann glaubte man es eben nicht, jedenfalls war Tims angebliche studentische Beschäftigung ausgerechnet mit Ulysses auch nicht weniger glaubhaft oder unglaubhaft als alles andere in diesem Abenteuerroman, von dem wir behaupteten, er sei unser Leben, und in diesem Roman war Tim eben nicht nur der, der sich mit Ulysses beschäftigt hatte, sondern er war auch, zufällig, wie sonst?, beim Fußballspielen in Cambridge oder in Oxford oder vielleicht war es auch in der Grafschaft Kent einem jungen Liberianer begegnet, der ihn dann zum ersten Mal nach Liberia mitgeschleppt hatte, zum ersten Mal in den Dschungel, zum ersten Mal in den Krieg, und dann war es aus mit Cambridge und mit Oxford und mit der betuchten englischen Verwandtschaft ohnehin, und fortan war Tim überall, in Liberia, in Lagos, auf allen Kontinenten, was immer er dort gewollt haben mag.

In Liberia wollte er jedenfalls nicht zuletzt mit einigen der Jungs rumhängen, welche auf jenen Bierdeckeln zu sehen waren, die im Stapel auf dem Gartentischchen jetzt wieder weiter unten lagen, Tim mit seiner hellen englischen Haut und dem Hemd eines romantischen Helden bei den Jungs mit den blutunterlaufenen Augen, den Badelatschen, den Panzerfäusten, den Macheten, den Mörsergranaten aus amerikanischer Produktion, und diejenigen, die Mitglieder der Soundso-Armee waren, *einer* Armee von vielen, trugen rot lackierte Fingernägel und zerrissene braune T-Shirts mit der Aufschrift TOO TOUGH TO DIE in Großbuchstaben, und ihr knallharter und unsterblicher Kommandant hieß General Butt Naked, der auf Tims Fotos aussah wie -, ja er sah eben irgendwie aus. Unauffällig, ein ganz klein wenig dicklich vielleicht. Inzwischen war der General Nacktarsch erwachsen, aber mit elf Jahren war er sowohl Priester irgendeines traditionellen Kultes als auch Anführer eines Trupps von Kindern geworden, die für einen der Big Men töteten, und statt angezogen mit irgendeinem T-Shirt samt kraftmeierischer Aufschrift, die er selbst, da des Lesens und des Schreibens unkundig, ohnehin nicht hätte entziffern können, zog er lieber vollständig nackt und nur mit Waffe und Schuhen in den Kampf, denn nach seiner Überzeugung schützte ihn die Nacktheit vor den Kugeln der Kinder der anderen Armeen, zum Beispiel vor denen des General Mosquito oder des General Peanut Butter oder des General Eagle, der mir irgendwann immer wieder E-Mails schicken sollte, aber auch davon später mehr.

General Nacktarsch jedenfalls brachte vor jedem Gefecht der Gier der Geister in vollkommener körperlicher Blöße sowie in der förmlichsten Art und Weise ein Menschenopfer dar und am liebsten opferte er natürlich Kinder, das alles, sagte Tim, hatte der inzwischen ehemalige General ihm genau so erzählt, denn so war es eben, es war eben genau so, und auch ich sagte, dass es dann wohl so gewesen sein muss, denn mehr gab es dazu nicht zu sagen, und ohne zu zögern hatte er sich von Tim auch fotografieren lassen, mit schwarzen Jeans und ärmellosem Fußballshirt stand er im Türrahmen in einer schäbigen Behausung mit verschmierten Wänden und Tim ließ ihn so aussehen, wie er aussah: irgendwie. Inzwischen hieß der General Butt Naked wieder Joshua Milton Blahyi, er war jetzt Familienvater und ein Prediger im Namen des Herrn, und mir nichts, dir nichts war er mutiert zu einer Art liberianischem Hippie der dort allerersten Generation, und bei Auftritten im ganzen Land verkündete er Botschaften von love & peace, nachdem er, wie er freimütig und mit größter Selbstverständlichkeit zugegeben hatte, einst leider, leider die Befehle vom Teufel höchstselbst entgegengenommen hatte, aber nun hatte er sich vom Satan befreit und Gott zugewandt, halleluja, ja, das alles war in Liberia die Realität, sagte Tim mit seinem weißen Hemd, und ich nickte nur und sagte meinerseits immer wieder: interessant, sehr interessant, weil mir partout nichts Besseres einfiel, denn wie sollte bitte irgendjemand eine Verbindung herstellen zwischen der Realität in Liberia und der Realität des Angestelltenheeres mit ihren Thunfisch-Sandwiches im Bryant Park in Manhattan, wahrscheinlich sinnlos, dachte ich, es auch nur zu versuchen.

Tim bei den Menschenfressern, als wären wir in einem jener Abenteuerromane des frühen achtzehnten Jahrhunderts, die inzwischen rassistisch genannt wurden und kolonialistisch noch dazu, aber die Menschenfresser hatten jetzt E-Mail-Adressen und Waffen aus

Ländern, die stolz darauf waren, durch und durch zivilisiert zu sein, städtische Idyllen schafften, Goethe und Gertrude Stein verehrten, und das liberianische Eisenerz verarbeiteten sie fleißig zu solidem Stahl, und hier in den Vereinigten Staaten waren sie sogar so zivilisiert, dass sie einst nicht nur massenweise Afrikaner auf Schiffen zum Arbeiten herbeigeschafft hatten, sondern sie schafften später auch so viele wie möglich wieder nach Afrika zurück, denn wer wusste, was die Freigelassenen in den USA alles anrichten konnten, aber auch wenn sie keinen Unsinn machten: sie sollten einfach weg. Der Einfachheit halber schaffte man sie alle gemeinsam auf einen Landstrich an der Pfefferküste, den einige Herrschaften der American Colonization Society mit Sitz in Washington D.C. im Jahr 1822 von den portugiesischen Kolonialherren gekauft und zum weißen Fleck erklärt hatten, so wie auch ganz Amerika einst ein weißer Fleck gewesen war, auf dem einheimische Bevölkerung angeblich nicht vorhanden und deshalb auch nicht verzeichnet worden war, und diesem allerneuesten weißen Fleck an der Pfefferküste gab die Kolonisierungsgesellschaft dann den etwas zynischen Namen *Liberia* und die Hauptstadt nannte sie *Monrovia* nach dem US-Präsidenten James Monroe, dem Vereinsvorsitzenden der Colonization Society, worüber sich Monroe, wenn auch nur im Verborgenen, über die Maßen freute, schließlich war Namenspatron der Hauptstadt eines neuen Staates zu sein noch sehr viel besser als etwa die Verewigung durch eine Büste im Bryant Park oder sonst wo.

Insgesamt wurden die USA auf diese Weise nicht nur wenigstens einen Teil der Ex-Sklaven wieder los, es war zudem auch praktisch, nicht nur ein pied-à-terre, sondern sogar einen Brückenkopf in Afrika zu haben, zuerst der Geschäfte wegen, die man nicht den Portugiesen, Franzosen, Briten überlassen wollte, nachdem diese sich schon länger auf dem Kontinent breitgemacht hatten, und später, im Kalten Krieg, war man in den Vereinigten Staaten erst recht froh, dort präsent zu sein, denn man war dringendst darauf bedacht, Afrika nicht in die Hände von einheimischen Heißspornen und Revolutionären fallen zu lassen, die an der Lumumba-Universität in Moskau in allem Möglichen, vor allem aber in Sozialismus ausgebildet worden waren, wobei einige von ihnen vorsichtshalber gleich eliminiert wurden, so wie einst auch Patrice Lumumba selbst von der CIA ermordet worden war.

Es waren diejenigen, die der Diercke-Atlas in Liberia unter dem obskuren Sudan-N-Wort verzeichnet hatte, also in Wirklichkeit zum großen Teil freigelassene amerikanische Sklaven, die von den Vereinigten Staaten ausgelagert worden waren wie die nichtswürdigen Toten aus Manhattan auf die Insel vor der Bronx, und kaum dass die ehemaligen Sklaven an der Pfefferküste angekommen waren, spielten sie wiederum ihrerseits die Herren über die einheimische Bevölkerung, und noch über Generationen trugen sie amerikanische Nachnamen und einige von ihnen hießen zum Beispiel Bryant, so wie William Cullen Bryant, Dichter und leidenschaftlicher Gegner der Sklaverei sowie edler Namensgeber dieses Parks, in dem wir saßen, und ein gewisser Charles Gyude Bryant wurde zu Beginn des neuen Jahrtausends kurzzeitig sogar liberianischer Präsident. Die Nachfahren derer, die an der Pfefferküste gelebt hatten, *bevor* die amerikanischen Ex-Sklaven kamen, trugen hingegen weniger schicke Namen und irgendwann nannten sie sich selbst eben zum Beispiel General Nacktarsch oder General Mosquito oder General Peanut Butter oder General Eagle, deren Bildnisse jetzt vor uns auf dem Gartentischchen lagen und von deren Leben Tim erzählte, und so hing das alles zusammen, Monrovia und der Bryant Park, Liberia und Manhattan, und ob wir wollten oder nicht, lebten wir also doch alle in derselben Realität, hier, dort, das Angestelltenheer mit den Thunfisch-Sandwiches und die halbwüchsigen Jungs mit ihren Macheten.

Aber zu den Menschenfressern konnte einem natürlich trotzdem nichts einfallen, und auch Tim hatte ganz sicher immer nur gesagt: interessant, sehr interessant, denn irgendetwas mit dem nichtssagenden Adjektiv *interessant* zu belegen war die Ausflucht der Hilflosen, aber auch die der Beobachter und Protokollanten und schließlich auch derer, die die ganze Welt immer irgendwie als psychotherapeutisch interessante Fälle vor sich auf der Couch liegen sahen und diese dann mit Vorurteilsfreiheit, Neugier und eben: Interesse beinahe ertränkten.

Sie haben also kleine Kinder verspeist. Interessant, sehr interessant, könnten Sie mir mehr davon erzählen?

Ja, auch wir waren so, genau so, und jederzeit schrieben wir ordentlich mit und taten so, als wäre nichts gewesen, wofür die Kinderfresser und alle anderen, die wir ebenfalls niemals bewerteten und schon gar nicht verurteilten, uns natürlich dankbar waren, und der Chefredakteur später eventuell auch, Protokolle von Kinderfressern hatte in Hamburg und in Manhattan schließlich nicht jeder, wobei es natürlich sein konnte, dass der Chefredakteur und die Eis-Enten von der Anzeigenabteilung dem *Wahren* vor allem dann zuneigten, wenn es auch *gut* und *schön* war, und in diesem Fall wollten sie von Kinderfressern eben lieber nichts wissen, und Tim sollte ihnen mit ihren Geschichten vom Leib bleiben, wer sollte das dem Chefredakteur und den Eis-Enten verdenken. Der General Nacktarsch, so sagte Tim, hatte sich jedenfalls gefreut, dass ihm jemand zugehört hatte, und er wünschte Tim alles Gute und, da er neuestens nun einmal Prediger war, auch den Segen Gottes, anders als später dieses namenlose Arschgesicht mit seiner Mörsergranate auf einem Dach am Rande des Großen Platzes von Misrata, der umstandslos auf Tim schoss.

Tim, der mit mir an einem Gartentischchen saß. Tim, der auch den Atlantik fotografiert hatte. Ein ruhiges graues Meer unter wolkigem Himmel, irgendwo, nirgendwo, tatsächlich aber vor der Küste Liberias. Dort, irgendwo dort draußen, so sagte Tim, hinterm Horizont und außer Sichtweite seiner Kamera und seiner eigenen Augen, kam genau in diesem Moment die USS Iwo Jima angefahren, ein sogenanntes amphibisches Kampflandungsschiff mit Hubschraubern, Landungsbooten und zweitausend Marines von angeblich außergewöhnlichem Mut, sie kam näher und näher, auch wenn sie noch niemand sah, und das Meer erschien genau so, wie alle Meere jemals erschienen waren an Tagen, die ruhig waren und grau. Indessen lag im Haus eines Freundes in Monrovia eine schimmelige Orange, die als Frucht schon kaum mehr zu erkennen war, und auch sie hatte Tim fotografiert. Der Schimmel bildete einen schönen weißen Fleck, der umgeben war von breiten Ringen aus Fäulnis. Erst ein grüner Ring, dann wieder ein weißer, und langsam breiteten sich der Fleck und die Ringe auf der Orange aus wie auf einem Planeten, auf dem der Schimmel ein Atoll in einem Ozean bildete, der verfärbt war durch das Licht wer weiß welcher Explosionen.

Es war inzwischen nach halb drei nachmittags, das Angestelltenheer hatte längst wieder Stellung in den Büros in den Hochhäusern bezogen, die den Bryant Park umringten und Jahr um Jahr um Jahr am Himmel zu kratzen versuchten, ohne ihn jemals zu erreichen, und Tim und ich saßen jetzt fast alleine am Kinderkarussell, das sich mit immer derselben Geschwindigkeit drehte und drehte und drehte, und weggeflogen war nun höchstens die Welt, irgendwohin, nirgendwohin, und vielleicht, sagte Tim, würde er doch noch ein allerletztes Mal nach Liberia reisen, bevor er sich dann endlich in Lagos niederlassen würde, der Stadt der Zukunft, des Geglitzers und des

Gestanks, und während er sämtliche Bierdeckel, die auf dem öffentlichen Gartentischchen ausgebreitet waren, zu einem großen Haufen zusammenschob und anschließend mit beiden Händen wieder in seiner Plastiktüte versenkte, fragte ich Tim, den Fremden aus dem A-Train, den ich nun schon zu kennen glaubte oder vielleicht auch nicht, und den ich also nun schon kannte, oder noch lange nicht kannte, und warum eigentlich oder warum eigentlich nicht, ob wir dann nicht vielleicht zusammen ---

VIER

I.

ES MUSS NUN ABER SCHLEUNIGST

Da Tim und ich nun fast schon in Liberia sind und auch Libyen, die letzte Station auf Tims langer Reise ins englische Nichts, auf der Landkarte des Lebens und des Sterbens immer näher kommt, muss nun schleunigst einmal von der Hoffnung geredet werden, so viel Zeit muss sein, und noch sind wir beide ja nicht zusammen unterwegs, ein anderer Ton soll angestimmt, ein neues Lied gesungen werden, auch wenn ich mich damit selbst plagiiere, denn schon einmal hatte ich genau diese Sätze irgendwo geschrieben, aber die Hoffnung kann man nicht oft genug herbeizitieren, und es geschahen ja auch überall die tollsten Dinge, nicht nur, dass die USS Iwo Jima samt Hubschraubern, Landungsbooten und zweitausend außergewöhnlich mutigen Marines unaufhörlich von irgendwoher nach irgendwohin unterwegs war, um, wer weiß wo, einzugreifen und, wer weiß wo, irgendjemanden zu retten, auch wenn das Schiff so grau war wie das Meer vor Monrovia und erst recht wie das vor Misrata und womöglich keiner es jemals mit eigenen Augen sah, aber den Weltgeist und den Fortschritt der Vernunft hat auch noch nie jemand gesehen, außer, als er damals in Gestalt von Napoleon zu Pferde saß, wie man am Hegelplatz sagte, allerdings hatte der Weltgeist, während er auf seinem Pferde dankenswerterweise den Code civil erdichtete und über die Durchsetzung des metrischen

Systems nachsann, auch noch Zeit, die halbe Welt mit Krieg zu überziehen und in den französischen Kolonien die Sklaverei wieder einzuführen, zum Wohle der Wirtschaft, wofür sonst?, weshalb also auch *das* letztlich für etwas gut war, wobei ich Letzteres selbstverständlich sofort wieder zurücknehme, ich weiß ja, was sich gehört, aber 173 Jahre später, wenn ich jetzt kurzerhand alles, was es unterdessen sonst noch gab an Fortschritt beziehungsweise an Kriegen, überspringen darf, wollte der Weltgeist es schließlich auch, dass Peter Arnett zusammen mit ein paar Kollegen den Krieg in Vietnam beendete.

Wobei das, genau genommen, doch nicht Peter Arnett, sondern der Nachrichtensprecher Walter Cronkite war, Uncle Walter, the avatar of objectivity, the most trusted man in America, der am 27. Februar 1968 auf CBS News, *brought to you by the Connecticut Life Insurance Company*, erst mit einer Art Safari-Hemd mit kurzen Ärmeln in den Ruinen von Saigon stand und unmittelbar danach in Anzug und Krawatte im Studio in New York saß und verkündete, dass die Amerikaner in Vietnam nicht mehr gewinnen konnten, es dort also keine Hoffnung mehr gab, und wie jede Sendung beendete er auch diese mit den Worten: and that's the way it is, einem Satz von unumstößlicher Klarheit, womit alle Hoffnungen beendet sind, aber auch alle Illusionen, that's the way it is, hatte Uncle Walter also gesagt, und hinterher schickte er noch ein good night and good luck, und damit reichte es den Zuschauern nun endgültig und seit diesem Abend hatte niemand mehr Lust auf Krieg. Da der Weltgeist jedoch nur allzu oft ein doppeltes Spiel spielt, wollte er zwar, dass die Amerikaner gegen die vietnamesischen Kommunisten verloren, der Kapitalismus später aber doch noch siegte, was für die globale Wirtschaft fast so gut war wie die Wiedereinführung der Sklaverei, wobei es in den Fabriken, die inzwischen in den früheren Reisfeldern standen, natürlich keine Sklaven gab, auch wenn das im Ausland immer wieder behauptet wurde, und der Kapitalismus in seiner unnachahmlichen Großzügigkeit und Flexibilität erlaubte es den Vietnamesen sogar, ihre folkloristischen Lichterketten mit Hammer und Sichel zu behalten, ebenso wie die bewährte Herrschaft der Kommunistischen Partei.

Und sogar in Afghanistan war der Krieg nach zwanzig Jahren schließlich vorbei, dank wem?, er war eben zu Ende, einfach so, weil irgendjemand auf den Jean Paul'schen Zeiger der Ewigkeit geschaut und gedacht haben wird, es sei jetzt langsam genug, und die pickeligen amerikanischen Jungs, die bis dahin noch lebten, kehrten aus dem Hindukusch zurück nach West Virginia oder nach Kalifornien, sie hatten ihren Dienst getan, wofür?, na eben für den Fortschritt der Vernunft, dem sie unmittelbar nach ihrer Rückkehr wiederum in ihrer Heimat zur Durchsetzung verhalfen, was wahrlich auch keine kleine Aufgabe war, in Afghanistan jedoch konnten sich dann einmal die Taliban um die weitere Zukunft kümmern und die Häuser von Hunden und von den Bildnissen mit Lebewesen befreien, um Platz zu schaffen für

Engel, warum nicht?, und bereits wenige Monate, nachdem Tim schließlich dagelegen hatte in seinem Blut, war in Libyen Muammar al-Gaddafi in einer Abwasserröhre am Rande seiner Heimatstadt Sirte entdeckt worden, wo die gesamte Afrikanische Union im futuristischen Palast des Allgemeinen Volkskongresses noch wenige Monate zuvor der Weisheit und Entschlossenheit ihres großen Vorsitzenden zugejubelt hatte, und noch vier Tage vor Beginn des Aufstands, vor dem sich Gaddafi schließlich in die Abwasserröhre flüchten sollte, hatte mir dort im Palast ein eifriger Bediensteter voller Stolz die längste Gardine der Welt gezeigt. 128 Meter an einem Stück!, das war natürlich toll, dann jedoch hatte jemand dem Herrn über die allerlängste aller Gardinen, ach was sage ich, *dem König der Könige, der Sultane, der Fürsten, der Scheichs und der Bürgermeister von Afrika*, wie ihn eine Versammlung von Stammesführern in einem der üblichen Anfälle von Überschwang einmal genannt hatte, umstandslos ein Bajonett in den Hintern gerammt, nachdem ein Herz nicht zu finden gewesen war, und so schaffte Gaddafi es vom Abflussrohr nur noch bis in die Hölle, womit dann wieder ein Monstrum erledigt gewesen wäre, weshalb der Chefredakteur entzückt rief: seht ihr, auch in Libyen wollen sie die Demokratie, ich habe es doch immer gesagt!, wobei unklar war, wie der Chefredakteur ausgerecht auf diese Sache mit dem Wunsch nach Demokratie gekommen war.

Jedenfalls sollte man von dieser *Sache* in Libyen viele Jahre lang nichts weiter hören, und sehen würde man davon ebenso wenig wie von der USS Iwo Jima oder zum Beispiel auch vom seit dem zehnten Jahrhundert verborgenen Zwölften Imam, auch bekannt als der *Große Reformer* oder schlicht als Mahdi, der noch viel, viel toller war als die USS Iwo Jima, die Demokratie und die längste Gardine der Welt zusammen, weshalb sie nicht nur in Libyen, sondern in der gesamten islamischen Welt auf sein Erscheinen warteten und hofften, und irgendwann würde der Mahdi überall die Macht übernehmen und das Unrecht auf Erden beseitigen, und anders als Gaddafi, der ebenfalls gerne als der größte Reformer in die Geschichte eingegangen wäre, braucht der Mahdi zur kühnsten Umgestaltung aller Verhältnisse jedoch keinerlei Gardinen, und übrigens war er schon jetzt, genauer: bereits seit 1979, das offizielle Staatsoberhaupt wenigstens in der islamischen Republik Iran. Allerdings ließ er sich vorerst durch allerlei irdische Präsidenten vertreten, und eines Tages hatte vor der sechzigsten Generalversammlung der Vereinten Nationen in New York ein gewisser Mahmud Achmadinedschad gestanden, der, wie der ganze Iran wusste, sein Haupthaar vor allem deshalb akkurat scheitelte, damit männliche und weibliche Läuse säuberlich voneinander getrennt blieben und einander keinesfalls die Hand gaben oder gar Schlimmeres, und tatsächlich verkündete Achmadinedschad das baldige Ende seiner eigenen Mission wegen der unmittelbar bevorstehenden Rückkehr des Zwölften Imams samt radikaler Änderung des Laufes der Welt etcetera pp., und beeindruckt von dieser Rede, wartete seither ganz sicher auch die halbe UN auf des Mahdis Wiederkunft, wobei dieser zwischendurch tatsächlich schon einmal aufgetaucht war, nicht in Libyen und nicht im Iran, sondern Ende des neunzehnten Jahrhunderts im Sudan, und dort begegnete ihm dann ausgerechnet unser alter Freund Kara Ben Nemsi, Sohn der Deutschen, aus der Karl-May- beziehungsweise aus der Karl-Marx-Straße in Radebeul, wo man, wie jeder weiß, auch stets für Reformen und für die Beseitigung des Unrechts auf Erden war, mal in der einen Weise und dann wieder in der anderen, der Sohn der Deutschen war jedenfalls sogar gleich drei Mal im Lande des Mahdi, jedenfalls umfassten die entsprechenden Aufzeichnungen drei Bände, und so warf die offenkundige Verbindung zwischen Radebeul und gewissen arabischen Dschihadisten der allerersten Stunde für die ortsansässigen Neonazis im Schulterschluss mit dem städtischen Kulturamtsleiter durchaus allerlei Fragen auf.

Für die Beseitigung des Unrechts in Liberia war der Mahdi wiederum vorerst nicht zuständig und auch nicht für die Verbreitung von Hoffnung und von Frieden sowohl in den hintersten Dschungeln als auch in den Zusammenballungen von menschlichen Behausungen, die sich Städte nannten, zuständig waren hingegen unter anderem einige Söhne der Deutschen in Gestalt von Ausbildern der Bundespolizei aus Sankt Augustin bei Bonn, die Liberia und seiner frisch installierten Polizeipräsidentin das deutsche Polizeiwesen nahebringen sollten, der ersten Frau auf einem solchen Posten in ganz Afrika, nachdem sich weit und breit kein Mann mehr gefunden hatte, der ohne schwere Schuld geblieben war, und um alle weiteren Maßnahmen in Sachen Ruhe & Ordnung in Liberia kümmerten sich die übrigen fünfzehntausend Blauhelme aus allen Winkeln der Welt, die die Vereinten Nationen, nachdem die USS Iwo Jima längst anderswo vermutet wurde, zur Hilfe ins Land geschickt hatten zum bisher größten Friedenseinsatz überhaupt. Es sollte dort nun für den großen Plot Twist gesorgt werden, für eine spektakuläre Wendung der endlosen Geschichte von Gewalt und Tod, und von dieser mehr als vielversprechenden Aussicht hatte sich schließlich auch der Chefredakteur überzeugen lassen und Tim und mich doch noch beauftragt, zu berichten, wie in Liberia täglich alles besser wurde und sie offensichtlich nicht nur in Monrovia, sondern auch in weit abgelegenen Ortschaften namens Gbarnga oder Zorzor nichts anderes wollten, als so zu leben wie wir, was, um des Himmels willen, rief der Chefredakteur, konnten sie dort denn sonst wollen und was konnten sie sich anderes wünschen. Allerdings hatte der Chefredakteur vor seiner Entscheidung, uns loszuschicken, lange gezögert, weil er zunächst nicht sicher war, ob es in Liberia tatsächlich Hoffnung gab, aber ohne Hoffnung keine Aufträge mehr aus Hamburg und keine aus Manhattan, Zuversicht!, Optimismus! statt Bilder von Leuten mit abgehackten Gliedern. Und auch mit den notorischen Leichenbergen des Beaus und dem ewigen Aufgerüttele und Aufgeschüttele des Publikums war es inzwischen vorbei, das Publikum aufrütteln oder ihm sonst irgendwie auf die Nerven gehen zu wollen war mittlerweile eine Kulturtechnik von vorgestern und fast so hinterwäldlerisch wie die Beschwörung von Geistern.

Die liebe Leserin und der liebe Leser, der Kunde, der Endverbraucher, der Markt brauchte Zuversicht in diesen schwierigen Zeiten, er brauchte helle Bilder statt dunkle und leuchtende Farben selbst aus den finstersten Gebieten, wobei das nicht nur für Fotos galt, sondern auch für das, was wir schrieben. Wer will schon Stümpfe von abgehackten Gliedern sehen?, wer fühlt sich dabei wohl?, fragte der Chefredakteur, die Eis-Enten aus der Anzeigenabteilung und ihre Kundschaft jedenfalls schon einmal nicht, und vielleicht, so der Chefredakteur, sollten wir lieber einmal nach Warschau schauen, denn auch dort geschahen doch lauter großartige und hoffnungsfrohe Dinge, welche genau, blieb allerdings vorerst ein Geheimnis, denn die Tatsache, dass dort in Warschau nicht etwa der abwesende Zwölfte Imam, sondern eine leibhaftig anwesende Kartoffel als Staatsoberhaupt figurierte, konnte der Chefredakteur nicht meinen.

Mehr Hoffnung als bei uns in Europa gab es jedenfalls nirgendwo, Hoffnung worauf?, natürlich auf Wohlgefühl und auf ganz persönliches Glück, das Streben danach, sich jederzeit wohlzufühlen, war inzwischen allgemeine Maxime und geradezu staatsbürgerliche Pflicht, aber vielleicht, beziehungsweise sogar wahrscheinlich, würde die Welt jetzt dafür sorgen, dass auch in Monrovia, Gbarnga und Zorzor sowie in den Flüchtlingslagern im Busch an der Grenze zu Guinea sich irgendwann alle wohlfühlten, denn laut Chefredakteur war *das* der natürliche Gang der Dinge, und so war auch nicht die *Vernunft* oder wenigstens die Beseitigung des Unrechts durch den Mahdi, die Vereinten Nationen oder wen auch immer das Endziel der Geschichte, sondern es war das *Wohlgefühl,* auf das schließlich alles hinauslief, samt aufgeschäumter Milch, energetisiertem Wasser und geschmeidig gemachten Muskeln, Sehnen und Bändern, denn wo Gott tot ist, verlagert sich die Metaphysik kurzerhand in die Physis und der Sinn des Lebens findet sich in den Faszien sowie im Grundgelenk des Großen Zehs, weshalb wir unseren Körper so gut trainierten wie unseren Geist und unseren Geist so gut wie unseren Körper, sodass uns fortan weder die Knie schmerzten noch das Herz noch unser Gewissen, und auch unsere Schönheit währte ewiglich. Und lange bevor der Zwölfte Imam eines Tages tatsächlich den Vorsitz der Vereinten Nationen in Manhattan übernehmen, die kühnsten Reformen einleiten und dem Lauf der Welt eine ganz neue Richtung geben wird, wird sich ganz Europa inklusive der wenigen verbliebenen Halbwüchsigen und der noch seltener gewordenen kleinen Kinder schließlich kollektiv in das Maximum an Wohlgefühl, nämlich in die Rente verabschieden, in den letzten, den idealen Zustand, einmal abgesehen von der Erleuchtung, aber deren Eintritt ist dann auch nur noch eine Frage der Zeit.

Das alles hatte ja wiederum Obafemi prophezeit, nicht vor den Vereinten Nationen in Manhattan, sondern in Lagos in einer Nacht voller Geglitzer und voller Gestank.

Mochten sie anderenorts auf der Welt weiterhin regelmäßig durchdrehen, und mochten dort Dinge geschehen in jeder Hinsicht weit jenseits unseres Horizonts, sodass die USS Iwo Jima, oder von mir aus auch die Ocean Viking, die Sea Watch 3, die Sea Eye 4 und so immer weiter, herbeieilen mussten, um zumindest einige Auserwählte zu retten, in Europa jedenfalls konnten wir uns schon jetzt freuen, dass wir längst auf der sicheren Seite waren und wir uns für immer würden ausruhen können in vollkommener Harmonie von Körper und von Geist, und auch wenn in Liberia, in Libyen oder in Lagos die allermeisten von dergleichen bisher nur träumen konnten, so würde sich das auch dort hoffentlich irgendwann ändern, bald sogar, bald!

Indessen sollte Obafemi, dieser Schrank von einem Dichter aus der neuesten aller Welten, leider ebenso wenig wie Tim den allgemeinen Renteneintritt zwar nur kleiner, aber dafür nicht unmaßgeblicher Teile der Welt noch selbst erleben, denn wenige Wochen nach meinem letzten Besuch in Lagos hatte eine ebenso unbekannte wie heimtückische Krankheit Obafemi mit kaum vierzig Jahren kurzerhand dahingerafft, nicht in Lagos, wo die Musik noch längst nicht aufgehört hatte zu spielen, sondern in einem Hospital in New York, wo auch er sich gerade aufgehalten hatte, zufällig, wie sonst?, und womöglich landete, was von ihm übrig war, der Einfachheit halber und mangels Verwandtschaft, die so zahlungskräftig war wie die von Tim, am Ende in einem Armengrab auf der Toteninsel östlich der Bronx, und während ich die Nachricht von Tims Tod im Radio gehört hatte, erfuhr ich von dem von Obafemi kurz danach aus der Zeitung. Sie starben einfach, sie waren einfach weg, und das war leider gut für gar nichts, noch nicht einmal für die Wirtschaft, für die ja sonst so ziemlich alles gut war, was wir schrecklich fanden und was uns nicht gefiel, und obwohl doch ständig alles überall besser wurde, wurde zumindest das glitzernde, stinkende Lagos ohne Obafemi leider durchaus um einiges öder, und auch für Tim gibt es in der Geschichte, die ich hier erzähle, bekanntlich keinerlei Hoffnung, zu spät, der Vorsehung, dem Schicksal, dem Zufall dazwischenzufahren, kein spektakulärer Plot Twist, keine überraschende Wendung ist mehr zu erwarten, and that's the way it is, so ist es eben, es ist eben so.

Dabei hätte für Tim ja auch in Libyen wieder alles gut gehen müssen, so wie auch in Afghanistan, in Liberia und an so und so vielen anderen Orten von zweifelhafter Reputation und mit unübersichtlicher Lage für ihn immer wieder alles gut gegangen war, und wahrscheinlich war er bei der Ankunft in Libyen allerbester Stimmung, so wie bei jedem Aufbruch in ein neues Risiko, in das nächste Abenteuer, in Erschütterungen noch völlig unbekannter Art, wenn sich an den Armen die Härchen aufstellen, die düsteren Visionen und die dunklen Ahnungen der vorangegangenen Nächte verschwunden sind und nie mehr Hoffnung war als jetzt. Für einen Augenblick erscheinen dann selbst die düstersten Gegenden in grellstem Licht, das Leben beginnt ganz von vorne, jederzeit können die unerhörtesten, die großartigsten, die schrecklichsten, die absurdesten Dinge geschehen, und wer weiß, was aus dem eigenen Ich jetzt werden kann, vielleicht eine mutige, vielleicht eine zögerliche, in jedem Fall eine andere Person als je zuvor, das alles ist möglich im Augenblick des Aufbruchs, und alles *andere,* was sonst noch möglich und denkbar sein mochte, aber das auszusprechen jetzt ganz gewiss nicht der richtige Zeitpunkt ist, kommt später, oder, hoffentlich, nie. Allerdings ---

II.

WAS WAR DENN

Und was war denn nun in Liberia, ja, was ist dort eigentlich gewesen, wir haben unsere Arbeit gemacht, genau wie all die anderen, die herbeigeeilt waren von weit voneinander entfernten Punkten der Welt, aber inzwischen waren die Punkte zueinander gerückt, als hätten sie bei Diercke in Braunschweig die Karten zerknüllt, und plötzlich fanden wir uns wieder in Monrovia, in Gbarnga, in Zorzor oder an welchen Orten auch immer, die nirgendwo verzeichnet waren, und vielleicht existierten sie nur in unseren schlechten Träumen, jedenfalls sind wir auch jetzt wieder weit gekommen und stets schritten wir mutig voran auf in jeder Hinsicht ungesichertem Terrain, Müllberge, Scheißhaufen, schäbige Hütten, zerschossene Gebäude, fehlende Hände, fehlende Unterschenkel, zu viel Gegenwart, zu viel Vergangenheit, und wer wusste, was sonst noch alles fehlen oder zu viel sein würde, in den nächsten fünf Minuten oder in einer Zukunft ohne jede Kontur.

Oben in Gbarnga im Landesinneren, wo der zum Warlord gewordene Präsident Charles Taylor einst eine seiner Befehlszentralen hatte und wo, wie alle sagten, sein Geist noch immer gegenwärtig war, dort sahen wir nachts Schatten, die sich bewegten, und merkwürdige trübe Lichter, und im Halbdunkel der Regenwälder hörten wir auch bei Tage Geräusche, die heiser und immer irgendwie hinterhältig klangen, wobei wir die, die tatsächlich etwas im Schilde führten, höchstwahrscheinlich nicht hörten, und in dem Moment, in dem wir sie *sehen* würden, sagte Tim, wäre es bereits zu spät. Wir? Ja, wir. Zwei blasse Gestalten aus Brooklyn und aus Berlin mit aufgestellten Härchen, zusammengekniffenen Augen und von der Reise zerknitterten Kleidern, in denen sich jedoch sofort der Geruch von Fäulnis und von Moder festgesetzt hatte, ebenso wie in den Poren unserer Haut, und mir nichts, dir nichts rochen wir nicht mehr nach Ankunft und nach Erwartung, sondern wie alles hier rochen auch wir nach Niedergang und Verfall, und ich glaube, es hatte allerhöchstens ein paar Tage gedauert, bis zumindest ich bereits völlig zerschlagen war, aufgeputscht durch die harte Droge Wirklichkeit, ausgelaugt von Hitze und der Überforderung der Seele und des Verstandes, und ich wusste nicht, ob mein Körper in schlimmerem Zustand war oder mein Geist, aber so war das eben, es war eben so, kein Grund, nicht immerfort voranzuschreiten, notfalls auf dem Zahnfleisch oder wenigstens auf den Knien, auch hier waren wir schließlich nicht zu unserem Plaisir.

Aber so schlimm war es dann doch noch nicht, und schon ging es wieder weiter und die Tage und Nächte lösten sich auf zu Blitzen, Tim, der Fremde aus dem A-Train, war auf einmal ständig in meiner Nähe, plötzlich war er immer da, und selbst mitten in der Nacht hörte ich seine Stimme, wenn ich allein irgendwo aufwachte und zuerst nicht wusste, wo ich war, bevor ich mich erinnerte, dass ich Tim beobachtet hatte, wie er in seinem weißen Hemd in einer Art radioaktivem Schneesturm von riesigen Leuchtkäfern gestanden hatte, von Leuchtkäfern so groß wie Projektile. Wir waren oben in Bong County, Thyssen-Krupp hatte dort vor dem Krieg jahrzehntelang Eisenerzminen ausgebeutet, aber längst hatten der Regenwald sowie allerlei hungrige Geister alles verschluckt und übrig waren nur ein paar Lehmhütten und so etwas Ähnliches wie eine Straße aus rotem Schlamm, wo nach Einbruch der Dunkelheit die jungen Burschen herumhingen, die, so hatten sie beiläufig erzählt, als Kinder getötet hatten wie alle anderen auch, es war ihnen, sagten sie, nichts anderes übrig geblieben, man hatte sie einfach mitgenommen, ihnen Waffen in die Hand gedrückt und jede Menge Drogen, aber jetzt waren sie erwachsen und das Leben ging unaufhörlich weiter, und weil Samstag war, hatten sie es sich wie immer bequem gemacht auf der verrosteten Karkasse eines ehemaligen Fahrzeugs wie auf den Stufen eines antiken Theaters in Epidauros oder Athen, an einer Autobatterie hingen ein Videorekorder und ein Fernseher, und während die Leuchtkäfer aus den Tiefen des Dschungels auch sie umschwirrten, sahen die Burschen, wie Chuck Norris als Walker, der Texas Ranger, mit Cowboyhut in den 1990er-Jahren irgendwelche Bösewichte durch Dallas jagte, weshalb den Burschen aus dem Bong County die Stadt Dallas schon ebenso vertraut gewesen sein mochte wie der Regenwald jenseits dieser roten Straße. Aber da sie nur diese eine Kassette hatten, sprang Chuck Norris immer wieder von denselben Dächern, und als ich dann mitten in der Nacht aufwachte, allein und vollständig bekleidet auf einer nackten Matratze in der Hütte des Dorfvorstehers, ein alter Bekannter von Tim, der zuständig war für die Beherbergung von unbewaffneten Fremden, glaubte ich zu hören, wie Tim, der in irgendeiner anderen Ecke gelegen haben musste, in seinem merkwürdigen Oxford English allerlei Scherze machte, zum Beispiel, dass doch schon Heraklit wusste, dass man nicht zweimal vom selben Dach springen kann, was allerdings natürlich nicht für Chuck Norris gelte, und im liberianischen Regenwald sei ohnehin jederzeit mit allem zu rechnen, das hatte ich Tim sagen gehört, obwohl er wahrscheinlich schlief, und dann fragte ich mich, was er eigentlich fotografiert hatte, als er dagestanden hatte im Gestöber der leuchtenden Projektile.

Wahrscheinlich, dachte ich, hatte er die Nacht fotografiert und den Auftritt der Geister von Chuck Norris sowie von alt gewordenen Kindern mit Macheten in der Hand, und womöglich fotografierte er auch die Schatten von August Thyssen und Friedrich Krupp, mit denen im Bong County der Fortschritt, der Reichtum und das Elend begonnen hatten, wenn man von der American Colonization Society mit Sitz in Washington D.C. einmal absah, was man eben so denkt morgens um halb fünf mitten im Dschungel, der alles überwuchert, und als Allererstes überwuchert er natürlich die Gedanken, und was war, so dachte ich ebenfalls in dieser Nacht, eigentlich mit dem Geist von Jewel Howard-Taylor, der Ex-Frau von Charles

Taylor, die, obwohl tatsächlich aus Zorzor gebürtig, sie hier im Bong County, zur Senatorin gewählt hatten?

Mit ihr hatten wir gerade erst einen reizenden Vormittag verbracht im soeben wieder schick gemachten Capitol Building von Monrovia, wo wir in einem Anfall von infantiler Lust in der Eingangshalle über den Marmorboden geschlittert waren wie über das Eis auf einem zugefrorenen See, insgesamt war unser Besuch bei Howard-Taylor für Körper & Geist allerdings auch nicht zuträglicher als der Dschungel, dennoch: reizender Vormittag, reizende Gesellschaft, Sahnetortenkleid aus rosa Damast, gewesene Schönheitskönigin, zwei Bachelor-Abschlüsse in Wirtschaft und in Bankenwesen und demnächst, sagte sie, sollte noch einer in Jura dazukommen, Charisma, Intelligenz, Humor, für die Zukunft die herrlichsten Visionen und für die Vergangenheit nichts als Erinnerungen in Pastell, an der Wand ihres Büros hingen gemeinsame Fotos mit Hillary Clinton, die Tim und ich mit aufrichtigem Interesse betrachteten, Howard-Taylor und Rodham Clinton waren damals beide First Ladies und ihre Ehemänner Präsidenten ihrer jeweiligen Nation. Inzwischen stand Charles Taylor jedoch wegen Kriegsverbrechen, Verbrechen gegen die Menschlichkeit, Vergewaltigung und Mord in Den Haag vor Gericht, und auch dort trug er noch immer goldene Manschettenknöpfe und eine teure Uhr, allerdings hatte seine Gattin die Scheidung eingereicht, schon gleich, nachdem die Vereinten Nationen einen Haftbefehl gegen ihn ausgestellt hatten, auch wenn sie ihn, wie sie uns versicherte, immer noch liebte, yes, I truly love him, and I always will. Sie saß vor uns an ihrem Schreibtisch in ihrem Sahnetortenkleid, ein Christus-Bild in nicht weniger zarten Farben schwebte über ihrem Kopf, und wir waren tatsächlich für einen Moment bereit, ihr jedes Wort zu glauben, auch dass das gesellschaftliche Leben schwer war als Gattin eines Kriegsverbrechers, Mörders und Vergewaltigers, das UN Sanctions Committee hatte sogar ein Reiseverbot gegen sie verhängt, weshalb sie empört rief: ein Reiseverbot!, für mich! man stelle sich das nur vor! Schon etwas ganz anderes war es hingegen, die *Ex*-Gattin eines Kriegsverbrechers, Mörders und Vergewaltigers zu sein, und hoffentlich, so sagte sie, sahen auch die Vereinten Nationen das bald ein, und da sie jedenfalls sicher war, dass sie viel Gutes tun konnte für ihr Land mit all ihren Bachelor-Abschlüssen und ihren Visionen von Gerechtigkeit und von Frieden, hatte sie sich entschlossen, erst einmal Senatorin zu werden, so hatte ja auch ihre Freundin Hillary Clinton ihren Weg begonnen. Einer ihrer Kollegen im Senat war jetzt übrigens ein gewisser Prince Johnson, von dem Videobänder kursierten, wie er den Vorgänger von Charles Taylor zu Tode gefoltert hatte, jetzt aber *diente* er ebenfalls als Senator, wie man zumindest im Englischen so schön sagte, und an diesem reizenden Vormittag saß er wahrscheinlich nur ein paar Meter von uns entfernt im nächsten oder im übernächsten Büro auf demselben Flur, aber eigentlich wollte er nicht nur Senator sein, sondern natürlich wollte er Präsident werden, so wie auch Hillary Clinton und Jewel Howard-Taylor unbedingt Präsidentinnen werden wollten, wobei es Howard-Taylor, anders als der Kollege Folterspezialist und als ihre amerikanische Freundin, viel später immerhin schon einmal ins Vize-Präsidentinnen-Amt schaffen sollte, und vielleicht war das dann noch nicht alles, womöglich werden wir in der Zukunft noch viel mehr von Jewel Howard-Taylor hören, die Welt, zumindest die aufgeklärte, liebt tatkräftige Frauen in verantwortungsvollen Positionen. An diesem reizenden Vormittag hörten wir jedenfalls die hübschesten Geschichten, zum Beispiel von Howard-Taylors Einsatz für die Erniedrigten und Beleidigten, die Kranken und die Schwachen, und zwar schon zu ihrer Zeit als First Lady, auch wenn der Gatte gleichzeitig noch so viele Grausamkeiten begangen haben mochte, angeblich sogar zu Hause im ehelichen Heim, einer herrlichen Villa namens White Flower, die inzwischen allerdings auch nur noch eine verschimmelte Bruchbude war. Aber wo war Madame, sagte Tim später, wenn der Hausherr im Wohnzimmer einmal ungestört jemanden vergewaltigen oder aufschlitzen wollte oder beides, wahrscheinlich hielt Madame so lange im berühmten John F. Kennedy Medical Center, von dem sie ständig sprach, irgendjemandem die Hand, oder sie war, wie wiederum ich vermutete, einfach im Zimmer nebenan versunken ins Studium für ihren nächsten Bachelor-Abschluss und informierte sich eingehend über Wesen und Grundlagen öffentlicher Gesundheitsvorsorge und allgemeiner Wohlfahrtspflege, immerhin war sie mittlerweile Vorsitzende eines entsprechenden Ausschusses des Senats, und wahrscheinlich machten Tim und ich noch jede Menge weiterer verzweifelter Bemerkungen und dann versuchten wir ein sarkastisches Lachen. Half aber nichts, half leider gar nichts, denn das Schlimmste war, dass wir dieses Juwel von einer treuen Gattin beide trotz allem mochten, aber so war das einfach, es war eben so, ein reizender, ein ganz und gar monströser Vormittag, Tim machte ein hübsches Foto, eine schöne Frau in einem Kleid aus rosa Damast und über ihrem Kopf ein Christus-Bildnis in ebenso zarten Farben. Dann schlitterten wir noch einmal über den See aus Marmor, bevor wir uns auf den Weg machten in Richtung Dschungel, zwei Fremde, zwei Verschwörer, die aufeinander angewiesen waren, um irgendwie Ordnung ins Herz und ins Hirn zu bringen, wenn sich das Karussell, nachdem jemand den Maschinisten erschossen hatte, immer schneller und schneller drehte, und deshalb redeten wir und redeten, wir redeten den ganzen Tag, um uns zu vergewissern, dass wir nicht auch schon vollkommen plemplem geworden waren, und schließlich hörte ich Tims und auch meine eigene Stimme sogar noch mitten in der Nacht.

Oxford English und Englisch mit mutmaßlich schwäbischem Einschlag, mehr Halt war hier nicht zu erwarten.

Wie konnte es sein, sagte ich dann auch irgendwann in einer Anwandlung von Selbstvorwürfen zu Tim, dass ich General Eagle umarmt hatte, den ehemaligen General Eagle, ein trauriger, ein verlorener junger Mann, auch er ein einstiger Anführer einer Miliz von Kindern, der uns irgendetwas von der Liebe zu seiner Mutter erzählt hatte, aber wahrscheinlich hatte er sie trotzdem eigenhändig getötet, und jetzt irrte er hungrig durch Monrovia, durch diese Stadt aus Schimmel und Schuld, und später schrieb er mir E-Mails mit lauter Worten, die für niemanden Sinn ergaben außer für ihn selbst, und am Ende schloss er mit yours sincerely former General Eagle, jedenfalls hätte ich ihn nicht umarmen sollen, ein Übergriff, ein abgeschmackter Impuls, eine schlechte Gewohnheit, eine verlogene Geste, das sagte ich mehr als einmal zu Tim. Es war Nachmittag, ich hatte mich hingelegt vor lauter Erschöpfung und Tim saß auf einem Stuhl vor meinem Bett, und natürlich hatte auch er sich immer wieder verschwistert mit irgendwelchen Leuten, mit denen sich zu verschwistern bestenfalls absurd und schlechtestenfalls ekelhaft war, aber dann verbringt man Stunden miteinander oder sogar Tage, das halbe Leben kommt zur Sprache, und ständig geht es um alle ersehnten Himmel und um alle möglichen Arten von Höllen, und plötzlich, so sagte Tim, bist du Mitbewohnerin oder Mitbewohner in den Privatuniversen und in den ureigenen Abgründen derer, mit denen du gerade zusammen bist, und du bist der beste Freund oder die beste Freundin eines General Eagle, der Ex-Gattin eines Monsters oder zum Beispiel auch der neuen Polizeipräsidentin von Liberia, einer korpulenten Frau mit Sonnenbrille in einer Uniform mit reichlich goldenen Tressen, die aussah wie die Anführerin eines Obristenregimes aus den 1970er-Jahren.

Mit ihr waren wir in einem russischen Militärhubschrauber über einen unendlichen Ozean von Baumwipfeln geflogen, um irgendwo im dunkelgrünen Nichts ein kurz zuvor hastig errichtetes Gefängnis zu inspizieren, aus dem die Hälfte der Insassen in den Dschungel entkommen war, und auf der abgelegensten aller Polizeistationen stand eine Handvoll Männer vor ihrer Oberbefehlshaberin stramm, sie gab ihnen irgendein Kommando und die Männer riefen Yes, Sir!, bevor sie sich korrigierten und Yes, Ma'am! riefen, und zwei oder drei Tage später begegneten wir ihr wieder im von Chinesen erbauten Fußballstadion in Monrovia bei der größten studentischen Abschlussfeier in Liberias Geschichte. Die Polizeipräsidentin trug jetzt einen schwarzen Talar samt viereckigem Hut, wie ihn auch amerikanische Studenten bei ihrer Abschlussfeier tragen, und wie die anderen zweieinhalbtausend, die heute hier ihre Urkunden erhielten, Junge und noch viel mehr Ältere, Gesunde, Versehrte, Einarmige mit Stümpfen unter den Talaren, Einbeinige auf ihren Krücken, alle waren sie irgendwann einmal Studenten und Studentinnen gewesen, bevor zwei Jahrzehnte zuvor sämtliche Universitäten schlossen, und inzwischen hatten die ehemaligen Studentinnen und Studenten Krieg erlebt, Elend und Tod, viele waren Täter geworden und zugleich Opfer, andere waren gerade erst heimgekehrt nach einer halben Ewigkeit in Flüchtlingslagern oder wo auch immer sie versucht hatten, die Jahre zu überstehen. Aber jetzt spielte eine Blaskapelle mit verbeulten Instrumenten das Halleluja von Händel und die

Staatspräsidentin, die neue Staatspräsidentin, die nun mit mütterlicher Strenge versuchte, ihr Land wenn schon nicht zur Vernunft zu bringen, dann wenigstens zu halbwegs zivilisiertem Benehmen, überreichte jedem und jeder Einzelnen das schon vor vielen Jahren verdiente Diplom. Auch die Polizeipräsidentin, die vor nicht allzu langer Zeit zurückgekehrt war aus der Emigration in New Jersey, wo sie Lehrerin gewesen war, hatte sich zur Entgegennahme ihrer Urkunde mit allen anderen in die Schlange gestellt, und außer sich vor Begeisterung und Stolz warf sie mir ein paar Kusshände zu und ebenso viele Kusshände warf ich ihr zurück, sodass sich Tim in seinem in der Mittagshitze triefnass geschwitzten weißen Hemd duckte unter all den Küssen, die durch das Fußballstadion flogen, leider landete die Polizeipräsidentin trotz des Bachelor-Abschlusses, dessen auch sie sich seit diesem Tag rühmen konnte, später vor Gericht, sie hatte Gelder für die Uniformen ihrer Truppe in die eigene Tasche gesteckt, denn was Obristen können, können Obrist*innen* schon lange.

Aber Tim und ich waren kurze Zeit später schon wieder irgendwo anders mit unseren Sympathien und unserem Entsetzen und auch mit dem, was wir *nicht* voneinander wussten und wovon wir *nicht* sprachen, wir kannten uns ja nicht und hatten uns zuvor nur ein einziges Mal gesehen, und ich wusste fast nichts von dem, was Tim mitgebracht hatte aus irgendeiner Ferne in Raum und Zeit, und ebenso wenig wusste er von mir. Was war denn nun in der Goethestraße, in Brooklyn, Cambridge, Oxford und in den Schluchten der Schwäbischen Alb, ja, was ist dort eigentlich gewesen, und was ist geschehen mit der englischen Verwandtschaft, die Tim lange schon hinter sich gelassen, aber von der er immerhin zu erzählen begonnen hatte, eines Abends im liberianischen Dschungel, als wir einander eingeladen hatten, für einen kurzen Moment auch die Winkel in unserem Inneren zu betreten, aber nur kurz, nur ganz kurz, denn auch dort wohnten lauter Drachen und Löwen.

Lieber sprachen wir also wieder über etwas anderes, zumal wir erst am Anfang waren, aber vielleicht, dachte ich damals, waren wir auch schon wieder kurz vor dem Ende, denn ob dies womöglich nicht nur das erste, sondern auch das letzte Mal sein sollte, dass wir miteinander unterwegs sein würden, lag in der Hand des Allmächtigen respektive des kaum weniger mächtigen Chefredakteurs, wobei Tim allerdings ein um das andere Mal erneut betonte, dass er zumindest von Liberia nun endgültig genug hatte und dies definitiv sein allerletzter Aufenthalt hier gewesen sein werde, egal, was der Chefredakteur in Zukunft beschließen mochte, womit Tim schließlich recht behalten sollte, ja, er behielt leider vollkommen recht, auch wenn dabei keineswegs von so etwas wie einer Vorahnung die Rede sein konnte, denn mit Vorahnungen hatten wir grundsätzlich nicht das Geringste zu tun. Allerdings quälten uns womöglich den halben Tag und während der ganzen Nacht immer wieder merkwürdige Gedanken, so stand ich einmal, kurz bevor ich mich zu irgendeinem Auftrag auf den Weg machen sollte, in Berlin in einem Geschäft und entschied mich gegen die Anschaffung eines schönen neuen Kleides, weil ich plötzlich zu ahnen meinte, ich würde wahrscheinlich nicht mehr zurückkehren und das Kleid niemals tragen, aber natürlich hatten wir keine Lust, uns jagen zu lassen von solchen Gespenstern, schließlich ist die Vorahnung nichts anderes als in den Mantel der Bedeutsamkeit gehüllte Furcht, und wer wollte schon akzeptieren, dass es ihm von irgendeiner Macht vorherbestimmt wurde, vor der Zeit zu sterben, und so war Tims Ankündigung, dass er nun nicht noch einmal nach Liberia zurückkehren würde, wohl nicht mehr als ein Ausdruck allgemeiner Müdigkeit und generellen Zweifels, und es ging nicht um seinen bevorstehenden Tod, sondern um irgendetwas anderes, von dem ich nicht genau wusste, was es eigentlich war, auch wenn ich ihn immer wieder gefragt hatte, aber die Antwort war immer dieselbe: es sei jetzt einfach genug.

Tatsächlich dauerte es dann auch nicht mehr lange, und statt vielleicht doch noch ein weiteres, ein womöglich allerallerletztes Mal nach Liberia zu reisen, landete Tim bekanntlich schon wenig später für alle Ewigkeiten im englischen Nichts, wo es womöglich auch nicht viel besser war als in Monrovia, Gbarnga, Zorzor und von mir aus auch im Bong County, oder vielleicht war es das ja doch, aber auch wenn wir über das englische Nichts rein gar nichts wissen, so lässt sich immerhin mit einiger Sicherheit sagen, dass dort, anders als in Liberia, nicht die halbe Welt damit beschäftigt war, dafür zu sorgen, dass alles besser wurde, und weil hier ja sogar ganz bestimmt alles besser wurde, waren auch wir schließlich gekommen, egal, ob wir selbst an die Verbesserung der Welt glaubten oder nicht, und abgesehen von den Müllbergen, den Scheißhaufen, den schäbigen Hütten und den zerschossenen Gebäuden, schneeweiß lackierte UN-Militärfahrzeuge und Friedensstifter überall, auch sie machten ihre Arbeit, gemäß den Aufgaben und Kompetenzen ihrer jeweiligen Besoldungsgruppe sowie unter Berücksichtigung der unterschiedlichsten wirtschaftlichen und geostrategischen Interessen. Was hingegen die Burschen mit den blutunterlaufenen Augen, den Panzerfäusten und den Macheten betraf, mit denen Tim einst rumgehangen hatte, aus Neugier vielleicht oder aus einem anderen undurchsichtigen Grund, so mochten viele von ihnen noch immer nicht glauben, dass es für sie nichts mehr zu gewinnen gab, und anders als der ehemalige General Eagle, der wusste, dass er am Ende war, hatten sie sich zurückgezogen in irgendein Herz der Finsternis, zu Marlon Brando als Colonel Kurtz, zu irgendeinem für immer und ewig halbwüchsigen General Schweinebacke oder zu wem auch immer, wobei es sich höchstwahrscheinlich nicht um ein *Herz* der Finsternis handelte, sondern eher um ein *Gedärm*, und klar war, dass die Burschen nicht für immer in ihren Mördergruben bleiben würden, vielmehr erschienen sie regelmäßig plötzlich wieder irgendwo auf der Bildfläche, und anschließend waren jedes

Mal so und so viele, auf die sie es aus irgendeinem Grund abgesehen hatten, tot.

Aber für alle Fälle hatte die Weltgemeinschaft zum Beispiel in Gestalt der Chinesen zur Herstellung irgendeiner Ordnung jetzt überall Militärstützpunkte, sogar mitten im liberianischen Regenwald, mit Wachtürmen und Propagandaspruchbändern, Stacheldraht und roten Plastiklampions mit goldenen Quasten, die gute Nachrichten symbolisierten und allgemeines Glück, worin auch immer das im Dschungel bestand, und leider hatten wir vergessen, uns darüber Auskunft geben zu lassen, als die Chinesen uns eine Reihe von *hochinteressanten* Gerichten serviert hatten, deren Bestandteile wir ebenso wenig identifizieren konnten wie die Geräusche der Wildnis, wohingegen übrigens für das indische Frauenbataillon, das in Monrovia, wie es hieß: zur Terrorabwehr stationiert war, tiefgekühlte deutsche Butter eingeflogen wurde sowie Milch von mutmaßlich schwer depressiven niedersächsischen Kühen, das herrliche, das berühmte indische Frauenbataillon, das alle immer so gerne fotografierten, am liebsten vor seinen mächtigen vierachsigen Radpanzern, die weißer waren als Jasmin.

Auch Tim hat die Inderinnen in ihren Kampfanzügen und mit ihren Haarnetzen fotografiert, denn der Chefredakteur würde wahrscheinlich nach den Inderinnen fragen, weil wir, wie er stets betonte, unbedingt Geschichten über Frauen brauchten, denn Frauen waren es, die die Auflage retteten, und deshalb sagten die Eis-Enten aus der Anzeigenabteilung, er sollte zwecks Motivierung der

Leserinnenschaft auch öfters einmal verkünden, Frauen seien nicht nur sowieso irgendwie super, sondern sie retteten sogar die Welt, wobei zum Beispiel die Inderinnen zu dergleichen höchstwahrscheinlich keine Lust hatten und meine weibliche Wenigkeit übrigens auch nicht, die Einzige, die sich in Sachen Weltrettung für zuständig und überdies auch für in der Lage hielt, war wahrscheinlich Jewel Howard-Taylor, allerdings hatte auf deren Rettungsmaßnahmen wiederum die Welt womöglich keine Lust. Die Inderinnen hingegen versuchten mit ihren sogar noch weißer als jasminblütenweißen Radpanzern, ihren Maschinengewehren, ihren Granatwerfern und ihren Schlagstöckchen wenigstens diejenigen in Schach zu halten, die wegen eines gestohlenen Huhns oder wegen eines verlorenen Fußballspiels von einer Sekunde zur nächsten vollständig durchdrehten, mir nichts, dir nichts ihr gesamtes Stadtviertel in Schutt und Asche legten und jeden, den sie erwischten, *halb* tot schlugen oder womöglich sogar *ganz*, denn so waren sie es nun einmal seit einer halben Ewigkeit gewohnt, und wahrscheinlich waren sie auch selbst schon längst so gut wie tot. Aber dass dann plötzlich schwer bewaffnete Frauen auftauchten, die zudem völlig fremdartige Gesichter hatten und auch sonst in nichts den uniformierten Schlägern ähnelten, mit denen die Leute es hier bisher zu tun hatten, war immerhin neu und hatte eine gewisse Wirkung, und so wichen sie meistens zurück und trollten sich in die Mägen der Stadt, bevor sie irgendeine Wut, eine Verzweiflung, eine Hoffnungslosigkeit erneut auf die Straßen spuckte, und dann rückten die Inderinnen abermals aus und so immer weiter, und zwischendurch verkochten sie die deutsche Butter in sehr langwierigen Prozeduren über offenem Feuer zu indischem Ghee, aber auch dabei blieben sie selbstverständlich stets wachsam und in alle Richtungen hatten sie Augen, wie einst der Buddha auf dem zusammengebrochenen Stupa von Bodnath.

Denn auch hier in der Stadt war jederzeit mit allem zu rechnen, und deshalb standen wir eines sehr schwülen Spätnachmittags auf dem Dach der ganz und gar skelettierten und von schwarzem Schimmel überzogenen Hochhausruine des ehemaligen Intercontinental auf dem Ducor Hill am höchsten Punkt von Monrovia, wo wiederum eine Handvoll Blauhelmsoldaten aus verschiedenen Schluchten des Balkan postiert waren, namentlich aus Serbien und aus Bosnien-Herzegowina, die einst ihrerseits damit beschäftigt gewesen waren, sich gegenseitig zu massakrieren, sodass auch auf dem Balkan Blauhelme für Ordnung sorgen mussten, damals unter anderem von den Fidschi-Inseln und aus Island. Jetzt aber wachten die Serben und die Bosnier hier oben gemeinsam mit zwei oder drei Pakistanern, wobei Letztere ebenso wie die Bosnier meist im trostlosen Inneren der Ruine blieben, denn wahrscheinlich, so dachte ich, fürchteten sie sich vor dem Blick in den Abgrund oder womöglich sogar in ein nicht weiter spezifiziertes Nichts. Aber auch sie hielten die Stellung, damit nicht irgendwelche Finsterlinge auf die Idee kamen, das Treppenhaus zu stürmen, um dann Monrovia von hier oben zu beschießen, während die Serben wiederum vom Dach aus Ausschau hielten nach dem etwaigen Ausbruch von Massakern unten in der Stadt, wofür ihnen Tim ohne mit der Wimper zu zucken auf feinste englische Art Komplimente machte, zweifelsohne, sagte er, waren die Herren Serben, was Massaker betraf, vom Fach, was diese wiederum fröhlich bestätigten, ja, antworteten sie mit ihrem butterweichen slawischen Akzent, wir kennen uns in jeder Hinsicht bestens aus.

So rauchten und scherzten wir eine ganze Weile, beziehungsweise war es natürlich so, dass nur die Serben rauchten, und sowohl Tim als auch ich begnügten uns inzwischen aus gesundheitlichen Gründen mit billigen Sprüchen, wobei es natürlich besser gewesen wäre, wenn Tim wenigstens erst zehn oder zwanzig Jahre später, aber dann trotzdem noch lange vor der Zeit, beispielsweise an Lungenkrebs verstorben wäre, anstatt schon kurz darauf in Misrata zerfetzt zu werden von der Granate eines schwachsinnigen Gaddafi-Getreuen, eines minderbemittelten Milizionärs oder eines dämlichen Dschihadisten, ich weiß ja bis heute nicht, wer es war, der damals auf Tim feuerte, denn sie hatten aus *allen* Richtungen geschossen. An diesem Nachmittag waren jedenfalls sowohl die Serben als auch Tim und ich bester Laune, als vom Meer, das jetzt ebenfalls so schwarz war wie Schimmel auf Beton, unvermittelt ein Gewittersturm herüberzog, schon peitschten lose Kabel und Drähte durch die Luft, die Glasscherben, mit denen das Dach übersät war, setzten sich in Bewegung und schmirgelten über den Boden aus nacktem Beton, während sich ganz Monrovia in dichten Regen und schwere und immer wieder von Blitzen beleuchtete Wolken hüllte, und ich hätte schwören können, dass das Hochhausskelett bei jedem Donnerschlag schwankte, aber wahrscheinlich schwankte nicht der Beton, sondern ich war es, die schwankte, während Tim mit einem der Serben ganz vorne an der Kante stand, als seien sie bereit zum Abflug mit der nächsten Böe, weshalb ich versuchte, Tim zurückzurufen, aber weder er noch der Serbe konnten mich hören. Es waren jetzt nur noch fünf Minuten bis zum Weltuntergang, dachte ich, und irgendetwas in dieser Art habe ich wohl auch gerufen, worüber die Serben neben mir jedoch erneut lachten, Madame, brüllten sie in den Lärm der Donnerschläge, der kratzenden Glasscherben und des prasselnden Regens, keine Ahnung, wie lang es bis zum Weltuntergang ist, aber bis zum Feierabend sind es sogar noch weniger als fünf Minuten, Wachablösung in Kürze, und ohnehin ist dies kein gutes Wetter für Massaker oder für den Beschuss der Stadt. Und so war für diesen Tag entgegen dem Anschein alles in bester Ordnung, selbst die vorgeschriebenen Dienstzeiten wurden eingehalten, und die Welt konnte ja auch gar nicht untergehen, wenn alles wieder auf Anfang und auf Rettung stand, weshalb ich mich ein wenig schämte, dass ich mich hatte beeindrucken lassen vom Lärm der Elemente und von der Schwärze des Himmels, schließlich scherte das bisschen Apokalypse vor dem Feierabend hier wirklich niemanden, außer vielleicht den ehemaligen General Eagle. Denn der fürchtete, so hatte er mir erzählt, nach allem, was geschehen war, nun die Rache nicht nur des Donnergottes, sondern auch die von soundso vielen anderen Göttern und Geistern, überdies rechnete er fest damit, dass all die Getöteten eines Tages auferstehen würden, und dann Gnade uns allen, hatte er gerufen, denn wer weiß, wozu ihr Zorn sie treiben und wie blutig ihre Vergeltung werden würde, und auch wenn das die Furcht des ganz und gar unzurechnungsfähigen ehemaligen General Eagle war, so fragte ich mich das natürlich auch, und zwar nicht nur morgens um halb fünf, sondern auch zu allen möglichen anderen Zeiten des Tages und der Nacht.

Aber wenigstens hatte man die Leichen, die die verschiedensten Milizen und Privatarmeen an den staubgrauen Stränden der Stadt verscharrt hatten, als wäre ganz Monrovia so etwas wie die Toteninsel vor der Bronx, inzwischen weggeräumt, auch wenn sie dann dereinst wahrscheinlich irgendwo anders wüteten. Dafür waren an den Stränden jetzt überall Schilder aufgestellt worden mit rot durchgestrichenen Piktogrammen von Gestalten in der Hocke mit nackten braunen Hintern, um den Leuten klarzumachen, dass sie nicht in den Sand kacken sollten, was durchaus ein weiterer Fortschritt hätte sein können, allerdings nur in der Theorie, allein schon, weil der längste Strand der Stadt zu Clara Town gehörte, dem größten Slum Monrovias, zu dem man ausgerechnet über den United Nations Drive gelangte und wo auch George Weah aufgewachsen war, ehemaliger Fußballstar des AC Mailand sowie von Paris Saint-Germain, der später Senator und schließlich sogar liberianischer Präsident werden sollte, für die hundertfünfzigtausend Bewohnerinnen und Bewohner von Clara Town gab es jedoch nach wie vor nicht ein einziges Klo.

Aber vielleicht gab es auch Clara Town bald nicht mehr, denn nur ein paar hundert Meter weiter am Somalia Drive, auch dies eine Piste aus der üblichen roten Erde, waren bereits junge Männer mit Vorschlaghämmern und Äxten vorgerückt, und alles, was nach Elend aussah und nach Armut, schlugen sie systematisch kurz und klein, nicht dass das die auferstandenen Toten gewesen wären und es war auch nicht morgens, sondern *nachmittags* um halb fünf, und selbst wenn die Kulturtechniken sich ähnelten, so ging es in diesem Fall nicht um den Ausdruck von Frust über ein verlorenes Fußballspiel oder um Rache für ein gestohlenes Huhn und ebenso wenig waren die Anführer irgendwelche Burschen mit blutunterlaufenen Augen. Vielmehr war dies eine offizielle Maßnahme der Stadtverwaltung von Monrovia und die Kommandos gab Mary Broh, genannt Mary Break-It, die neue Bürgermeisterin, eine alte Schulkameradin der ebenfalls neuen Präsidentin, auch Broh war gerade erst zurückgekehrt nach Jahren der Emigration in Manhattan, wo sie einen Job im Textilgewerbe des Garment District hatte in unmittelbarer Nähe des herrlichen Bryant Park, und so litt sie umso mehr darunter, dass es in ihrer alten Heimatstadt selbst ohne Leichen an den Stränden leider doch noch immer viel, viel schlimmer aussah als in der Bronx zu deren allerschlechtesten Zeiten, weshalb die Bürgermeisterin sich nicht scheute, ebenfalls mit einem Vorschlaghammer in der Luft herumzufuchteln und ihren Freiwilligentrupp dazu anzutreiben, sich zu beeilen. Es musste hier endlich aufgeräumt werden, und zwar jetzt!, und die schäbigen Wellblechhütten, die Bretterbuden, die improvisierten Autowerkstätten mit ihren rostigen Ersatzteilen und natürlich auch die windschiefen Holzgestelle, auf denen Marktfrauen gebrauchte Unterwäsche und verkohlte Fische feilboten – das alles sollte augenblicklich verschwinden, hau weg den Scheiß, so konnte man es natürlich auch machen, und die zukünftigen Fußballstars ebenso wie die zukünftigen Präsidenten, die hier jetzt noch irgendwo in den Sand kackten, konnten nun einmal woanders ihr Glück suchen, im Herzen der Finsternis zum Beispiel respektive in deren Gedärm. Und während die gesamte Nachbarschaft auf dem Somalia Drive zusammenlief und fluchte und kreischte und der zu allem entschlossenen Bürgermeisterin sowie deren Vollstreckern die Pest an den Hals wünschte und die Cholera gleich dazu, stand Tim da mit seiner gänzlich unzeitgemäßen analogen Mittelformatkamera, die er ungefähr auf Höhe des Zwerchfells hielt, wenn er von oben in den Sucher blickte, und mit viel zu langsamen Fingern musste er die Rollfilme mit der geradezu lächerlich geringen Anzahl von nur zwölf Bildern im Format sechs mal sechs alle paar Minuten wechseln. Aber aus irgendeinem Grund war er nun einmal auf die Idee verfallen, dem Drama und dem Chaos, das sich in Liberia überall offenbarte, fast mit dem Gleichmut eines Malers, oder besser sogar: mit dem Fatalismus eines Spielers zu begegnen, und so beobachtete er, wie auf dem quadratischen Stück Glas im Inneren des Suchers aus dem Durcheinander auf der Straße jeweils für den Bruchteil einer Sekunde Bilder wurden, die noch im selben Augenblick wieder verschwanden und die er deshalb niemals wirklich unter Kontrolle haben konnte, aber in irgendeinem Moment drückte er ab: ein magischer Vorgang, auch das wieder eine Sache mehr des Zufalls als des eigenen Willens, die Welt blieb stehen, das Karussell hörte auf, sich zu drehen, und auf dem Foto blieb alles für immer so, genau so.

Derweil hatte das Verschönerungskommando schon bald sämtliche Trümmer aus Elend & Armut zu einem riesigen mittelalterlichen Scheiterhaufen aufgetürmt, den die Bürgermeisterin mit eigener Hand in Flammen aufgehen ließ, und so fotografierte Tim eine Art Hölle von Hieronymos Bosch, und auf den Fotos blieb sie jetzt Hölle für immer, am Somalia Drive war das Feuer allerdings schnell heruntergebrannt und sofort zogen Mary Broh und ihr Trupp samt Äxten und Vorschlaghämmern auf der Straße des Elends weiter, zum nächsten feierlichen Autodafé im Namen irgendeines Glaubens an Wohlstand & Glück. Aber auch wenn die Marktfrauen nun ihre Stände und die Schrauber ihre Werkstätten verloren hatten, sah es am Somalia Drive nun noch immer nicht aus wie im Bryant Park in Manhattan, und trotz der wildesten Anstrengungen und obwohl hier alle das getan hatten, was sie für ihre Arbeit und für ihre Aufgabe hielten, folgte auch auf diese Hölle wieder kein Paradies, und auch an diesem Abend rief Tim immer wieder, dass es nun genug war, mir reicht es hier, das sei das allerletzte Mal gewesen und hoffentlich sei er bald weg, sodass ich dachte, er wollte mich augenblicklich verlassen, weshalb ich meinte, ich müsste auf der Stelle verzweifeln, denn was hätte ich ohne seine Stimme und ohne sein Oxford English getan, und wie hätte ich in mein Herz und in mein Hirn jemals wieder irgendeine Ordnung bringen können, wenn alles, was hier geschah, nach sämtlichen uns vertrauten Maßstäben vollkommen irre war und absolut folgerichtig zugleich.

Inzwischen hörte ich nicht nur selbst mitten in der Nacht Tims Stime, ich kannte die Bewegungen seines Geistes ebenso wie die seines Körpers und hatte gesehen, dass er, anders als ich, ohne die Fersen zu heben, tief in die Hocke gehen konnte, die Knie beinahe in den Achselhöhlen, den Hintern fast auf dem Boden, schließlich hatten wir alle möglichen Körperhaltungen ausprobiert, im Inneren des verschimmelten Hochhausskeletts des Intercontinental gemeinsam mit den dort wachhabenden Pakistanern, denn viel anderes als zu hocken, zu kauern, zu sitzen, zu lungern hatten die Blauhelme dort nicht zu tun, und natürlich wusste ich auch, wann Tim fand, wir müssten vorsichtig sein, worüber er sich ärgerte und worüber er sich amüsierte, und all das wusste er auch von mir, und zum Glück ist er doch geblieben, bis auch unsere Arbeit erledigt war und wir alle möglichen Scherben und Lumpen zusammengeklaubt hatten von den Abfallhaufen der Wirklichkeit für einen wahrheitsgemäßen Bericht.

Erst dann saßen wir irgendwann nebeneinander in der Maschine einer belgischen Fluglinie auf dem Weg nach Brüssel, mittlerweile roch nicht nur unsere Haut, sondern wahrscheinlich rochen auch all unsere Organe nach Verfall, aber gleichzeitig auch nach einer Vitalität, die uns trotz aller Erschöpfung erfasst hatte, zu unserer Überraschung und auch zu unserem Erschrecken.

Wir flogen in Richtung Norden, zurück in die Alte Welt, eine merkwürdig schweigsame Nacht, in der wir beide nicht viel schliefen, und da Tim plötzlich aufgehört hatte zu sprechen, wusste ich nicht, wo er jetzt war, vielleicht war er schon in Brooklyn, in Lagos, in Afghanistan, ich jedoch war überall und nirgends, über den Wolken und immer noch in Moder und Dreck, respektive in einem Klassenzimmer in Monrovia, wo uns noch am Morgen Pastor Brown mit Speiseöl aus einer Plastikflasche die Stirn gesalbt hatte, und ganz sicher, so hatte Tim lachend bemerkt, waren wir seither beide unsterblich, immerhin.

Pastor Brown. Noch so ein alter Bekannter von Tim. Und noch so ein ehemaliger Anführer eines Kindersoldatentrupps, der sich vom Teufel befreit hatte und neuerdings Priester und Chef seiner eigenen Pfingstkirche war, wochentags predigte er auf der Straße, am Sonntag jedoch versammelte er seine Gemeinde in diesem Klassenzimmer einer Schule am Rand der Stadt, das ganze Gebäude erbebte von Halleluja-Rufen und von Gesang und Tanz, denn in jedem einzelnen der Räume erflehte ein anderer selbst ernannter Priester für sich und für seine Gemeinde Geld, Glück und den Segen des Herrn, und wenn die Priester Mörder und Kriegsverbrecher waren, dann umso besser, denn der Allmächtige hatte in seiner Güte an ihnen ein Exempel statuiert und dank seiner waren sie jetzt auf dem richtigen Weg, und auch ohne tausend Jahre im Gefängnis abgesessen zu haben, waren sie nun besser in die Gesellschaft eingegliedert als je zuvor. Wir hingegen wussten längst nicht mehr so genau, was der richtige Weg war, in dieser Hinsicht ebenso wenig wie in jeder anderen, für Liberia, für uns selbst, für wen auch immer, und schon gar nicht, ob ausgerechnet Pastor Brown der Richtige war, irgendjemandem auch nur den Weg bis zur nächsten Straßenkreuzung zu weisen. Trotzdem warfen auch wir in seinem Gottesdienst unsere Hände zum Himmel, so weit war es mit uns gekommen, man stelle sich das nur vor, als hätten wir nicht mehr gewusst, woher wir kamen und wer wir waren, selbst den Chefredakteur hatten wir inzwischen vergessen und die Eis-Enten aus der Anzeigenabteilung ohnehin, und schließlich schwangen wir sogar unsere steifen englischen beziehungsweise deutschen Hüften zur Musik, so gut es irgend ging, und als Pastor Brown uns schließlich auch noch salbte mit seinem Speiseöl, wurden wir nicht nur unsterblich, sondern wer wusste, was in diesem Moment sonst noch alles mit uns geschah, aber wahrscheinlich, so dachte ich in *dieser* Nacht um halb fünf, als wir im Flugzeug saßen mit öliger Stirn, war das auch schon egal, nach viel zu viel Welt auf einmal und nach Wochen der Überforderung der Seele und des Verstandes, und während Tim inzwischen schlief, wurde ich jeden Moment nervöser und ich fühlte mich wie ein Junkie kurz vor dem drohenden Entzug.

In Richtung Brüssel, so dachte ich, waren wir jedenfalls bestimmt nicht auf dem richtigen Weg, und am liebsten wäre ich niemals irgendwo angekommen, schon gar nicht in der Goethestraße in Berlin, vielmehr hätte ich ewig weiterreisen wollen, mit Tim, dem Fremden aus dem A-Train, irgendwohin, nirgendwohin.

Nur dass wir kurze Zeit später eben doch in Brüssel landeten, und von einem Moment zum nächsten verwandelte sich das, was gerade noch unsere Wirklichkeit war, zu einer von vielen nun schon wieder vergangenen Episoden in unseren Leben, und bald schon lag ich wieder auf meinem durchgesessenen west-östlichen Divan in der Goethestraße gegenüber der ehemaligen Post und kämpfte mit den Gespenstern, die sich neben mir niedergelassen hatten, bis ich sie endlich verscheuchte, während ich von Tim, mit dem ich eben noch verschworen war auf Gedeih und Verderb, noch nicht einmal mehr wusste, wo er inzwischen steckte.

Also was war denn nun in Liberia?, ja, was ist dort eigentlich gewesen, und wer sind *wir* geworden, in Monrovia, in Gbanga, in Zorzor und im Dschungel von Bong County, wo Leuchtkäfer Tim umschwirrten, die so groß waren wie Projektile, und etwas Neues begonnen hatte, das nun wieder endete, sodass wir beide zurückkehrten in die bleiche Welt und zu unserem alten Sofa und vielleicht auch zu unserem alten Ich und wir nicht wissen konnten, ob das ein Segen sein würde oder ein Schrecken.

Am Terminal unbeholfener Abschiedskuss auf den Hals, den Tim hoffentlich längst vor seiner Ankunft im englischen Nichts wieder vergessen hatte, mich jedoch schmerzt meine Unbeholfenheit in diesem letzten Moment noch bis zum heutigen Tag, Tim jedoch hatte höchstwahrscheinlich bereits in der nächsten Sekunde an etwas anderes gedacht, jedenfalls mussten wir uns jetzt beeilen, unsere Anschlussflüge waren schon aufgerufen, in Richtung Westen der eine, in Richtung Osten der andere, nun denn, so long, good bye, und jeder ging seiner Wege, und als ich mich mit müdem Köper noch einmal kurz umdrehte, war dies das letzte Mal, dass ich Tim sah.

III.

BIS ZUM ENDE DIESER

Bis zum Ende dieser Geschichte sind es nur noch ein paar Seiten, und unausweichlich ist, was jetzt folgt: Tim in seinem Blut auf dem großen Platz in Misrata, ein paar junge Männer, die ihn aus der Schusslinie in einen Hauseingang zogen, zu spät, leider zu spät, irgendjemand atemlos und mit zitternder Stimme am Telefon mit dem Chefredakteur, der Chefredakteur, der sich erst zum Außen- und dann zum Verteidigungsminister durchstellen ließ, ein Flugzeug oder ein Hubschrauber musste kommen, aber es fliegen keine Flugzeuge und keine Hubschrauber in eine bereits seit zwei Monaten belagerte Stadt.

Stattdessen kam ein Fischkutter, und mit dem, was von Tim übrig war, nachdem seine, wie man sagt: unsterbliche Seele verschwunden war, irgendwohin, nirgendwohin, legte er im Schutz der Dunkelheit wieder ab, um Kurs zu nehmen auf Malta, während es in Brooklyn erst Nachmittag war und die dortigen Freunde sich versammelten mit betretenen Gesichtern und mit Bierdosen in den Händen, einer von ihnen sprach später von Tims Fahrt im Mondlicht über das Meer, aber wer wollte dergleichen schon hören, ich jedenfalls wollte es nicht, Mondlicht über dem Mittelmeer, so enden doch nur durch und durch blöde Geschichten, und in Berlin und also auch für mich war Tim in dieser Nacht ohnehin noch in Libyen und natürlich war er auch noch am Leben.

Am nächsten Morgen hörte jedoch auch ich die Nachricht im Radio und unmittelbar anschließend den Wetterbericht, ein äußerst angenehmer Tag und auch morgen wieder 22 Grad und Sonne, und noch am selben Nachmittag erwarb ich eine zartgelbe Duftrose mit Namen *Oxford* in einem Berliner Gartenmarkt und pflanzte sie in einen befreundeten Schrebergarten in Pankow, denn auch wenn all die Reisen das Spießbürgerliche und Kleinstädtische in unserer Brust in etwas Weltbürgerliches und Göttlichstädtisches verwandelt haben mögen, war gegen Duftrosen nicht allzu viel zu sagen, immerhin waren auch sie ursprünglich um die halbe Welt gereist, von China über Schweden nach England, und diese eine endete nun eben in einer sozialistischen Laubenkolonie in der Hauptstadt der DDR, die nirgendwo mehr existierte außer auf meinen alten Karten, aber auch Tims englisches Nichts war ja nirgendwo verzeichnet, noch nicht einmal als weißer Fleck, und das Weltbürgerliche und Göttlichstädtische spielten weder hier noch dort auch nur die geringste Rolle.

Es folgten nun noch die Nachrufe, einer martialischer als der andere, und natürlich hieß es, dass auch Tim bis zuletzt geschossen habe, er habe geschossen, und zwar mit der Kamera, die nichts anderes gewesen sei als seine Waffe, schnell, präzise, effizient, so lauteten die einschlägigen Vokabeln, die mit Tim und seiner Arbeit zwar nicht im Entferntesten zu tun hatten, aber was man eben so schreibt als Sitzredakteur im Feuilleton, wo ja auch ich einst saß mit meinen Halsketten und mit meinen Pumps und wo man sich auskannte im Land des Mahdi, in den Schluchten des Balkan sowie an allen Hegelplätzen nah und fern, und jederzeit fanden sich die großartigsten Worte, allerdings war in diesem Fall das Blut leider echt. Indessen bestellte der Chefredakteur in der St. Patrick's Cathedral im Schatten des Rockefeller Center in Manhattan eine Totenmesse wie für einen dritten ermordeten Kennedy, Tims Körper mit seinen Fußsohlen aus Wind ist bis Manhattan jedoch nicht noch einmal gekommen, er kam bis London und dann niemals mehr weiter, und die allerletzte Strecke reiste er auf den Schultern einiger Freunde im blumengeschmückten Sarg.

Dann standen die Freunde wahrscheinlich mit den verzweifelten Eltern am offenen Grab und der Chefredakteur stand womöglich daneben, aber genau weiß ich es nicht, denn ich war weder in London dabei noch in Manhattan, sondern ich saß in der Goethestraße und starrte auf die Apotheke und auf das Gebäude der ehemaligen Post, und für Tim, der sich, wie man jetzt sagte, in das Stalingrad Libyens gewagt hatte und dort gestorben war im Namen von – ja wovon?, und für Tim, den Fremden aus dem A-Train, der inzwischen überlebensgroß geworden war, und unsterblich war er dank des Speiseöls des Pater Brown ja ohnehin, auch wenn er sich die Unsterblichkeit anders vorgestellt haben mochte, aber für Wünsche war jetzt nicht mehr die Zeit, und für Tim, der fortan verehrt wurde als eine Art allerletzter Märtyrer, den die aufgeklärte Welt gegen das Märtyrertum der Anderen noch aufbieten konnte, während dieses sich auf der Erde ausbreitete wie einst die Pest, für Tim begann in diesem, genau diesem Moment die Ewigkeit, das Karussell stand still, und ab jetzt blieb alles für immer, wie es war.

IV.

LANGE IST DAS ALLES

Lange ist das alles nun schon her, nach derzeitig auf Erden gültigen Maßstäben sogar schon eine halbe Ewigkeit, und während der Weltgeist Jahr um Jahr um Jahr nun auch über das englische Nichts hinwegfegte, begannen meine Knie immer stärker zu schmerzen und unser aller Schönheit schwand und schwand, und langsam verwandelte sich diese Abenteuergeschichte mit all ihren Dringlichkeiten und ihren aufgestellten Härchen in einen historischen Roman. Die Welten, die wir ein ums andere Mal zu fassen und zu beschreiben versucht hatten, waren längst wieder zerfallen zu unzähligen Splittern, nichts passte zusammen und nichts behielten wir länger als eine Minute in der Hand, nun ja, das ist natürlich traurig und vielleicht sind wir darüber sogar untröstlich, aber so ist das nun einmal, das ist das Drama des modernen Menschen, was soll man schon machen, und eine gewisse existentielle Unbehaustheit, wie man im alten Europa gesagt hatte, als es dort noch beinahe so viel Heimat gab wie Wolken, gehörte damals zu unserem Beruf, und auch wenn für Tim in jenem Frühling die Ewigkeit begonnen hatte, mussten wir schließlich so schnell wie möglich weiter, denn obwohl die Toten anderes behaupten, blieb zumindest für uns nichts, wie es war, und so war ich in jenem Herbst noch einmal in Tripolis, das die Milizen aus Misrata, als Tim längst tot war, doch noch erreicht hatten, unter lautstarken Anrufungen der Größe Gottes und unter sonstigem unaufhörlichem Geschrei, und viel später war ich auch noch einmal in Kabul, wo Tim wahrscheinlich Station gemacht hatte, bevor er hinauffuhr in den Krieg in den Bergen. Aber während sie in Libyen damals die neue Zeit noch vor sich hatten, war sie in Afghanistan dann fast schon wieder vorbei, und in den Schluchten zwischen den Sprengschutzwänden lief alles umher mit trübsinnigen Mienen und mit lauter unguten Gedanken, denn jeder ahnte, was als Nächstes kam, und die Frauen, die mitten auf der Straße stehen blieben, weil sie wissen wollten, was los war mit mir und meinem merkwürdig humpelnden Gang, wussten längst nicht einmal mehr genau, wer sie selbst inzwischen waren.

In Libyen jedoch hatten sie gar nicht gewusst wohin vor lauter Glück, nachdem sich an einem Donnerstag Ende Oktober Gaddafi in seiner Heimatstadt Sirte mit der einst längsten Gardine der Welt vor Luftangriffen der NATO in die Abwasserröhre geflüchtet hatte und anschließend von einigen jungen Burschen aus Misrata im Blutrausch abgemurkst worden war wie der letzte Hund, und seine Leiche und die seines ebenfalls getöteten Sohnes schafften sie dann in ihre Höhle, respektive in ein Kühlhaus auf einem Lebensmittelgroßmarkt der inzwischen weltberühmten Heldenstadt M., wo in Friedenszeiten Tomaten, Kohlköpfe und Rinderhälften lagerten, und dort warf man den Oberst samt Sohn auf dünne Matten auf dem Beton, die Körper anscheinend nackt, aber immerhin bis zu den Schlüsselbeinen bedeckt von Tüchern, und tags darauf sah man in den gerade noch von Gaddafis Speichelleckern zensierten Zeitungen einen toten Diktatorenkopf mit verdrehten Augen, aufgerissenem Mund und nur noch sehr wenigen völlig verklebten Haaren sowie einen toten Diktatorenoberkörper voll geronnenen Blutes, und in den folgenden Tagen und sogar Wochen, bevor die Leichen von Vater und Sohn endlich irgendwo in der Wüste verscharrt wurden, konnten täglich zwischen acht und zwanzig Uhr alle, die wollten, daran teilnehmen, wie aus dem gewesenen Diktator ein verwesender Diktator wurde, und auch wenn dieser sich langsam erst lila verfärbte und dann schwarz und jeden Tag grauenhafter stank, defilierten in endlosen Schlangen Großmarkthändler, Büroangestellte, Sekretärinnen, Grüppchen von Rebellen, Schulklassen, Familien mit Kindern sowie die Weltöffentlichkeit vertreten durch allerlei internationale Berichterstatterinnen und Berichterstatter an den Leichen vorüber, und die Verwegensten unter ihnen machten schließlich mit ihrem Telefon ein Selbstbildnis mit totem, stinkendem Hund.

Doch während Misrata vor lauter Begeisterung noch einmal die Hölle zitierte, war in Tripolis bereits das Paradies, und schon am Freitagabend nach Gaddafis Tod schossen dort einige der siegreichen Milizionäre aus Misrata sowie die mit ihnen im Moment noch verbündeten Löwen, in diesem Fall die berühmten Löwen aus der Stadt Sintan, mit einem ganzen Orchester von Stalinorgeln Dutzende Raketen in den Nachthimmel über dem zentralen Platz, ja, ja, tremendous lightning, dachte ich, it looks like the Fourth of July, denn auch in Libyen war jetzt schließlich Stunde Null und alles begann von vorn, irgendwo, dachte ich, ist immer 4. Juli und irgendwo auf der Welt ist auch immer eine Stunde Null, so wie immer irgendwo fünf Uhr ist und Zeit für das erste alkoholische Getränk und innerhalb kürzester Zeit sind alle betrunken, aber endlich schmeckt das Leben, wie es schmecken soll, wobei sie in Tripolis natürlich nicht vom Alkohol berauscht waren, sondern von der Kühnheit ihrer Rebellion und ihrem Triumph über den bis dahin vorgezeichneten Lauf der Welt, und für einen Moment drehte sich alles um die Sieger, und alles ging nach ihren geheimsten Wünschen, weshalb einige der siegreichsten Sieger aus den hintersten Provinzen mit billigen Aktenkoffern und in ihrem wüstenfarbenen Flecktarn jetzt über die Marmorböden des teuersten Hotels der Stadt glitten, und dann feilschten sie mit den ebenso siegreichen Siegern der konkurrierenden Milizen um die Kontrolle über Ölfelder, Hotelkomplexe, Telefongesellschaften, Hühnerzuchtbetriebe, Staatskarossen und das Silberbesteck in den Residenzen des in Misrata verwesenden Diktators. Die Löwen aus Sintan mit ihren Sonnenbrillen, ihren Schnellfeuergewehren und ihren funkelnagelneuen Kampfanzügen *Made in China* schafften hingegen kurzerhand aus Tripolis weg, was wegzuschaffen ihnen möglich war, Mülltonnen, Straßenlaternen und Gazellen aus dem städtischen Zoo, damit diese, so sagten die Löwen, nicht etwa in die finstere Republik Niger oder in das nicht weniger finstere Mali verschwanden, vielmehr sollten all diese Dinge eine würdigere Heimat finden, nämlich bei ihnen daheim in der Heldenstadt Sintan, und ich sagte, ja, verstehe, so eine Löwenstadt braucht natürlich standesgemäße Mülltonnen und überdies ein paar hübsche Gazellen, und schon saß ich mit den Löwen in etwas, das sie ihr Rebellenfahrzeug nannten, nämlich in einem einstmals biederen Opel Corsa in Dunkelblau, der inzwischen jedoch voller Einschusslöcher war und die Kotflügel und sämtliche Scheiben fehlten, und so brausten wir mit hundertzwanzig Stundenkilometern quer durch die Stadt.

Das war natürlich toll, und auch jetzt wagte ich kaum zu atmen, und im schönsten und wildesten Fluge erreichten wir schließlich eines der Besitztümer Gaddafis, dessen die Löwen sich ebenfalls kurzerhand bemächtigt hatten, auf den ersten Blick ein weitläufiger Garten mit einer Art merkwürdig bescheidenem Wochenendhaus, nicht viel besser als die Datschen in der Kleingartenkolonie in Pankow, und dort saß der Kommandant der Löwen an einem altertümlichen Schreibtisch und unterschrieb Haftbefehle am laufenden Band, unter der Erde jedoch ein System von Schutzräumen und von ausgedehnten Tunnelgängen, drei Stockwerke hinab in die Tiefe, wo Gaddafi sich vor Jahren angeblich einmal eine Weile vor irgendeinem Bombardement der Amerikaner versteckt hatte, und so folgte ich den Herren Löwen durch die unterirdischen Korridore und in die ganz unten verborgenen Räume, und während in den Lichtkegeln der Taschenlampen Bettgestelle mit groben Holzschnitzereien auftauchten und Matratzen anscheinend voller Blut, redeten wir ein wenig über den weltweiten Dschihad und über den Wohlgeruch von Nelken, denn vor dem Aufstand hatte der Anführer mit Duftölen gehandelt, und vorsichtshalber machte ich den Löwen ein paar Komplimente, für tolle Waffen, für schicke Kampfanzüge, für unübertroffenen Mut. Taktisches Einschleimen ist unterste Schublade, aber im Umgang mit Schwerbewaffneten immer gut, und dergestalt plaudernd gelangten wir durch einen engen Schacht irgendwann wieder hinauf ins Freie und landeten schließlich am Rand des riesigen Gartens, wo, so die Löwen, noch vor kurzem Kamele gegrast hatten sowie die grazilsten der Gazellen. Jetzt reichte der Kommandant auch mir ein Schnellfeuergewehr. Dann sagte er: Schieß!, es wird dir gefallen, und damit hatte er natürlich recht.

So ballerten wir gemeinsam ein wenig herum und zielten auf Dattelpalmen und auf Tamarisken, mich allerdings haute der gewaltige Rückstoß bei jedem Schuss beinahe um.

Kurze Zeit später waren die Löwen aus Sintan ebenso wie die siegreichen Milizen aus Misrata und soundso viele andere bewaffnete Kräfte aus nah und auch aus fern jedoch wieder anderweitig beschäftigt, dringende Gefechte, um Ölfelder, um den wahren Islam und um die Macht in der ganzen Region, denn schon war es nicht nur aus mit der Gardine und mit Gaddafi, sondern auch mit dem gesamten libyschen Staat. Ich hingegen war noch eine ganze Weile einmal hier und einmal dort, zu Hause überall nach zwei Tagen oder zwei Wochen und wieder fort nach nicht viel mehr als dreien, allerdings kam auch für mich die vorläufige Endstation ständig näher, die Endstation in der Goethestraße, die fürs Erste jedoch immer noch besser war als das englische Nichts, und immer öfter saß ich nur so herum auf meinem west-östlichen Divan und unterhielt mich mit dem ganzen schwatzhaften Personal, das sich dort inzwischen dauerhaft eingenistet hatte, ohne dass ich dagegen noch irgendetwas unternahm, halb Afghanistan, Libyen und Liberia sowie allerhand Vertreterinnen und Vertreter soundso vieler weiterer Völkerschaften hingen jetzt bei mir herum, ganz zu schweigen von den Herren Jäger & Sammler aus Papua-Neuguinea sowie den Geheimdienstfachkräften aus dem Kaukasus, sollten sie doch, sollten sie doch, dann war ich wenigstens nicht so allein, und anders als ich selbst blieben *sie* für immer jung, zumindest bei mir, auch wenn einige von ihnen ansonsten wahrscheinlich längst abgewirtschaftet hatten, respektive abgehauen, im Gefängnis gelandet oder tot waren, und so wurde es in der Goethestraße jeden Tag immer noch gemütlicher, so gemütlich wie nirgendwo sonst auf der Welt, aber vor lauter plötzlicher Behaustheit konnte ich oft kaum mehr atmen, und dann wäre ich eben doch gerne wieder weg. Aber die Aufträge wurden immer weniger und die Auflage schwand und schwand, und eines Tages war auch der Chefredakteur nicht mehr der Chefredakteur, sondern vielmehr niemand, übernommen hatten die Eis-Enten aus der Anzeigenabteilung, und während sie früher zu jedem Foto eines sterbenden Spaniers die passende Werbung für Pomade fanden, dachten sie inzwischen, dass Pomade doch am allerbesten zu Pomade passte und es auch ganz ohne sterbende Spanier ging und damit dann auch ohne uns.

Indessen begann auch in Afghanistan wieder einmal eine ganz neue Zeit, dieses Mal fiel der 4. Juli auf einen Sonntag Mitte August, und irgendjemand wird wahrscheinlich gejubelt haben, und geschossen wurde natürlich auch. In Berlin jedoch näherte sich schon früh der Herbst und wie immer war alles ruhig, keine Aufstände, keine Bombenanschläge, keine wilden Tiere, nichts, einfach nichts, was unseren Schlummer störte, nur ab und zu schnürte durch die Goethestraße gemächlich der Fuchs.

Allerdings flüsterten derweil irgendwo die Dissidenten, die Milizionäre küssten ihre Waffen vor dem nächsten Schuss, im Panjshir-Tal in Afghanistan und an soundso vielen anderen Orten auf der Welt mutierten immer mehr Männer zu Löwen und machten sich bereit zum Kampf, und in den Dschungeln warteten Krokodile mit müden Augen, gesenkten Köpfen und ihren panzerharten Häuten, die letzten Überlebenden der Drachen, die untergegangen sind vor zehntausend Jahren und einem Tag, während in den Wüsten unaufhörlich Sandkörner die

Dünen hinabrieselten, ein ohrenbetäubendes Schaben und Kratzen und Röhren, laut wie ein Düsenflugzeug beim Start. Fünfzig Jahre ging das so oder tausend, und dann waren die Dünen plötzlich weg, weitergezogen nach Westen oder in Richtung Südosten, und wer jetzt noch unterwegs war, verlor die Orientierung und stand hilflos auf einem weißen Fleck.

- Finis -

GABRIELE RIEDLE, 1958 in Stuttgart geboren, lebt in Berlin. Sie veröffentlichte vielfach ausgezeichnete Reportagen von allen Kontinenten, vor allem aus Krisen- und Konfliktgebieten zwischen Afghanistan und Libyen, Darfur und Tschetschenien. 1986 und 2001 war sie unter anderem Kulturredakteurin bei der »taz« und bei der »Woche«, 2001 bis 2016 Redakteurin und Reporterin bei »GEO«. 2017 gewann sie den Bayerischen Fernsehpreis und den Juliane-Barthel-Medienpreis für die Dokumentation *Die heimliche Revolution. Frauen in Saudi-Arabien.* 2018 war sie Gastprofessorin an der University of Virginia in Charlottesville, USA, und lehrte zur Geschichte der Kriegsberichterstattung. 1998 erschien *Fluss*, ein Roman, der gemeinsam mit Viktor Jerofejew entstand. DIE ANDERE BIBLIOTHEK veröffentlichte ihre Romane *Versuch über das wüste Leben* (2004, Band 238) und *Überflüssige Menschen* (2012, Band 327).

Die Autorin dankt der C. D. Ludwig-Foundation für die großzügige Unterstützung der Arbeit an diesem Buch.

GABRIELE RIEDLE
IN DSCHUNGELN. IN WÜSTEN. IM KRIEG.

ist als ORIGINALAUSGABE im Februar 2022 als vierhundertsiebenundvierzigster Band der ANDEREN BIBLIOTHEK erschienen.

Als EXTRADRUCK wurde *In Dschungeln. In Wüsten. Im Krieg.* im September 2022 wiederaufgelegt.

Die Herausgabe lag in den Händen von CHRISTIAN DÖRING. Er übernahm auch das Lektorat.

Zitat auf Seite 5: Robert Burton, *Die Anatomie der Schwermut. Über die Allgegenwart der Melancholie, ihre Ursachen und Symptome sowie die Kunst, es mit ihr auszuhalten.*
Aus dem Englischen und mit einem Essay von Ulrich Horstmann, Frankfurt a. M., 2003 (Die Andere Bibliothek, Band 228).

Dieses Buch wurde von HANNES AECHTER, Berlin,
gestaltet und ausgestattet.

Den Satz besorgte DÖRLEMANN SATZ, Lemförde,
mit den Schriften Reckless und Bingo.

Die Herstellung lag bei STEFANIE KRUSZYK, Berlin.

Gedruckt und gebunden wurde bei
CPI books GmbH, Leck.
Als Inhaltspapier wurde 90 g/m² holzfreies Werkdruckpapier verwendet.

ISBN 978-3-8477-2050-8

DIE ANDERE BIBLIOTHEK

Extradruck der Anderen Bibliothek
№ 447

Die Geschichte der 1985 von Hans Magnus Enzensberger und dem Schriftsetzer, Drucker und Verleger Franz Greno noch im Bleisatz aus der Taufe gehobenen Buchreihe DIE ANDERE BIBLIOTHEK ist längst zum Bestandteil unserer deutschsprachigen Lesekultur geworden.

Monat für Monat ist seitdem ein Band erschienen.
Seit Januar 2011 wählt Christian Döring monatlich sein Buch aus und gibt es in der ANDEREN BIBLIOTHEK im Verbund der Aufbau Verlage am Berliner Moritzplatz heraus.

Das Programm der ANDEREN BIBLIOTHEK folgt inhaltlich seit Anbeginn nur einem Maßstab: Genre-, epochen- und kulturraumübergreifend wird entdeckt und wiederentdeckt, die branchenübliche Einteilung in Sachbuch und Literatur hat nie interessiert, nur Originalität und Qualität sollen zählen.

- Jeden Monat erscheint ein neuer Band, von den besten Buchkünstlern gestaltet.
- Die ORIGINALAUSGABE erscheint in einer einmaligen Auflage von 3.333 Exemplaren, limitiert und nummeriert.

Sind die limitierten und nummerierten ORIGINALAUSGABEN vergriffen, bieten wir Ihnen unsere EXTRADRUCKE der ANDEREN BIBLIOTHEK, damit Sie alle an den Erfolgen unserer schönen Bücher teilhaben können. Gewohnte beste Inhalte, durchgesehen und aktualisiert, zum moderaten Preis in einer fein bedruckten Ausgabe.

Unser Vorschlag:
Werden Sie Mitglied im Club unserer Abonnenten, so erhalten Sie garantiert jede ORIGINALAUSGABE zum Vorzugspreis. Und als persönliches Dankeschön: eine unserer Prachtausgaben im Folioformat.